青颜如风 著

重庆出版集团
重庆出版社

图书在版编目（CIP）数据
凉城 / 青颜如风著. – 重庆：重庆出版社，2012.1
ISBN 978-7-229-03904-2

Ⅰ. ①凉… Ⅱ. ①青… Ⅲ. ①长篇小说 – 中国 – 当代 Ⅳ. ①I247.5

中国版本图书馆CIP数据核字(2011)第049905号

凉 城

LIANGCHENG

青颜如风 著

出 版 人：罗小卫
策 划 人：李 子
责任编辑：李 子 李 梅
装帧设计：九一设计

重庆出版集团
重庆出版社 出版
重庆长江二路205号 邮政编码：400016 http://www.cqph.com
重庆现代彩色印务有限公司印刷
重庆出版集团图书发行有限公司发行
E-MAIL:fxchu@cqph.com 邮购电话：023-68809452
全国新华书店经销

开本：880mm×1 230mm 1/32 印张：8 字数：234千
2012年1月第1版 2012年1月第1版第1次印刷
ISBN 978-7-229-03904-2
定价：25.00元

如有印装质量问题，请向本集团图书发行有限公司调换：023-68706683

凉城

目录 CONTENTS

凉城

目录 CONTENTS

第1章　每个人心里都有一座凉城

轰隆隆——

雷声震破长空，盛夏的夜，暴雨突袭而至。

惨白的闪电穿透黑暗，湿淋淋的街道上，昏黄路灯如睁不开的眼睛，阴幽幽地忽明忽暗，唰唰的雨水将路旁的乔木冲得浓翠发亮。街头远远飞奔过来一个人影，长发融进黑夜，白衣与闪电交织，在滂沱的大雨里，奔跑的脚步溅起无数破碎的水花，她拼命跑着，像在逃避这人世间最可怕最恐怖的事物。

有人在追她，是的，黑影就在身后数米处紧紧追赶。

从学校到街道足有几千米，她已经跑累了，湿淋淋的头发黏在脸上，刮破的裙子被泥水染得污浊，牙齿咬破的唇边还有血，混着雨水，一颗颗滚下来。

“啊——”

凄厉的呼叫声伴着最后一道闪电刺破夜空，在被闪电映亮的视野里，那个黑影扑向女子，狠狠将她按在街头一处死巷的墙壁上，大手无情撕碎她的裙子，顷刻间白衣成缕，如鸟儿湿透脱落的羽片，凋入泥中，残破，凄凉……

“救命——求求你不要……救命……啊……”长长的哭泣声在无情的雷雨中显得那样微不足道。女子挣扎着，像一只垂死的天鹅，最后发出绝望的鸣叫：“凉城，救我，凉城——”

“这一次，楚凉城……不会来救你。”阴森森的声音穿透耳膜，羽蓝在看到那双骇亮的棕色眼眸时大叫一声，从梦中惊醒。

“喂，醒醒——喂——”

羽蓝被一双手轻轻摇醒，睁开眼才发现，全身已被冷汗浸了个湿透。

飞机还在三万英尺的云层中穿梭，邻座的女孩长相甜美，一双清澈的眼睛望着羽蓝满是善意的关切：

“是不是刚才做噩梦了？我有时候也这样，醒来就没事了。”

空姐端着饮料走过来，女孩顺手取了杯水递给羽蓝，微笑道：

“喝口水，压压惊。”

缓缓从梦境中退出，羽蓝长吁口气，取出手帕擦了擦冷汗，朝女孩微笑：

“谢谢，你也是中国人？”

在异乡独自生活了七年，羽蓝蓦然听到有人讲起中文，顿觉倍感亲切，对女孩的好感也增了几分。

“我是中日混血哟，爸爸是在日本经商的中国人，妈妈是孔子学院的教授，所以从小我就会讲中文。”

女孩梳着日本街头最流行的少女发式，又笑吟吟道：“我叫良子，今年十七岁，你呢？”

十七岁，真是一把就能掐出水的粉嫩年纪，羽蓝看着穿着白短裙、笑容明媚的少女有一瞬恍惚，仿佛看到七年前的自己，也是这般不谙世事，善良纯真。

七年，七年的距离有多远？羽蓝不知道，她闭上眼，看到的却还是七年前那张熟悉入骨的脸。

郎骑竹马来，绕床弄青梅，她和他青梅竹马相依相伴了十年，余下的七年时光，却在他对她的无尽痛恨和她对他的无边思念中度过，七年啊，你到底有多远？

我还记得七年为期，而你可否依然，守着凉城，等我归来？

“姐姐不方便告诉良子你的名字吗？”良子有些懊恼地撅起嘴巴。

羽蓝的思绪被拉回，失笑道：“我叫羽蓝，二十四岁，比良子妹妹老很多呢。”

良子惊讶地摸摸她少女般柔嫩的脸颊，道：“不会吧，我以为你是回国度假的高中生呢……”

羽蓝笑答：“我去年就从东京大学毕业了。”

距离飞机落地还有一段时间，羽蓝便和这个中日混血的可爱女孩攀谈起来，良子说她念书的高中有许多男生追求她，可她喜欢的人在中国，所以她趁着学校放几天假的工夫，偷偷拿了父母的钱买了机票离开日本，飞越海峡奔向心爱的人。

“羽蓝姐也是回国找男朋友的吗？”良子要了一杯奶茶，一边喝一边笑嘻嘻地问。

羽蓝纤细的手指划过剔透的玻璃杯身，微微一笑，不语。

得不到回应的良子又歪着头好奇地问：“刚才听到你在梦里喊凉城，凉城是什么城？中国还有这个地方吗？”

心，在触及这两个字的时候经不住狠狠一晃，缓缓地，她将脸转向机窗外连绵不断的云空，轻声呓语似在梦中：

“凉城，是一座回忆之城。每个人心里，都有一座凉城。”

第2章　良辰不待，凉城不再

春日迟迟欲将半，飞机在T市机场徐徐降落的时候，正是暮色四合。

T市的春天总是来得晚，本是樱花烂漫的季节，傍晚却免不了有薄薄的寒意，羽蓝裹紧身上的米色薄呢大衣，走出机舱，望了一眼夜幕笼罩下的故城天空。

楚凉城，七年之后，我又归来，而你，可还在回忆里等我？

刚刚走出机场，日本少女良子就被帅气的男友欢欢喜喜地接走，留下羽蓝一个人拖着简单的行李，缓缓行走在T市的土地上。

耳边充斥着熟悉的乡音，羽蓝脸上挂着微笑，抬头，看到一张久违的笑脸。

“蓝蓝——”

一个戴着白色毛线帽的女孩冲她挥着手一路小跑地奔过来，阔别七年，两人终于紧紧相拥。

“蓝蓝！”

“微微！”

两人握着手跳起来，欢欣激动不言而喻，羽蓝看着眼前出落得更加清丽文秀的苏浅微笑道：

“听说你现在是T市当红女作家了，什么时候也让我拜读一下你的大作？”

苏浅微朝她脸上拧了一把，嗔道：“东京大学毕业的高材生还来取笑我，哼，待会看怎么收拾你！走，跟姐姐领罚去！”

说罢夺过她的行李拖着，牵起羽蓝就走。

“我七年没回来，你倒忍心让我一下飞机就受罚，也太狠心了……”羽蓝笑道。

苏浅微哼了一声，嘀咕道：“到底我狠心还是你狠心，当年一声不吭就跑到日本，连招呼也不打个，气得我几天吃不下饭是小事，可让某人从此恨你恨到骨头缝里倒是真的。可怜他平时成绩那么好，那年高考四门才考了二百多分，羽蓝啊羽蓝，你可是害惨他了……”

他落榜了吗？从小到大成绩总在全校前十名的楚凉城，高考竟考了二百多分？

自打噩梦降临的那一刻，自打她离开他飞向日本的那天起，她就决定摒弃他的一切消息，从此对他，不闻不问。

“是吧，我多狠心。”羽蓝低低说了一句，苏浅微却将这个话题适时刹住，走到一辆白色的宝莱车前摁了钥匙，打开后备箱把她的行李放了进去。

“上车吧，先去跟大伙儿聚聚。等晚上散了我再送你回家，那一帮老家伙等你等得脖子都细了。”

对于回那个家，羽蓝并未多么迫切，于是听话地上了车，坐下就开始夸苏浅微：“可以啊微微，果然成大作家了，连私家车都开上了。”

“一般一般。”苏浅微嘴上谦虚着，眉梢眼角却满是得意，末了又笑道：“你也不错啊，学成归来一准儿能留到市医院，二十四岁的留学生，最年轻的外科手术大夫，啧啧，多风光！现在咱们T市，外科医生吃香得很……哎，对了，市医院的程院长你应该认识，据说以前跟你是一个大院儿的……还有那谁，就他大儿子也在市医院……还是个什么科的权威专家……”

也不知羽蓝听没听进去，总之苏浅微扭头去看的时候才发现她已经静静睡着了。

羽蓝的高中好友苏浅微在T市最大的饭店东云山庄订了个十六人的大包间。当年二人是学校的风云人物，人漂亮，有才气，又待人和善，身旁招揽了一大帮铁杆好友；即便是历经了七年分别，许多同学羽蓝已叫不上来名字，可在场却没有人不记得当年漂亮得连语文老师都赞其为“一片美丽的蓝色羽毛”的女孩——羽蓝。

乍入包间，羽蓝被里面的热闹吓了一跳，一张张热烈的笑脸迎接着她，有人拍起手，有人叫着她的名字：

“羽蓝！羽蓝！”

一人的声音渐渐变成众人的合音，在有节奏的声声呼喊中，羽蓝被感动得湿了眼眶，有些手足无措地站在门口，深深鞠了一躬：

“朋友们，久违了。”

“呼——”人群中爆发出欢快的雀跃声，啤酒、香槟悉数嘭嘭地启开，苏浅微拉着羽蓝落了座，朝一个面容俊秀的年轻男孩使了个眼色。男孩俏皮一笑，变戏法似的抖出一条十几厘米宽的蓝色长幅，动作潇洒地朝人群甩开，立刻有人接住另一端，几个银色的大字映入羽蓝的眼帘：

“羽蓝，我们等了你七年。”

泪，唰地夺眶而出。

在日本的七年，羽蓝流泪的次数少之又少，唯有在噩梦袭来时她会在无望的嘶喊中哭着醒来，甚至在她那么强烈地思念楚凉城的时候，她亦不敢轻易落泪。

所有人都思念我七年，你呢？

“不知楚凉城今晚会不会来？”不知谁小声说了一句，许是无心，却让热烈的气氛突然有一瞬静窒。

楚凉城三个字使不少人的神经绷了起来，苏浅微紧张地看了眼羽蓝，忙插话道：

“酒都满上满上，蓝蓝可是七年没喝大伙儿的酒了，还不赶紧把她撂翻，以解当年她弃我们而去的心头之恨？”

没想到羽蓝的表情云淡风轻，仿佛那三个字与她根本无关。脱掉大衣挂在墙上，她浅笑端起酒杯，朝众人道：

“今后我就在T市扎根，各位兄弟姐妹们还请继续关照羽蓝，大家有什么忙羽蓝能帮得上的，也尽管来找我，羽蓝一定尽力而为！”

说罢，仰首一饮而尽。

辣酒入喉，羽蓝在众人的叫好声中笑容越来越灿烂，接下来，三杯、五杯纷纷入肚，不知喝了多少，她终于觉得受不住，丢下杯子就往外面跑。

刚踉跄出门，迎头却撞进一个坚硬的怀里，羽蓝顾不得抬头，胃中的翻涌抑制不住，一张口就吐在了那人的黑色西服上。

“对……对不起。”

羽蓝难受得被呛出了一脸的鼻涕眼泪，注重形象的她不好意思被人见到此刻的尊容，只好低埋着头，双手还撑在人家的怀里。

那人却没动，半天从羽蓝头顶传来轻蔑的讽笑声：

“小羽蓝，七年不见，别来无恙？”

羽蓝如遭电击，倏地放开双手，猛退数步，睁大眼惊恐地望着眼前的男子：身材瘦削高挑，浓黑双眉微挑，原可称得上英俊的五官，唯有一双棕褐色的眸子格外幽沉，投射出毒蛇般沁骨的阴森和骇人。

羽蓝转身即跑，男子却不追，嘴角噙一抹闲散笑意，缓声道：

“不想知道他现在在哪里吗？”

双脚就那样不受控制地顿在原地，她没回头，站在那里，紧握成拳的双手暗暗发抖。

他走上来，手指轻佻地扫过她光洁的下巴，轻笑：“你还跟小时候一样怕我，我真有那么可怕么？”

石块般冰凉的指尖拂过羽蓝的脸，她忍住给他一拳的冲动，咬牙道：

“程天蔚，你再碰我一下，我立刻报警！”

“呵，我好怕呀——”程天蔚故作害怕地缩了一下脖子，忽然凑近，嘴唇紧紧贴住她的耳朵，声线如魅，“你报呀，你要有胆量现在就打110，你让警察来抓我……或者……你想喊？大声叫出来，说我程天蔚对你图谋不轨……呵呵，小羽蓝，你敢么？”

羽蓝的牙齿都在打颤，冷汗顺着脊背噌噌地往外冒，她从牙缝里恨恨地迸出几个字：

“无耻……禽兽……你别以为我真的不敢……”

程天蔚眉头一动，双手扣住她的腰肢肆意揉摸着，唇边轻笑：

“你当年可没这么勇敢，七年前你怎么不报警？还不是怕被人知道，一个人竟吓跑到日本去……哼，我赌你今天也没这胆量，你想叫想报警更好，那就让所有人都出来看看，留学归来的羽蓝小姐，原来被人强暴过……”

“啪！”一耳光落在程天蔚的脸颊上，羽蓝面色煞白地挣脱他的控制，扶着墙壁大口大口地喘气。

“卑鄙！程天蔚，你真是个渣滓、败类……楚凉城怎么会有你这么一个没人性的哥哥……”

羽蓝骂完，程天蔚抚着脸冷笑起来：“你就别再指望那小子了，你走后的这七年，他没一天不恨你，只怕楚凉城恨你，比你对我还要深，只可惜呀……”

“可惜什么？”羽蓝愤恨地瞪着他，问，“你刚才说他现在在哪儿？”

“东京。”程天蔚干脆地吐出两个字，微眯一下眼睛道：

“现在也该下飞机了吧，他去东京找你，说要还你一样东西，七年为期，他说受够了。他还说……良辰不待，凉城不再。”

良辰不待，凉城不再。羽蓝被这八个字击中，霎时心神溃散：楚凉城，你的良辰美景里，再没有等待我的风景了么？你的凉城守够七年，再也不肯为我保留了么？

不，我不信！

“我不信。”一颗眼泪就要坠下，程天蔚脱掉被她吐脏的西服顺手甩出去，冷然转身：

“信不信由你，这些话是今天中午我送他上飞机前，他亲口对我说的。羽蓝，我奉劝你，以后别妄想和凉城在一起了，他是我弟弟，再过几个月，他就要和别人订婚，你……已经配不上他。”

苏浅微和黎少白从包间出来，看到程天蔚离开的背影时愣怔一下，问：

“程天蔚？谁告诉她蓝蓝回来的？”

门口怯怯地探出一个脑袋，瘦小的男生周晓元小声道：

“微微姐，是我……我原本想把羽蓝今天回国的事告诉凉城，结果没找着他，碰到程天蔚，我琢磨着凉城是他弟，就麻烦他转告凉城……”

“你干吗告诉那个讨厌鬼！”苏浅微不悦地皱眉，又道：

“我故意不让他们家人知道蓝蓝回国的事，那楚凉城要有心，怎么地也能找着，还用你巴巴地告诉他……你什么时候说的？”

“昨晚上……

羽蓝颓然地靠在墙上，心如死灰。

她怎么也想不到，就在她心心念念地遵守七年之约从东京飞回T市的时候，她的凉城却乘坐反向的航班飞向她所在的地方……三万英尺的高空上，他们也许就那样擦着白云错过了。

程天蔚这个魔鬼，明知自己今天要从日本回来，却故意不告诉楚凉城，反而将他送上飞往东京的航班……

不到十点，酒席就散了，羽蓝说不想回家，苏浅微就在东云山庄开了间房。

“今晚我不回去，就在这儿陪你睡吧，蓝蓝。”

苏浅微顺手打开电视，又转进卫生间去放热水，羽蓝一头倒在床上，双目失神，呆似木偶，直直盯着电视屏幕发呆。

楚凉城要订婚？他要和谁订婚？

“现在插播一条最新消息，今天中午由T市飞往日本东京的一艘航班在起飞两小时后失事，造成包括乘务人员在内的四十余人死亡，其余人重伤，另有数人下落不明。”

“微微！”

羽蓝忽地从床上坐起，凄厉的叫喊几欲震透人的耳膜，她如入魔一般指着电视屏幕瑟瑟发抖，连声音也变了腔调：

“凉城！楚凉城！他在这架飞机上……”

第3章　青葱少年郎，马不停蹄的忧伤

羽蓝常常觉得有些东西是宿命，好比她的一生与“七”息息相关。

楚凉城曾问她，七，是不是她的幸运数字，羽蓝摇头，又点头。清秀干净的少年目光迷惑地望着她，瘦瘦小小的羽蓝坐在夕阳里，抿抿双唇，把头轻轻靠在他的肩上。

摇头是因为，七，曾经是羽蓝的噩梦，七岁那年，父亲在一场医疗事故中意外丧生，医院赔偿完一笔钱之后，恰巧碰上羽家乡下的房子被山洪冲毁，孤儿寡母无处栖身，医院商议之后便将家属院里的房子腾出了一套给她们母女。从此，自幼长在乡下的羽蓝跟母亲进了城，搬进了市中心医院的家属大院。

幸运也是在七岁，羽蓝认识了生命中的楚凉城。

一进大院，羽蓝就听说院里有个聪明漂亮乖巧懂事，人见人爱花见花开的小帅哥，名叫凉城，是医院院长程立德的儿子。

七岁的羽蓝正念小学二年级，进城以后母亲开始为她忙转校的事，因为手续还没办妥，所以羽蓝就天天待在家里，无聊的时候就跑到大院里一个人玩。

家属楼下并排长着两株垂柳，虽然看起来跟村头的老杨柳不太一样，但羽蓝还是觉得亲切，白天就搬了小木凳坐到柳树下，有时候发呆，有时候捉柳絮。

三四月份的时节，院里的花圃遍是深浅浓淡的香气，羽蓝蹲在树下跟一只黑猫玩得起劲。她捉了好多白棉花似的柳絮揉成团儿，然后一点点地

撕下来往黑猫身上粘，硬是把一只浑身黑亮的小黑猫打扮成了遍体雪白的胖白猫。

小猫委屈地喵喵叫着，蹲在树跟儿任羽蓝摆弄，她欣赏着自己的杰作越看越开心，禁不住一个人咯咯地笑了起来。

楚凉城就是这时候出现的，刚放学的他背着一只印有蓝精灵的双肩书包立在大门口，精致如瓷娃娃的脸上一双眼珠黑葡萄似的又明又亮，长长的睫毛小扇子般地扇了两下就遮掩了眸底的怒气。

羽蓝被他直盯盯的目光看得有些脸红，起身拍了拍碎花小衬衣上沾的柳絮，有些不以为然。

小猫哧溜一下从脚边蹿出去，轻盈跃入楚凉城的怀中，头抵着他的胸前亲昵地蹭着，不一会儿就把楚凉城身上漂亮合体的黑蓝校服沾得尽是白花花的柳絮儿。

羽蓝扑哧一声笑了，觉得楚凉城的模样跟刚才的黑猫像极了。

"谁让你碰我家小黑的？"八岁的楚凉城不满地白了羽蓝一眼，抬手去拈那些白絮儿，不料黑猫突然"喵呜"一声跳到地下，接着噌噌地顺着树干爬了上去。

"小黑，小黑——快下来——"

见宝贝小猫钻进一堆错综交织的茂密柳枝里不肯出来，楚凉城急了，立在树下一个劲儿地仰头唤。

羽蓝饶有兴趣地背着手在一旁看热闹，这小子竟敢给她白眼儿，她才不管他是不是院长的儿子呢。

"土里土气的坏丫头，讨厌死了，都怪你！"

楚凉城唤不出小黑，一股脑把怒气都撒在这个新搬来的乡下丫头身上，他跺着脚，握着两只小拳头对羽蓝道：

"要是小黑出什么事，我饶不了你……"

羽蓝也怒了，涨红了小脸迎上去，反驳道："你才讨厌，你才是个自以为是的讨厌鬼！"

"你讨厌，快闪开！"楚凉城生气地推了她一把，扬起脖子只顾叫着：

“小黑，小黑！快出来，树上有蛇，小心咬到你！”

夕阳熔金，绯红的暮色染在小小男孩天使般漂亮的面容上，看得羽蓝有一瞬惊讶，说实话，这是她第一次见到长这么好看的小男孩。

楚凉城着急地在院子里乱走，羽蓝不屑地笑：“猫天生就会爬树，你瞎担心啥呀！”

“你懂什么！这柳树上有蛇！小黑上去很危险的！”楚凉城冲她生气。

羽蓝撇撇嘴：“蛇有啥可怕的，以前我家养的猫还敢抓蛇呢，看来这城里的人娇气，猫儿也娇气得不得了……”话音刚落，就听到树顶传来凄厉的猫叫。

楚凉城面色惊慌：“不好，小黑一定被蛇咬了……都怪你，都怪你！”说罢他取下书包扔到地上，抱住树干就要作势往上爬。

羽蓝一把揪住他的衣领将他拽过来，哭笑不得：“你这是想干吗？”

“我要上去救小黑！”

“傻蛋。”羽蓝轻嗤，挑了一下弯月般的眉，笑得很是藐视，“就你？还爬树？小心掉下来屁股摔成两半……”

楚凉城很受伤地再次瞪了她一眼：“我不会你会啊？”

“切，我当然会！”

“那你爬一次给我看看。你要上去把小黑救下来，我算服了你。”

“爬就爬，谁怕谁！”羽蓝噗噗地往手心吐了口唾沫使劲搓了搓，瞥见楚凉城皱着眉满脸厌恶的表情，忍不住笑道，“可要先说好啊，我要是把小黑救下来，你得答应我条件。”

“什么条件？”

“你以后得听我的。”

“切，天大的笑话，让我？听你一个黄毛丫头的话？”楚凉城很愤怒很不屑，但看到她如被山泉濯洗过般洁净的目光时不由放软了语气，“答应你几件事倒还行……”

“那就十件。”羽蓝抱住树干调皮的笑，两条辫子在春风中来回的晃。

楚凉城断然拒绝：“不行！最多三件。”

羽蓝清澈的大眼睛灵动地转了转，笑如银铃：“好吧，三件就三件，不管什么时候你都不许抵赖哦。”

风送来温暖的花香，楚凉城看着羽蓝灵巧地像只猴子，三下五除二就攀到了树顶，不由冲上喊：

“喂，坏丫头，找到小黑没有？”

密密的柳枝中闷闷传出她的声音：“你才是坏小子，我有名儿，我叫羽蓝。”

“嗤，玉兰，怎么不叫牡丹？真俗。”楚凉城撇撇嘴，嘟囔道。

“呀！”

“喵呜！”

羽蓝和小猫同时发出短促的惊叫，原本浮起一抹得逞坏笑的楚凉城愣了一下，一个念头在脑中一闪而过：不会真有蛇吧？

他其实从没见过这院里有蛇，刚才是故意骗她吓唬她，只没想到这乡下来的野丫头胆子比他还大。

又是喵呜一声，树顶扑簌簌落下一些细枝和碎叶，楚凉城已经捡起书包准备先回家，小黑却受惊般地从树上跳下来钻进楚凉城怀里，身上的毛竖得老高。

“小黑，发生什么事了？”

树顶又是一阵窸窣，他有些怕了，大声喊：“坏丫头，你下来吧，小黑已经下来了，坏丫头？”

“玉兰？玉兰！”

上面没有一点声音，突然一样凉凉的东西啪地一声从树上掉下来，刚好落进楚凉城的脖子里。

待他看清那是什么东西的时候，楚凉城险些吓得晕过去，肩头耷拉的竟是一条两尺多长的黄花蛇。

“啊——”他跳着脚嚷起来，这时不知从哪儿出现的一只手迅速伸来准确地捏住蛇头的七寸处，那人按住楚凉城的肩膀，说：

“叫什么叫，是条死蛇。”

“喂……凉城……”树杈上终于出现羽蓝的身影，楚凉城丢开放学回来的大哥程天蔚，转身看到穿着蓝布裤子碎花衬衣的羽蓝嘴唇发白、眼神涣散，右手手腕处一个极小的伤口正冒着黑血，不由惊恐地捂住了嘴。

羽蓝捉蛇的时候不小心被咬了一口，一向自恃天不怕地不怕的她也没想到，这蛇毒发作得这么快，她只来得及唤出他的名字，双眼便一黑，整个人从树上直直掉了下去。

楚凉城觉得这个叫羽蓝的女孩真是不折不扣的疯丫头，竟然不怕死地徒手捉蛇，要不是大哥帮忙将她送进医院，只怕她这条小命早不保了。

不过，原来她的名字不是玉兰花的玉兰，而是“羽蓝”，楚凉城像个听话的乖娃娃坐在病床前，细细打量着羽蓝沉睡的脸。

她的眉毛很细很匀，弯弯似两勾浅月，睫毛有点像自己的，黑黑长长，还带一点翘起的弧度。右边眼尾有一粒小小的黑痣，凉城听说生有这种泪痣的女孩泪多，爱哭。凉城是顶讨厌爱哭的女孩子的，就像院里邱主任的女儿邱小清，她一泪水涟涟，凉城就头疼。

“坏小子，你老瞅我做什么？”

羽蓝早醒了，见凉城目不转睛地盯着自己看，心中偷笑，嘴上却不依不饶，“我长得好看吧？虽然我的皮肤没你白，个子没你高，可我眼睛比你大，嘴巴比你小，就是比你长得好看，嘿。”

黑玛瑙般的水杏眼朝楚凉城一阵眨巴，男孩的耳根瞬时红了，他佯装镇定地咳了一声，站起来丢给她一个背影：“哼，臭美。”

住院的医疗费，羽蓝家里一分也没出，程院长听说羽蓝是帮自己的小儿子凉城捉猫才被蛇咬伤的，便自掏腰包帮她垫了钱，在住院方面也格外关照，还责令凉城每天放学后按时到病房探望这个勇敢的小姑娘。

转学手续办妥的时候，羽蓝的身体也养得差不多了，不过即便第二天就要出院，凉城还是很自觉地来到病房，她睡觉，他就摊开本子坐一旁写作业。

不知怎地，凉城这天却怎么也集中不了注意力，一会儿觉得凳子太矮，一会儿又觉得羽蓝睡觉的声音太吵，一道数学题越算越糊涂，索性摔了笔，朝她愤愤走过去。

“喂！别睡了，起来跟我说话！”

凉城有些霸道地推推她，羽蓝不动，他气得骂了一句：“猪。”

羽蓝在心里窃笑，就不理他，气死他才好呢，这个臭凉城整天在自己跟前拽得跟二五八万似的，在大人跟前却会装乖卖巧。她侧身睡着，微眯的眼缝中分明看到凉城的哥哥程天蔚正站在门外往病房里窥看。

惹怒了他才好呢，也让他哥哥看看这个众人眼里的乖小孩是怎么对她发飙的。

羽蓝故意撅起嘴，还轻声打起呼噜。

“睡得跟猪一样，臭猪，臭羽蓝。”楚凉城无奈地撇了撇嘴，在她床前坐下，忽然苦着脸支着下巴叹气，“我要真是个坏小子就好了，那样我就可以不听妈妈的唠叨，不受爸爸的管教，也不用看大哥的脸色了……你不知道，做个人见人夸的乖孩子真是烦透了，累透了……疯丫头，等你好了，教我爬树吧……行不行？”

羽蓝心中微微一震，没成想他会说出这样的话来，一股小小的快乐流遍心底，她想，臭凉城在跟自己说心里话呢。

不由地弯起了唇角，却依旧闭着眼没动，过了一会儿突然觉得脸上有什么东西毛茸茸的，一股淡淡的甜香沁入鼻端，竟像是凉城呼吸的气息。

她的睫毛剧烈地颤动起来，刻意的呼噜声也不由停住，心里说不上来是什么感觉，门却在这时吱呀一声被人推开，是十一岁的程天蔚的声音：

“凉城，你在干吗？”

楚凉城啊的一声，撑在床边的双手因急着要转身而蹭地一滑，整个上身就不受控制地扑了前去，羽蓝睁开眼的瞬间，蓦然迎上的，便是凉城那张因惊慌而睁大眼睛的脸。而还等不及他们发出一声惊呼，悲惨的一幕便出现了。

八岁的楚凉城大张的嘴巴刚好撞到羽蓝的脸上，两人在程天蔚的见证下结结实实来了个儿童不宜的过早初吻……

后来羽蓝每每想起这件事都忍俊不禁，楚凉城却一脸奸诈地说：“其实即便大哥当时不进来，你的初吻也注定要在那天失去，我本打算趁你睡着，偷亲你来着。”

羽蓝知道程天蔚不喜欢自己，不过她也不喜欢他，整个大院里就他整天摆着张臭脸，棕褐色的眼眸幽沉沉的，一见凉城跟自己玩就找各种借口把他带走。

甚至捉蛇那次，连程院长都相信凉城，相信羽蓝是为救小黑，只有程天蔚冷冰冰地说，自己亲眼看到羽蓝自己贪玩想爬树才被蛇咬伤掉下来的。

转学的羽蓝和凉城在同一所学校，同一个班级，甚至为了提高羽蓝的成绩，老师还特意将凉城调到她的旁边，让优等生帮助转校生进步。

眼见凉城面无表情地背着书包从小班花邱小清旁边搬到自己身旁时，羽蓝扁扁嘴巴，小声道：

“装什么装，好像谁稀罕跟你这种坏小子坐同桌似的，小小年纪就会耍流氓……”

她的声音很小，凉城却悉数听进了耳朵里，怒气和羞恼让他白净的脸涨得像红苹果，他转头盯着她：

“疯丫头，你说什么！”

“我说呀，你是程院长的儿子，为什么跟程天蔚不一个姓呢？为啥他跟他爸姓程，你却姓楚呢？”羽蓝笑嘻嘻地转换话题。

“要你管！”

凉城很不喜欢被人提起这个，冷冷横了她一眼，做出认真听课的模样。

羽蓝趴在书桌上，小脑瓜开始不停地转啊转，后来经过多方打听她才知道，原来楚凉城和程天蔚并不是亲兄弟，生下来就没有父亲的凉城，母亲在他半岁的时候嫁给了刚刚离婚的程立德。虽然程家对他视如己出，但凉城的母亲婉荷始终坚持儿子随生父的楚姓。

漂亮乖巧的凉城和活泼灵动的羽蓝，在众人眼里，成了家属大院中一对赏心悦目的金童玉女。

上学放学，两个小小的身影要么一前一后，要么并排而行，偶尔俏皮的羽蓝会故意拉住凉城的手不放，她笑着说：“呀，凉城，你的脸长得像女孩，手也像，赶明儿咱俩把衣服换一下，干脆你当女的，我当男的吧。”

或者又厚脸皮地说：“凉城凉城，你要是女的，我就把你娶了，让我当你相公好不好？”

凉城红着脸甩开她的手往前跑，一边跑一边回头骂她：

“好没羞耻的疯丫头，臭羽蓝，你的字典里是不是没矜持这两字儿……”

羽蓝最爱看他气急败坏的模样，不知从哪儿抓来了毛毛虫追着往凉城的衬衣领子里一塞，拍着手叫道：

“小娘子，小娘子……凉城是羽蓝的小娘子，哈哈……”

凉城气得在原地乱蹦，气着气着就笑了，一把揪住羽蓝的羊角辫，用力在她粉嫩嫩的脸上捏了两把，说：

“羽蓝，你真不害臊！整天疯疯癫癫的，长大了谁敢娶你。”

羽蓝的两只手也赶紧趁机在凉城的脸上占着便宜，彼此将对方的脸捏扯得变了形，却还没心没肺地笑着。

羽蓝愈发不害臊：“没人娶，你娶啊！反正这辈子我变不成男的了，要不你先娶我，等下辈子投胎成男人，换我娶你！”

那时的羽蓝觉得，这是多么公平合理的条约啊，凉城要是觉得亏，大不了她把小相公的名头还给他就是。

羽蓝记得，当时的凉城并没怎样反驳，只是皱着一张红苹果似的可爱脸庞，很认真地想着什么。

“反正你还欠我三件事，不然先把娶我这件人生大事算进去。”羽蓝扬扬小月眉，坏笑道，“要是以后我先嫁人了呢，这件事就算免了，你爱娶谁就娶谁……要是有一天我长得很大很老了，还是没人要，凉城，你可要记得娶我啊。”

楚凉城立刻表示抗议：“那我岂不是要等你一辈子？”

“哈，你咒我一辈子嫁不出去？”羽蓝拿书包砸他，两人在放学的路上一边跑一边闹，

“我一辈子不嫁，你就得等我一辈子，凉城，你跑不掉了……”

樱花吹落遍地，那个春天，是他们生命中最温暖的回忆。

第4章　如果东京不快乐

七年前，同样是樱花如雪的春季，十七岁的羽蓝站在T市古旧的永安门老城墙上跟凉城说分手。凉城红了眼睛，一耳光扇在她脸上：

“我不要你什么鬼理由！从十年前开始，从你说我跑不掉的那刻开始，凉城是你的凉城，羽蓝也是我的羽蓝，我们谁也跑不掉！”

羽蓝不哭，只是站在凉城的对面微笑，红肿的眼眶里一池薄凉：“凉城，还记得十年前答应过我的三件事吗？至今我一次也没舍得用，我总怕用完，总怕有一天我再不能要求你做什么……我有点后悔，为什么当初不坚持让你答应我十件呢……”

凉城恶狠狠地将她抱住，低头在她颈下使劲咬了一口，眼泪止不住地往外冒：

“我才后悔，我后悔压根儿不该答应你这疯丫头什么鬼条件，坏丫头、臭羽蓝，你不要用它好不好……”

心中无限恐惧，他允诺她的三件事就好像观音菩萨赐给孙悟空的三根救命毫毛，他一旦给她就再收不回来。羽蓝这么多年都不肯用，可就在提出分手的时候，她却要让它发挥威力。

她忍住凉城咬在自己身上的疼痛，轻声说：“我知道你是最守承诺的，现在让我们安静分手，这是我请你答应的第一件事……”

“我不答应！”

“第二件……”羽蓝不理会他的嘶吼和冲动，继续往下说，“第二件事，凉城，我要走了，你我定个七年之期吧，如果七年之后我们之间还有可能……也许我会回来……七年后的今天我们再见……”

“我不答应……”楚凉城绝望地一拳砸到字迹斑驳的青砖旧墙上，顾不得指骨间的血汩汩而下，他在心里大声地呼喊：羽蓝，羽蓝，你怎能在我最爱你的时候，转身离开？你怎能忍心在我最脆弱的时候留我一人承受这人世的悲伤和孤独？

妈妈死了，连你也要走了，羽蓝，难道十年青春里的相依相伴，都抵不过一个留学名额的召唤？

羽蓝悲哀地看着他，这风中的少年心碎而憔悴，她又焉能不心疼？可是自从发生了那件事，她的人生从此黑了，碎了，除了让自己离开，她对他，毫无办法。

“凉城，我知道你无法拒绝。”

羽蓝轻轻说完这句话就走了，孤绝的背影消失在萧索的城墙上。

因为她知道凉城爱她，所以才会孤注一掷地押下这个筹码，并没有破釜沉舟的勇气，所以那个七年为期，是她在绝望之中为自己点亮的一豆远远星光。唯有看着它，她才能在这日后无数的不可预知的黑暗中坚强地支撑下去……

凉城，如果七年的时光能够抹平今日的伤痕，我愿意在海的另一头，为你无尽等待。

可是在几千个日夜分离之后，他们是否还能跨越青春的河流，重新回到彼此身边？她，没有胜算。

四月份的东京是诗意的，遍野樱花，如雪如云，楚凉城始终记得，这是羽蓝最喜欢的花，也许正因如此，她才会选择留在日本，一待七年吧。

二零零九年四月七号，距离他们分手的日子，整整七年。

楚凉城买了提前好几天的飞机票，他想早点到日本，去东京的大街小巷走走看看。也许他脚下的一些路，刚好就是她曾经走过的；也许，就在街头的某个转角处，她和他走着走着就碰了头，像分流太久的河水，总有一天要交汇相融，流入同一片大海。

七年了，他的心等成了一座空荡荡的凉城，除了那些回忆，还有什么可以支撑？

他越来越害怕忘记她的样子，常常一梦惊醒就要去找她当年留下的照片，再看一下她的鼻，她的眼，她红润如花瓣的小嘴，再在心头镌刻一遍她的模样。

羽蓝，我一直都愿意等你，等你长大，等你老，等你寻寻觅觅辗转红尘依然孤身，没人娶没人要的时候，把你领回家，让你做我今生今世的小娘子。

放手七年，楚凉城带着戒指登上航机，最怕的，是羽蓝的身边，已经有了她想嫁的人。

若真如此，他当情何以堪?

若彼时，他也许会像个真正的男人那般洒脱放手，笑着转身，把戒指扔进海里，从此，良辰不待，凉城不再。

可是凉城怎么也想不到，老天连一个让他踏上东京土地的机会都不给，偏偏乘坐的那班飞机就失事了。在满舱旅客惊慌哭叫的时候，唯有二十五岁的楚凉城，面容沉静，目光深邃，弧度完美的唇角，甚至衔着一抹浅浅的微笑。

心，一寸寸地荒下来，所有的焦虑、期盼、思念和不安，在面临生死的一刻突然变得沉寂，楚凉城配合地坐在位子上，静静地等待，生抑或死。

飞机在开满白云的天空中如一朵花瓣坠落的时候，楚凉城的右手放在左心房的位置，掌心紧紧握着一枚戒指。

羽蓝，依然恨你，依然不原谅你，若有下辈子，换你，等我七年。

第5章　我们的回忆再也无处安放

自从新闻播出飞机失事的消息后，羽蓝整个人就像掉了魂，连着两天不吃不睡，除了盯着电视就是疯狂地看报纸、上网，四处搜索和浏览相关的消息。

羽蓝这样子，苏浅微只能住在酒店陪她，回来两天了，羽蓝的家里不闻不问，连苏浅微看着都觉寒心，羽妈妈改了嫁，就不要自己的亲生闺女了么?

第三天上午，电视台终于公布了罹难乘客的名单，羽蓝在酒店的床上缩成一团，死死盯着电视画面，生怕漏掉一个名字。已经确认死亡的乘客有三四十名，羽蓝一个个地仔细看过去，没有他的名字!

没有楚凉城!

那么或许他当时没上这班飞机?或许他安然无恙?

羽蓝狂乱了，不知该做什么，受伤人员的名单里，也没有他，那么下落不明的那部分里呢?

她不敢再胡思乱想，猛然想起一个人，或许他能找到凉城。

羽蓝匆匆地换了件衣服准备出门，迎头碰上带早饭回来的苏浅微，她一把揪住羽蓝问:

“你去哪儿?先吃点东西，我陪你一起去!”

不等她话说完羽蓝就冲出了门，苏浅微只好放下东西疾疾跟上去。

招手叫了一辆出租，急慌慌地坐进去，苏浅微安慰地揽住她的肩:

“我刚在楼下也看到新闻了，死伤者中并没有楚凉城，所以你别太担心，说不定他好好的呢。”

羽蓝深深地吸了口气，枯槁了两天的眼神终于恢复了一点点神采，她疲惫地靠在苏浅微肩头，说：

“我想，现在只有他才知道凉城的真正下落。”

“谁？”

“程天蔚。”

羽蓝从小到大唯一恐惧和厌恶，甚至于到最后变成无比憎恨的一个人——程天蔚。

苏浅微并不知道羽蓝和那个叫程天蔚的家伙之间到底发生过什么，只知羽蓝一听有人提他的名字就会很厌恶地皱眉，路上老远见了他，也会绕道避之不及。

苏浅微问过羽蓝，而羽蓝只轻描淡写地说：“讨厌罢了。”

和喜欢一个人一样，讨厌一个人也是没理由的事。

阔别七年，羽蓝再次回到当年的家属大院，六层大楼已经破败不堪，医院修了新家属楼，老楼里的住户已经搬空了，唯有院中两株柳树犹在，四月天里，柳絮将尽，在东风的卷送中浮浮沉沉，似一堆残破的被絮。

昔日故人面，一张也不见了……羽蓝扶住那株树冠愈翠的大柳，望着斑驳旧墙上用白漆写着的巨大“拆”字，那些年华记忆汹涌而来，从心尖缓缓渗流出来的悲伤将自己包裹得无处可逃，她喃喃地说：

“凉城，我们的回忆，再也无处安放了。”

蕴藏七年的泪水，决了堤般，倾泻而下。

没有找到程天蔚，羽蓝失神地走在大街上。七年前因为那件闹得沸沸扬扬的风流韵事，她们的房子又被医院收回，母亲改了嫁，搬出了大院，羽蓝觉得自己在外流浪了七年，好不容易回到家乡，却又像水上漂浮的草，无可停留，无所依靠。

苏浅微陪她走了一会儿，突然拍掌道：“我真是笨啊，你要找程天蔚还不简单？黎少白就有他的电话啊！”

“黎少白是谁？”羽蓝闷闷地问。

苏浅微莞尔一笑：“T市市长的公子，我跟程天蔚接触不深，不过黎少白跟他还算熟悉。想必程天蔚那种人，跟这些高官权贵的子弟们交往的自然要多些。你等会儿，我帮你问他的号啊。”

不一会儿，羽蓝的手里就有了程天蔚的电话，拨号的时候还算坚定，可电话刚接通，一听到那道低沉阴瘆的声音，羽蓝的心就立刻揪了起来，像被人扼住喉咙，窒息到说不出话。

“喂？”

“哪位请说话。”

“喂！”

程天蔚明显地躁了，他的耐心很有限，苏浅微见羽蓝拨通了电话不说话，急了，怕他挂断，忙夺过手机放在耳边说：

“你好，程医生。我是羽蓝的朋友，楚凉城乘的那趟航班失事了，我们……”

“我知道！”话没说完就被冷冷打断，接着就是嘟嘟的挂线声。

“冷血！”苏浅微气得直骂，羽蓝接过手机，脸色格外苍白，惨笑了下，她轻声说：

“岂止是冷血，他本就不是人类。”

她给他打电话，一遍一遍，他始终不接。程天蔚明明猜得到这是羽蓝的电话，但他就是不接，他知道她担心楚凉城，故意一次次地折磨她的神经。

手机打得没电了，苏浅微看着近乎偏执的羽蓝，无奈道：“先回酒店吧，我让黎少白问他去。”

刚回酒店给手机充了电，程天蔚的电话便回了过来，羽蓝接电话的时候手都在发抖，暗弱的声音唤出那个噩梦般的名字：

“程天蔚……”

“想见他？”程天蔚的声线冰冷一如从前。

“嗯。”

“你怎么就知道我一定清楚他的下落？他早已不是七年前程家的凉城，如今他是T市最大的房地产商楚林远的亲孙子，沐旭集团未来的唯一继承人……”

“我不管他现在是谁，他是凉城不是吗？”羽蓝语声恳切，“至少他曾经是你弟弟……”

程天蔚虽然卑鄙阴险，但楚凉城这么多年来对这位兄长却始终保持着敬畏和信任，这是他可爱善良的地方，也是他最悲哀和不幸的地方。

“今天晚上七点，你在东云山庄门口等我。”

“我会见到凉城的，是不是？”羽蓝迫切地追问，话筒那头的程天蔚用鼻息轻嗤了一声：

“见了也没用，小羽蓝，有这时间你不如留着多想想我。”

第6章　他的目光，是她黑暗的过往

熬到晚上七点，羽蓝走出东云山庄的时候，看到门口泊着一辆黑车，借着灯光辨得出是辆奥迪A6。程天蔚从车中走下来，深蓝的风衣衬得整个人修长挺拔，他绅士地拉开车门，对她说了声请。

羽蓝直接无视，绕过副驾驶的门，径自坐进了后排座。

程天蔚挑起一抹深意的笑，上车，发动引擎。

“他没事，对吗？”

不知行驶了多久，羽蓝觉得压抑和沉默的气氛快要将她憋得喘不过气，终于忍不住先开了口。

前方并无回应，羽蓝握握拳头暗自骂了句混蛋，刚做了个深呼吸告诉自己克制再克制，就听到程天蔚慢悠悠的声音：

“小羽蓝，在日本这七年，应该交过不少男朋友吧。”

羽蓝一个白眼无声杀去，心里骂道，关你娘的屁事，面上却保持了冷静，蹦出两字僵得像石头：“没有。”

“嗬，这样啊，是日本男人不对你的胃口，还是你这样子他们看不上……我听说至今很多日本人还有非常严重的处女情结……”

“程天蔚！”羽蓝听到他的话似被蝎子蛰了一口，感觉从心尖到头皮都是刺麻麻的难受。

开车的男人轻俏一笑，说：“好吧，我相信你，不过凉城可不像你，这七年他交了不少女朋友呢。”

凉城……他都没有等她么？羽蓝的心像被谁又狠狠搓了一把，手指甲抠进掌心的肉里，她故作平静，没有搭腔。

程天蔚不知开着车把她往哪里带，羽蓝扭头看向窗外，四月的春夜，道路两旁的火红合欢树在路灯下模糊成幽红的轮廓，她深深吸了口气，放淡了语气，说：

“凉城到底怎样？我只想知道他现在是死是活。程天蔚你有什么企图就直截了当的告诉我，别在这装神弄鬼地藏着掖着，我没工夫也没兴趣陪你玩儿。”

这时的程天蔚已经把车慢慢停了下来，羽蓝摇下车窗看出去，竟是T市新落成的一座四星级宾馆，扭头看到转过身来的程天蔚脸上挂着暧昧不清的笑，羽蓝的后脑勺忽地晕了一下，一种不妙的预感慢慢贯透整个身体，她立刻缩了下身子，警惕地说：

“你想做什么？”

程天蔚从驾驶室下来，拉开后座的车门直接挤了进去，流水般的笑容始终浮在脸上，他说：

“你不是让我直截了当么，小羽蓝，我发现你比小时候更可爱了。”

淡淡的男士香水味逼入鼻中，羽蓝心叫不好伸手就去抓车门的开关，他却抢先一步按住她的手，啪嗒一声锁掉了全部的窗门。那种噩梦的氛围再一次笼罩过来，羽蓝的脸色煞白，一边退着身子一边叫：“程天蔚，你想干什么！”

手腕还没触到他就被死死控制住，程天蔚英俊的脸此刻像个地狱修罗，充满了邪恶的诱惑，棕褐色的眸子流转出一抹类似温柔的光芒，修长的身体紧紧箍住羽蓝：

“你想得到的，不就是凉城么？我知道，你对他根本没死心。可是小羽蓝，我要是告诉你凉城已经死了，你会怎样？你会……为他殉葬么？”

一口火热的气息倏地吹进耳朵里，羽蓝像被冰棱子锐锐地划了一下，禁不住一个冷战：

“不可能！凉城不可能死！”

直觉告诉她，无论楚凉城如今人在何处，他一定还活着！并且，眼前这个曾在名义上做了楚凉城十多年哥哥的人，分明知道凉城的下落！

羽蓝突然发了狂似的在他怀里挣扎，双臂带着他激烈地摇晃起来：“你这个混蛋，快告诉我凉城现在在哪儿！他要是死了，我跟你拼命——”

“嘭”，后脑重重撞在窗玻璃上，程天蔚将她紧紧按住，冷笑道：“凉城的命硬着呢，还没见识自己执念了七年的人究竟是个什么样的女人，他怎么可能去死？不过我告诉你羽蓝，没有我，谁也找不到楚凉城现在在哪儿——”

轻浮地在她眼睫上吹了口气，程天蔚朝车窗外看了一眼，扭过头笑得阴邪：

“除非你陪我去那里，也让我试试这几年不见你的味道有没有变化，技术有没有提高……”

“啐——”羽蓝一口唾沫啐到男人的脸上，气得浑身发抖，只觉得整个心脏都快爆炸开：

“程天蔚你他妈的真让人恶心，你给我滚！楚凉城认你为兄真是耻辱，你想想自己做的那些肮脏事，难道不怕有一天遭报应吗！”

程天蔚敛起笑容，一使劲把羽蓝整个人压在后座的皮椅上，威胁性地逼近她的唇，冷冷道：“事到如今嘴还真硬，从东京回来之前你就没想过会有这么一天么？你可以一逃七年，但却做不到一辈子不回来，因为你放不下楚凉城，所以你注定逃不出我的手掌心。”

在她唇上轻轻啄了一下，程天蔚眯起眼睛笑道：“别反抗了，反正也不是第一次，今晚让我舒服了，我就带你见凉城……嗯？宝贝儿？”

灼灼的气息扫过她的脸颊脖颈，羽蓝忽然全身使力地在车里踢腾起来，嘴里大声呼叫起来：“救命——救命——”

程天蔚一把捂住她的嘴，另一只手重重扼在她的脖子下，低吼道：“告诉你，没用的！别惹怒了我，待会就不是到星级宾馆开房那么舒服的事……你最好乖乖的听话，否则一辈子见不到凉城！”

羽蓝顺静下来，绝望如潮水瞬间漫过遍身，冰凉冰凉的泪水濡湿睫毛顺着眼角滚下来，渗到程天蔚的手心。他望她的目光稍稍有了一丝缓和，松开手，羽蓝大口大口地喘着气，额头的冷汗和泪水混着淌下，她点了头："我跟你去宾馆。"

一下车，羽蓝就被他紧紧拥在怀里，环顾左右，没有半丝逃走的可能。

夜晚的空气中还有莫名的花香，程天蔚拥着她走进宾馆的大门，目不斜视就直往电梯间走去。

刚进电梯，程天蔚就像失控的兽，一把将她摁在墙上肆意地强吻。羽蓝的后脑磕在墙上，被撞得头昏眼花，慌怒之中她推不开他，只得一脚狠狠踩在他的皮鞋上，程天蔚吃痛终于放开了手，羽蓝喘着气骂：

"程天蔚你这个恶魔……至少这里还有监控录像……"

"嗡嗡嗡。"羽蓝风衣口袋里的手机突然贴着身体震动起来，约莫是苏浅微的，她没有接，只是做出不经意的样子手指隔着衣服轻轻按了一下，她知道电话已经接通了。

程天蔚并未察觉异样，舔舔唇轻佻地朝她笑了一下："小羽蓝，你的味道依然很纯，我喜欢极了。快走吧，我都要迫不及待了……"

电梯叮的一声打开，羽蓝连忙大声说："在哪个房间？这是什么宾馆，我不喜欢这楼道里的味道。"

程天蔚一把将她拉出来，说："天沐，也是楚林远的产业，不过现在属于我的地盘。"

沐旭集团董事长楚林远为感谢程家这么多年来对楚凉城的悉心养育，投资兴建了一座四星级宾馆并交给程立德的儿子程天蔚打理。羽蓝脸色发白地跟他一起走着，手悄悄伸进衣服口袋里，握住了那部手机。

今晚躲不躲得过，就看这个电话了。

程天蔚为自己准备的，自然是整个天沐最高级的豪华套房，一进房间他就把门从里面上了锁，手里捏着钥匙，程天蔚对神经紧张的羽蓝魅惑一笑：

"先去洗个澡。"

羽蓝立刻往后一退，急急道："不用，我出门前刚洗过……"

程天蔚无所谓地挑了挑眉，脱掉深蓝风衣扯掉领带扔在床上，朝她扬声道："那我去洗。"

他当然不怕她趁机跑掉，钥匙他也带着进了浴室。羽蓝等他一关门就拿出手机，还没看清刚才那个来电是谁，程天蔚的头便又从浴室中探出来：

“把你手机拿过来。”

声音冷幽幽的，羽蓝立刻将它藏起来，咬唇道：“不。”

已经脱光了上衣的男人赤着臂膀走过来，一把夺过羽蓝的手机，转身回了浴室。

羽蓝只能坐以待毙，欲哭无泪！

虽然尽量地命令自己冷静冷静，羽蓝的脑子里还是忍不住一团凌乱。她紧紧捂着衣服的领子做出全身防御的姿态，她想假如她是一只刺猬多好，浑身长满尖锐的毒刺，程天蔚敢多碰她一下，就让他死！

浴室的水哗哗作响，她的目光在豪奢的房间里仔细搜寻着，落到那张银赤色的宽阔大床时心中一阵惊悚的颤栗，疾疾越过目光。她突然看到红木矮桌上的茶具，慢慢地走过去，她犹豫地将那纹路细腻的青花瓷杯往桌沿一推，啪地一声脆响，瓷杯在地上摔了个粉碎。

羽蓝迅速拣起一块碎瓷片握在袖子里，还没站稳浴室的门便被人推开了。

穿着白浴袍的程天蔚一脸清爽地擦着头发，随口问道：“什么声音？”

羽蓝立刻挪转几步，掩饰道：“我不小心把杯子撞掉了，你用的是景德镇的青花瓷，应该挺值钱吧……”

做出一副胆怯的无辜模样，程天蔚果然没有生疑，轻浅衔起一抹笑，扔掉毛巾朝她走过来：

“空调温度这么高，你穿这么厚不热么，把外套脱了吧……不然，我来帮你？”

说罢手已经伸了过来，羽蓝立刻退到一边：“不！不用！”

垂下头，袖子里边缘锋锐的瓷片割得她掌心生疼，羽蓝想，程天蔚再敢多碰他一下，她一定割破他的喉咙！

程天蔚嗤笑了一声，径自在柔软的大床上坐下。室内的温度足有二十七八，羽蓝风衣里面还穿着薄针织衫，全身的燥热让整个脸颊泛出一种近似透明的桃红。程天蔚看得已有几分入迷，手臂缓缓地攀延过去，猛然一搂便将发呆的羽蓝扔进了床上。

手指准确地钻进衣服顺着腹部一路向上，另一只手则迅速地解着她的扣子，羽蓝被他压在身下，拼命地做着反抗，胸前被触碰侵犯的感觉让她无比耻辱，头突然剧烈地痛了起来，痛得她几乎全身抽搐，握着瓷片的手也抬不起来。

眼看衣服快被剥光，程天蔚的手已经从胸前肆意地滑遍全身慢慢探向她的下腹深处："别碰……程天蔚……别碰那里，我求你……"

羽蓝绝望地挣扎着，七年前的噩梦旧影再次袭来，她的头痛得愈发厉害，握着瓷片的右手却不忘抖索着朝程天蔚的脖子划下去。

他半睁着眼睛正吻着她的锁骨，余光瞥到羽蓝的手，那棕褐色的眸珠突然凛狠，一歪头他从她身上翻下，羽蓝的瓷片刚好划在他的左脸颊上，一道细长的伤口瞬间便冒出了血丝。

"该死！"

程天蔚暗骂一句，转眸看向羽蓝的一眼目光，阴沉沉地透着危险，像她回不去的黑暗的过往。

铃铃铃——

程天蔚风衣口袋里的手机突然响起来，盯着衣衫不整瑟瑟发抖的羽蓝看了良久之后，他抹了一把伤口的血，从衣服口袋里找出了手机。

羽蓝迅速将衣服穿好，扣扣子的时候手指都在发抖，瓷片也掉在了床上，程天蔚脸上的血珠溅落在床单上几滴，触目惊心的红。

"哪位！"程天蔚很不爽的口气在辨出对方是谁之后立刻变得谦和，"噢，是黎少啊，怎么这么晚了打电话过来，有什么急事吗？我正在外地呢……对，做一场学术交流……哦，你说引进德国设备的事儿啊……黎市长真的肯批？资金……你稍等，这会儿说话不太方便……"

程天蔚看了一眼羽蓝，一只手系着浴袍带子，一边说话，一边走到门前扭动门锁，准备出去接电话。

"程医生。"

面容俊朗清秀的黎少白拿着电话赫然站在程天蔚的眼前，眸中满是嘲讽的冷笑：“的确是不方便呐，悉闻T市医院大名鼎鼎的一把刀风流潇洒，今天小弟果然见识了。”

还没等目瞪口呆的程天蔚挤出一抹尴尬的笑容，黎少白旁边的黄衣女子便一把拨开程天蔚挤进门去拉住了狼狈不堪的羽蓝：

“蓝蓝！你怎么样？”

苏浅微愤愤地瞪了门口的坏男人一眼，咬了咬牙附耳对羽蓝道：“我们先回去，以后有的是机会收拾他。”

失魂落魄的羽蓝如梦初醒，突然紧紧抱住苏浅微的胳膊，嘶叫道：“微微，救我！凉城！救我！”

楚凉城，为什么在我每一次无比需要你的时候，你都不在？

她猛地站起身朝僵立着的程天蔚冲过去，死命地摇着他的胳膊，哭叫道：“混蛋，凉城在哪里，究竟在哪里！你告诉我，程天蔚你把我的凉城藏到了哪里！我要杀了你——”

她想去掐他的脖子，可他太高大，伸出手只抓到他的锁骨。黎少白一把拦住，把几乎失控的羽蓝轻轻拉到苏浅微怀里，说：

“程医生，我相信今晚只是一场误会，对吗？我衷心地希望你的事业……能够一帆风顺，尤其是倒卖进口器械这件事……千万别被人抓住什么把柄。”

黎少白朝他露出一抹深意的笑，转身拍拍羽蓝的肩：

“好了，我们回去吧。”

第7章　我的凉城，你在哪里

凉城，你在哪里？为什么历经了七年分离之苦，我还是见不到你？

当初的离开，是我的选择，是我的错，可是我，不得不走。那样一个不堪的羽蓝，怎样面对爱得纯净爱得热烈爱得不容许两人之间有一毫微尘的你，凉城。

羽蓝回去就发了烧，缠缠绵绵地躺在床上，口口声声唤着的只有一个名字："凉城，凉城。"

总住在酒店也不是回事，苏浅微干脆让黎少白帮着把羽蓝接到了自己在市区买的那套双人居的房子里，这样照顾起来也方便些。

苏浅微担忧地望着烧得糊糊涂涂的羽蓝对跟前的大男孩黎少白说：

"少白，姐再求你件事，帮蓝蓝找到凉城吧，无论如何，一定要找到。"

黎少白听到苏浅微自称"姐"脸色立刻就阴沉下来，赌气地站起身，转给她一个背影：

"讨厌你在我跟前称姐！凉城，我会帮她找到！"

说毕，竟气鼓鼓地走了。

苏浅微的眼神有一瞬迷离，低下头拿湿毛巾给昏睡的羽蓝擦着脸，轻轻地苦笑：

"蓝蓝，爱情这么苦，为什么我们还要甘之若饴。"

羽蓝在梦中寻一个人，那么迷惘无助，那么悲伤恐惧，她试图拦住每一个曾在梦中浮现的人，她含着泪向他们追问，凉城呢，你们有谁看到我的凉城，我在海的另一头等了他七年，说好的七年为期，明天就是我们在永安门上的约见，为何不见他来？这七度年华，果真是封无效的信笺吗？

羽蓝在梦里回到十四岁那年的春天，又是一年柳絮儿飞，已经褪去乡土气息的羽蓝穿一件袖口镶满白色蕾丝花边的浅蓝色立领小衬衣，乌亮的黑发齐齐垂到窈窕的细腰间，粉面含嗔，一颦一笑，举手投足间散发出的少女美丽不仅压过了大院里自以为美过白天鹅的邱小清，更成了整所中学名副其实的校花。

邱小清嫉妒死了羽蓝，不止凉城喜欢她，学校里的男生们喜欢她，甚至连程院长都对她青睐有加，那件浅蓝的蕾丝小衬衣就是他去外地出差特意给羽蓝带回来的。要知道，在羽蓝没有搬到大院之前，所有人的目光都投注在她邱小清的身上。

可如今呢，除了已经念高中的程天蔚，所有人都喜欢羽蓝。

所有人都喜欢！

邱小清趁程天蔚骑单车放学回来的时候在院子里拦住了他：

“天蔚哥哥，我讨厌羽蓝的蓝衬衣，你呢？”

斜阳懒懒地洒在这个成日寡言却目光深重的少年脸上，他回头，看到一对十四五的少年少女嬉闹着从不远处开满合欢的树底下跑回来，绯红的霞光将他们的身影笼罩其中，程天蔚觉得羽蓝和凉城，欢笑的时候像一幅绝美的画面，他们笑得那么纯真、幸福，彼此清澈的眼睛里是浓得化不开的眷恋。

这种美好和幸福刺痛了程天蔚的某个深处，他盯着他们看了好久，冷冷地说：

“我也讨厌。”

他讨厌那个乡下来的野丫头整天整天地霸占着凉城，霸占了所有人的目光，他讨厌她对所有人天真灿烂地笑，唯有面对他时一脸戒备的目光，他更讨厌她越来越清丽脱俗的面庞，越来越窈窕玲珑的身体，偶尔牵着凉城的手从他身旁擦过时身上飘来的少女馨香。

更令他憎恶和羞耻的是十七岁这年的某个夜里，他梦遗了……而梦中那张纠缠不清的笑脸，居然是羽蓝。

邱小清狠狠瞪了一眼手拉手走进院子的凉城和羽蓝，嗤道："不嫌害臊，都多大了，还跟男生手拉手地走在一块，我要是你早羞死了。"

羽蓝呲开嘴朝她做了个鬼脸，拉着凉城就跑。

程天蔚的目光飘飘忽忽地跟在他们的背影上，冷薄如刀。

第二天，准备上学的羽蓝去院里收衣服时发现她的蓝衬衣不见了，而楚凉城则是到处寻不到他的小黑。耽误了一节课没上成，最后两个孩子是被大人撵着抹着眼泪去上的课，因为羽蓝的衬衣被人剪成碎布条塞在院里老柳树的树洞口，而树洞里掏出来的竟然是凉城养了七年的小黑。

蓝衬衣碎了，小黑死了。

程天蔚和邱小清躲在楼道的窗口看着羽蓝和凉城傻啦吧唧地围着那棵大柳树哭得伤心欲绝，脸上的表情，闪烁各异。

楚凉城虽然悲伤，却并没追查是谁毒死了他的小黑，只有羽蓝蹲在树底下，抱着一堆破布和小黑的尸体哭得嚎啕不已。羽蓝的妈妈拉不回她，只好叫来程院长，哭笑不得的程院长拍着羽蓝的脑袋哄道：

"过两天叔叔要去一趟苏州，到时候给你买你最喜欢的苏绣和丝绸。"这才终于让羽蓝平复了失去蓝衬衣的悲伤。

可小黑呢？

七年了，小黑养成了老黑，如今突遭黑手，凉城该有多伤心啊？排查完整个大院的人，羽蓝的目标锁定在程天蔚身上，可她不敢亲口问他，那双棕褐色的眸子阴沉沉地朝她一扫，她就立刻想躲到凉城背后。

小时候总骂凉城是个坏小子，相处之后她才觉得这个睫毛长长、皮肤白白、面庞精致得像幅画儿似的少年，其实就是个单纯如张白纸的傻小子。

她又想起凉城同学关于"白纸"的笑话。

那是刚上初一，她和凉城又被分在了一个班，并且继续很有缘地做了同桌，或许连在老师眼里，羽蓝和凉城就该是焦不离孟孟不离焦吧。

那时候男生中间很流行一种电子表，长得跟大人们拿的BP机很像，不过便宜很多，大概几块钱就能买一个。

上第一节政治课，老师是个长相温婉的气质女子，羽蓝听了一会儿世界观什么的，眼皮儿困得就有些支不住，于是埋下头装作看书地打起了瞌睡，正迷糊的时候突然瞥见凉城的桌兜里有个黑乎乎的东西，于是趁他听课的时候悄悄拿过来在手里把玩。

凉城这块表，跟别人的不一样呢，羽蓝心里嘲笑道，这傻小子也跟那帮男生似的，玩这种没气质的东西。

不过不知道这表上的时间怎么调……羽蓝埋头在桌兜里玩得起劲儿，不知按到了什么键，那块长得像BP机的黑表突然噪声大作，滴滴滴滴地响个不停。羽蓝心里一急，忽地一下把表塞进凉城的桌兜。正讲课的政治老师重重将课本扣在讲台上，唬着脸道：

“是谁的！自觉点给我站起来！”

羽蓝偷偷地偏头去看，可怜身旁的乖乖娃凉城还咬着笔头，睁着一双清澈的眼睛无辜地盯着老师。

“报告老师，是他！”

羽蓝刷地举起手，指着身旁的凉城，大有大义灭亲之凛然风范。

“楚凉城——”

老师拖长声音的警告让凉城恍然大悟，扭头看了一眼装得一本正经却将自己出卖的羽蓝，他立刻拿出妈妈给他买的BP机，关掉声音，低头认错：

“对不起老师，我定错了闹钟，以后再也不会了。”

他站起来，态度不卑不亢，看都不看羽蓝一眼。

“坐下吧，以后课堂上不许再出现这种东西。”老师叹口气，继续讲课。

凉城拿着机子坐下，羽蓝示好般地拽拽他衬衣的袖子，他理也不理，秀美的脸板得紧紧的，埋着头不知在桌兜捣腾什么。

老师让大家自习，羽蓝丝毫不以出卖凉城为耻，反而觉得他没趣，便百无聊赖地开始眯着眼睛看课本，学习那些世界观人生观什么的。

“滴滴滴滴……滴滴滴滴……滴滴滴滴滴滴滴——”

跟上次单调的铃声不同，这一次平静如湖的教室里久久回响的是《欢乐颂》的曲调，羽蓝被惊了一跳，刚抬头就发现脸色铁青的政治老师已经大步流星地走过来，腾地一下提着凉城的后衣领子将他拉起来：

“你给我出来！站到讲台上去！”

历来被视为优等生的楚凉城站在睽睽众目之下，少年轮廓清俊的脸庞像八月的石榴，红彤彤地烧了个透。

“你的人生观是什么？啊？楚凉城！你的人生就是一张白纸……”一脸痛心的美女老师拍着讲桌向凉城讲道理，突然朝下面挥了挥手，“哪位同学借我张白纸？”

眼巴巴盯着凉城一举一动的羽蓝忙不迭地拿着作业本第一时间冲了上去。

哧啦撕下一页纸，她一脸狗腿地递给老师，涎笑道：

“老师，给你……楚凉城的人生……啊，白纸……”

凉城黑白分明的眸子无辜而受伤地盯着羽蓝，恨不得跑过去揪住她那张粉嘟嘟的坏笑的脸，使劲地捏她揉她，让她哭着求饶。

“楚凉城，你的人生就是一张白纸，你最好先想想今后要在上面写什么画什么，这白纸就像人生，一旦写错了，弄脏了，就再也抹不干净了。人生是条单行道，走错一步就再也没有回头路……”

事后凉城很大度地并没找羽蓝算账，只不过一个多星期，羽蓝都没人帮她抄英语单词。而那堂关于白纸的人生教育课，或许并没对凉城的人生产生多大的影响，但那几句话却常常敲击着羽蓝的心。

人生，确是一条回不去的单行道啊，站在回忆的这头向你眺望，为何一片杂草丛生的荒芜中，再也不见你的背影？

第8章　孤单的拖鞋

羽蓝醒来的时候看到桌上的台历，二零零九年四月九号。

她立刻就疯了，凉城，凉城，她乱叫着，从床上跳起来抓住正在电脑前认真敲字的苏浅微，声音嘶哑：

“九号了！为什么不叫醒我！时间过了！过了啊——”

她要去T市的永安门，她要去记忆里那段破败不堪的旧城墙，她曾告诉过凉城，如果七年之后还有可能，他们就在这天相见，凉城，你还记不记得？

她连外套都顾不得穿，拿了桌上的钱包就往屋外冲，苏浅微没拦住，追出去的时候羽蓝已经跳上了一辆出租车，远远去了。

坐在车上，她对司机说：“师傅，我要去永安门。”

“永安门正在修路，过不去呀，姑娘。”

羽蓝的泪立刻就要涌出来，紧紧攥着钱包，她固执地说：“我不管，我就要去永安门。”

司机无奈地从后视镜里看了一眼这个委屈焦急得快要哭出来的女孩，商量道：“我绕远路也只能走到凤水桥，那儿是离永安门最近的地方了，你到那儿下车怎么样？”

羽蓝咬着唇点头。

七年未归，T市的变化是巨大的，羽蓝站在人流熙攘的凤水桥畔，几乎认不出这是她生活了十多年的城市。记忆中狭窄的街道被扩成几十米的宽度，各色汽车穿梭不息，路口的红绿灯闪闪烁烁，她立在一片喧哗中，像丛林中迷失的孩子。

风呼啸着吹起她的头发，凌乱飞舞，凭着残存的模糊记忆，她朝东边永安门的方向一路走去。

沿途在铺路，挖掘机、碎石、水泥以及走着走着就会出现的路障让羽蓝一路走得无比艰辛，原本十几分钟就能到的路程，她走了将近一个小时。出门时脚上是一双居家的布拖鞋，走到半路的时候她被凸起的水泥块绊了一下，鞋掉进了旁边的下水井里，羽蓝手里拿着一只落了单的旧拖鞋，站在故城已不复熟悉的铅灰色天空下，无泪，亦凄凉。

没有凉城，连生养了数十年的城市也成为一座废墟，羽蓝赤着脚走到永安门的时候，四月的天空下起一场雨。

永安门哪里还是昔日的熟悉模样呢？城墙颓塌了，长满青苔的古砖残瓦散了一地，工人们正和着水泥，把一块块崭新的青砖往墙头上砌，昔日光亮威武的老城门上如今贴满了牛皮癣似的小广告，那记忆中“古城夕阳吹横笛”的景象，早已被时光的废墟掩埋，任凭羽蓝赤着脚爬上那一堆废墟，站在永安门辨不清面目的最高处，她仍旧找不回她的城，她的故城，她的凉城。

雨不急不慢，下得并不大，却足以将在城墙上坐了很久的羽蓝浇得遍身尽湿，哪里有凉城？天空中除了低压的阴云连熟悉的鸟儿都不曾飞过一只，多少次他们遗落在古城墙上的笑语欢颜，誓言诺言，又到何处去寻？

羽蓝握着那只孤单的拖鞋，坐在城墙上终于放声大哭，凉城，我不曾失约，而你，为什么没有来？

苏浅微到处找不到羽蓝，接近傍晚的时候才接到同学周晓元的电话，说在市一高的老校区门口看到一个女孩，好像是羽蓝。

“蓝蓝，蓝蓝——”苏浅微停好车，抄了一把伞就往雨地里冲，老一高的后操场上，一个浑身湿透的女孩正孤零零地坐在看台上，手里拎着一只湿透的旧拖鞋。

苏浅微迅速跑过去将伞遮到她的头顶，又心疼又责备：“傻子，下着雨坐在这里做什么？怎么还拿着鞋……”

没说完话，她低头看到羽蓝沾满泥污的双脚光着，大概被碎石杂物扎伤了脚底，殷红的血混杂在泥水里，滴滴答答地顺着脚底淌。

“蓝蓝！”苏浅微心疼得说不出话来，脱下外套将羽蓝裹在怀里，她在羽蓝身旁蹲下，哽咽道，“你别这样，不过是一时找不到他而已，凉城……他心里一定还有你的，我们肯定能找到他。”

羽蓝发白的脸上嘴唇已被冻得乌青，发间的水渍淌下来滑过弯弯似月的细眉。她眼神渺远地望着看台下的足球场，喃喃地说：

“凉城最喜欢踢足球，当年我也是坐在这儿，看他踢比赛，帮他拿球衣，帮他拿水，帮他加油欢呼，整个一高再也没有比他的足球踢得更好更帅的……当年那么多女孩站在旁边为他欢呼，为他拿饮料，叫着他的名字，可凉城比赛下来，只喝我的水，只坐在我旁边，只看我，只牵我的手……”

“可是现在……”她握了握手里的拖鞋，抬头向苏浅微笑，“我就像这只落了单的拖鞋，失去了另一只，便再也不能往前走，它生命中的另一半掉进了深沟掉进了永生无尽的黑暗，微微，我知道，再也找不回凉城了。”

苏浅微抱着她的头拼命地安慰：“不会的，蓝蓝，你一定能找到凉城的，在你回国之前我还见过他一次，他现在也一定好好的……”

“微微，你知道凉城……他这几年过得好吗？”羽蓝仰起脸，认真地问着她，一双又大又黑的眼睛里密密麻麻全是悲伤。

苏浅微举着伞点头：“他很好。虽然那年落榜了，但他又复读了一年，考上了上海交大，学的是经管。本来以为他会留在上海，没想到毕业后他还是回了T市，蓝蓝，我想是因为你……如果不是这里曾留下你们十多年的回忆，他不可能回来。他母亲去世后，凉城那远在台北的爷爷来到T市要带他去台湾，他也不肯，说这里有他的根，所以他爷爷才会把在台北的房地产投资放到咱们T市，办起了沐旭集团。”

顿了一下，她继续说：“凉城就在沐旭集团工作，才二十五岁已经是地产商圈新兴领军人物……”

羽蓝一直专注地听着，轻轻眨眼，抖掉睫毛上几颗晶莹的水珠，她微微笑道：“他身旁从没缺过女人，是不是？”

被突兀地一问，苏浅微顿住，她不知该怎么告诉羽蓝，虽然和凉城的接触不多，但同处一城她也会时不时地碰到他，有时是在朋友聚会中，有时是商业活动，面容英雅气质出众的他总能一出现就成为众人的焦点，但女人……确实是有的，至少上一次在她的新书发布会上，楚凉城就挽着那个邱小清到了现场，看样子关系还比较亲密。

苏浅微自然不能告诉她，于是掩饰地说："怎么可能，蓝蓝别瞎想。刚才孟阿姨找到我了，她听说你住在我那儿……"

犹豫了一下，她劝羽蓝："不然回家看看吧，看样子孟阿姨也挺记挂你的，蓝蓝？"

羽蓝的眼神薄凉、茫然，眼底似有大团雾气弥漫，她轻轻地颔首："便是她在世人眼里再不堪，即便她再不认我，我也没忘她是生我养我的妈，微微，我们回去。"

一路上，羽蓝很乖很听话，回到住处，苏浅微帮她放热水洗澡，帮她洗头发换衣服，问她：

"水温好不好？"

"好。"

"穿这件毛衫好不好，下雨了，冷呢。"

"好。"

"我给你煮了面，先吃点东西，待会我送你回家。"

"好。"

苏浅微说什么她都说好，苍白的小脸上挂着稀薄的笑，像木偶，偏生一双水汪的眼睛；像影子，偏生她又穿件粉红的小熊毛衫乖乖地吃着一碗热面，那么的，活生生。

"我已经让黎少白帮你找凉城，蓝蓝，别担心，他一定能找到的。你别这样，你总这样我害怕，真的蓝蓝，你不笑不动不说话的样子我好害怕，虽然我不知道当年为什么你们会突然分手，但我想你们仍然是彼此深爱着的，否则你不会这样，他也不会跑到东京去找你……蓝蓝，振作起来，你不是还要工作吗？等你回家休息几天，咱们一起去市医院谈工作的事，程院长你也熟……"

“微微——”一直低头吃面的羽蓝突然搁下筷子，从餐桌前站起来，“我回家了。”

说罢她拿了外衣和包就要出门，苏浅微连忙去拿车钥匙：“我送你。”

“不用了。我的行李先放在这儿，等我租好房子就拿走。”

羽蓝回头给了好友一个薄薄的微笑，出去的时候随手轻轻带上了门。

忘记了拿伞，外面的雨还没停，傍晚华灯初上，羽蓝拿着手袋站在苏浅微小区外的马路边等出租车，浅微追出来给她伞，眼睛里满是担忧：

“蓝蓝，你是不是不高兴了？我不是不留你，你住多久我都喜欢，只是今天下午孟阿姨来找我的那个样子，她哭着说你好久都不肯跟她联系……”

羽蓝故作轻松地吐了口气，接过好友的伞，笑道：“我知道的，你回去吧，我走了。”

第9章 已经没有家

家，到底在哪儿呢？

羽蓝被司机唤回神的时候才发现她来错了地方，这是前天她跟苏浅微刚来过的医院老家属院儿，散落着她整整十年青春时光的家。

可已不是母亲的家，自从羽蓝去了日本，母亲孟碧云和程院长的事情闹得人尽皆知，迫不得已的孟碧云改了嫁，房子被医院收回，所有一切，混着时光的碎片，霎时烟消云散。

羽蓝转回出租车，说了一个很陌生的地址。

那是母亲曾告诉过她的现在新家的地址。

已经快晚上九点了，羽蓝下了车在附近的超市里花了近两千块买了两盒西洋参拎着，敲开了母亲的家门。

敲了好几声，是一个三十多岁的陌生男人开的门，看到门外的羽蓝，一脸疑问：

“你找谁？”

羽蓝也愣怔了一下，正想是不是敲错了门，便听到一道久违的女声带着几丝惊喜传过来：

“是蓝蓝回来了吗？”

母亲孟碧云出现在羽蓝视线的第一瞬间，她的鼻子就酸了，七年没见……她怎么老得那么狠，若不是那声音表情一如往昔，羽蓝险些认不出这个头发斑白，又瘦又小的妇人是当年在大院被人称为俏寡妇的母亲，她不过才刚五十吧……

“妈——”羽蓝憋着嗓子喊了一声，眼睛红红的，忍着没掉泪，喊了一声妈又不知接下来该说什么，她把手里的东西递过去，“给您和叔叔买了点补品。”

孟碧云拉着她进了屋，细细打量了一番后指着旁边身材壮实的男人介绍：“这是你杨叔叔的儿子，杨林。小林，这是我女儿羽蓝，刚从日本留学回来。”

杨叔叔就是孟碧云现在的丈夫，羽蓝礼貌地向杨林点头问了好，杨林笑呵呵地说：

“早就听阿姨念叨你了，蓝蓝坐着，我去泡茶。”

“谢谢。”

趁孟碧云起身去洗水果的工夫，羽蓝坐在半旧的仿皮暗红沙发里细细打量着这个家：三室一厅的居室原算不上小，不过大概由于住的年头太久了，整套房子从家具到墙壁摆设都呈现出一种陈旧的状态，看得出来，杨家的经济状况并不算好。

“蓝蓝，吃个苹果吧。”母亲端了一盘红红的苹果递给羽蓝，自己也在对面坐下。

“噢，好。”刚伸手接了，杨林又端了杯茶走过来，羽蓝不得已再次从沙发中站起来，嘴里道着谢。

孟碧云眼睛有些湿润，说：“蓝蓝别那么客气，你现在回了家……”看了一眼杨林，又说，

“以后你就住在家里，小林就跟你亲哥哥一样。”

面容平凡，眼睛却透出一股精明劲儿的杨林点着头附和：“嗯嗯，蓝蓝别客气，就把这儿当自己家一样，有你这么个出息的妹妹，我也觉得长脸啊。阿姨，听说蓝蓝打算进咱们市的中心医院对吧？”

孟碧云笑着点点头，不是不骄傲，可心里的愧疚让她不敢将这份骄傲显露半分。若不是当年她在女儿最无助最需要抚慰的时候闹出那样的事，非但没尽到母亲的责任，反而狠狠打了她，她养了十七年的乖羽蓝怎么会一气之下跑到日本，经受七年异乡漂泊的辛酸？

想到这里，孟碧云对杨林说：“小林，明天把贝贝的书房先收拾一

下，让蓝蓝搬进去吧。你们一家三口要是嫌房间挤，就把我和你爸的房间换一下。”

羽蓝的心里咯噔一下，再细细打量，这样一个狭小阴暗的家，挤满了她不熟悉的面孔，她怎么能住得下去？

杨林一听要自己的孩子腾房子，立刻说：“贝贝那小家伙从四岁就不跟我们睡一屋了，说嫌我打呼噜吵得慌，阿姨……要不然今晚让蓝蓝跟她嫂子住我那间，我睡客厅。”

羽蓝一听立刻打断：“不用麻烦了，我坐一会儿就走……”转眼看了看母亲憔悴的脸，她咬咬唇，声音不由黯然，

“我就是回来看看妈，您一切都好，我就放心了……我去朋友那儿住。”

孟碧云的脸色顷刻就变了，对着杨林也不好说什么，只是坐在那一个劲儿地擦眼角。羽蓝看了心里难受，缓缓站起来，笑着说：

“就是没见到杨叔叔，改天我再过来看你们。”

杨林说：“爸去打牌了，蓝蓝你再坐会儿呗，外面还正下雨，要不晚上就先住下……”

嘴里是这么说，眼神里已经透出要送客的意思，羽蓝也客套地微笑着，说：“不用了，你们早点休息吧，我去朋友那儿，她已经说好开车来接我。”

恨不得一步飞出这个令人窒息的空间，羽蓝挂着快要僵掉的笑容疾疾走出门，下了楼听到母亲从身后追上来的脚步声。

夜里的雨，依旧下个不停。

母亲帮她把忘在门口的伞拿了过来，而后慢慢说了一句话：

“蓝蓝，我都改了。你，原谅妈妈吧。”

羽蓝的心脏猛地抽了一下，接着紧紧缩成一团，眼睛一闭就是七年前的一幕又一幕，她吸了口气，从胸腔发出干干的凉笑：

“您永远都是我的妈妈，这是任何人任何事都改变不了的事实，所以您放心……我既然选择回来，就一定会孝敬你。如果有一天……杨家呆不下去了……我还是能养你的女儿。”

“蓝蓝，当年是妈一时糊涂，我后来去找过凉城道歉，连他都肯原谅我……为什么你就……”

羽蓝站在雨地里，孟碧云站在身后的楼道处，灯光忽明忽暗，彼此有几分隐约相似的脸各自带着看不清的表情。一天下来羽蓝的头几乎要被回忆的火山冲得爆炸，太阳穴处突突地跳着疼，她不想再提起任何陈年往事，于是慢慢撑开伞在积水里走了几步。

“妈，外面冷，回去吧。”

吧嗒，吧嗒，脚上的平底皮鞋踩在雨水里发出轻微的声响，夜色寂静，羽蓝又走了一段距离，听到母亲颤抖的喊声：

“蓝蓝，不要因为我，失去进医院工作的好机会。”

羽蓝顿了一下身形，咬咬牙，继续往前走。

第10章　微微，这光阴为什么这么疼

羽蓝撑着伞，在潇潇沥沥的暮春夜雨里走了大半个夜晚，城市的灯火一盏一盏地亮起来。她驻足遥望，心想，每一个灯火通明的窗口，都会有一份温暖的守望吧，只是在这个她曾经无比熟悉，而如今又无比陌生的城市里，再没有一个人，会站在那条幽长漆黑的巷道口，打着一只手电，默默等她归来。

羽蓝的泪，怆然而下，凉城啊凉城，究竟要怎样，才能重新回到过去？是不是上天给每个人的幸福和甜蜜，都是限了量的，而她和凉城，只有十年，只能走十年那么远……

或许是在那十年当中，她因懵懂而挥霍得太多、浪费得太多，于是等她刚刚醒悟过来，想要去抓住，想要去珍惜的时候，那些青春和爱情就像没拧紧龙头的水，滴滴答答全部流走了……

凉城曾经问羽蓝："你长大以后想做什么？"

羽蓝歪着头笑得眉眼弯弯："做医生啊，穿白大褂，拿手术刀，跟程叔叔一样，又帅又厉害。"

凉城嗤之以鼻，纤净的手指头点点她的脸：

"没出息，没劲，没创意。大哥要做医生，你也要做医生，你们真没追求。"

程天蔚也想当医生？羽蓝一想起那个眼神阴翳的像黑色冰山似的少年就觉得讨厌，暗暗想程天蔚要当了医生，她羽蓝以后绝不跟他在同一所医院。

凉城跟她肩并肩地坐在学校后操场的双杠上，托着下巴说："我就不

想当医生。”

“为什么？”羽蓝拨开他托着脸颊的手，凑过去一双骨碌碌的大眼睛，“咱一块儿做医生多好，穿上白大褂，手里操着刀，站在病人跟前，琢磨着往他肚子上的哪一块开始下刀子……多天使多伟大呀……”

“扑——”凉城笑出声来，瞥她道，“穿上白大褂，手里操着刀，还在病人肚子上比比划划的？我怎么听起来不觉得像天使？像屠夫……羽蓝我劝你还是跟我一块学管理吧，女孩子学企管多好啊，穿着高跟鞋小短裙，坐在写字楼里对着一台电脑噼里啪啦，啧，我就喜欢那种有气质的女白领。”

羽蓝咣当一个爆栗敲在凉城脑门上，气呼呼地撅嘴道：

“坏小子，小小年纪就知道喜欢女人，色死了！我以后再也不理你了！”

腾地跳下双杠，羽蓝拍拍裤腿上被溅上的灰尘，对凉城冷哼道：“我就是要当医生！我就是要救死扶伤，像你这种傻小子，根本就不会懂。”

虽然没有真的生气，但羽蓝还是觉得小小的失落，她看不到凉城穿白大褂的样子了呢。凉城长那么好看，眉眼秀雅骨骼清奇，若再穿上一袭白衣，一定美如画中少年，可是他居然看不上医生这职业！

羽蓝低头踢着石子儿，闷闷地走在暮色里，凉城跟上来，手插裤兜，笑容闲散，半分也没有要哄她的样子。

凉城在夕阳里吹起口哨：“我有一头小毛驴，我从来也不骑，有一天我心血来潮骑着去赶集，我手里拿着小皮鞭，我心里真得意，不知怎么哗啦啦啦，摔了一身泥……”

羽蓝一听，是自己教他吹的那首《小毛驴》，忍不住就笑，谁知一失神竟跳进了学生们练跳远的沙坑里，脚底被坑沿一绊，羽蓝扑腾一下摔进沙坑，啃了满满一嘴的沙子。

可恶的是凉城非但不来拉她，还立在一边哈哈大笑地捂住了肚子。

“啊呀，羽蓝你……不知怎么哗啦啦啦摔了一身沙……”他指着她笑着用小毛驴的调子唱起来，修长的双眉扬起，嘴角的酒涡深深地陷下去，双手还比在耳边，做成驴耳朵的模样。羽蓝气坏了，呸呸吐掉满嘴细沙，抓起一把沙子就往凉城的身上扬去："臭凉城，你别跑——"

凉城哧溜一下就逃了，羽蓝在后面追着，青春的笑声如荆棘鸟身上抖落的羽毛，一片一片，遗失在挥着翅膀停不下脚的飞快时光里。

羽蓝想做医生，是因为对父亲当年的死难以释怀，她不明白一向强健得可以一口气把自己架在脖子上走十多里山路的父亲，不过得了一场急性阑尾炎，怎么就会在市里最大的中心医院里丢掉了性命？那场足以给她整个家庭带来震荡的医疗事故让羽蓝第一次认识到，原来不是每个医生都是救人的天使，不是每把手术刀都能挽救生命，有的时候，那把操控人生死的刀，就像凉城说的，是屠刀。

后来凉城说，你想做什么就做吧，大哥说他喜欢那种能操控人生死的感觉。羽蓝，我相信，只要你努力，日后定能成为悬壶济世的一代良医。

悬壶济世的一代良医？

羽蓝笑了，眼前似乎又出现凉城的脸。清朗如月光的少年，在那个晚雨清凉的傍晚，躲在樱花树下，温柔地抚摸着她的脸，眼睛像夜幕中的星星璀璨闪耀，向十七岁的她脸上落下轻轻一吻。凉城红了耳颊，修长温暖的手指紧紧与她纠缠，气息不匀地望着她说："羽蓝，等你长大了，不要嫁给别人，只跟我，跟我好，跟我过一辈子，好吗？"

羽蓝缓缓睁开眼皮，用手一摸，脸上竟是满满的水渍，是雨还没停，还是她在梦里一直哭了这么久？

差不多凌晨了吧，她拿出手机看了看，果然已经是四月十号的凌晨两点，她竟在一家商店的门口睡了这么久。

活动了一下几乎冻麻的身子，羽蓝看看雨已经停了，便收起伞站起来往街上走。

浑身上下跟灌了铅一样的重，白天被扎伤的脚底因为走路太多只怕发了炎，又痛又肿，还隐隐渗着血。羽蓝走了几步又在马路边蹲下，她太累了，太疼了，疼得她受不住，于是她蹲在路边的一杆路灯下，闻着身旁泥土和植物混杂着的湿润气息，给苏浅微打电话。

在漆黑寒冷的雨夜里，她等不到一个人，接她回家。

微微，这光阴，为什么这么疼？

第11章　时间是道隐秘的伤

羽蓝在浅微家那张软和的双人床上醒来的时候，已经接近下午三点。天晴了，阳光清亮地像稀薄的金子，顺着窗台洒在身上的软被上，羽蓝嗅到空气中有香香的味道。

苏浅微把饭菜刚摆上餐桌准备来叫她，却发现羽蓝已经醒了。

她心疼死这个女子了，明明已经那么狼狈，还要故作坚强。她以为她会留在她母亲那里，没想到半夜她找到她的时候，狼狈不堪的羽蓝像一只走失街头的流浪狗，睁着一双黑白分明的大眼睛，瑟瑟抱成一团，巴巴地等着有个人，将她接走。

"微微，凉城有消息么？"安静吃饭的时候，羽蓝突然问。

苏浅微坐在一旁看她吃饭，听她问起，迟缓地摇了摇头，又安慰道：

"不过你别急，我已经从航空公司那里找到了所有乘坐那班飞机的旅客名单……"

"有他么？"

浅薇抿抿唇，注意着羽蓝的神情，见她一副清淡地仿佛已不关己的表情，才说："有。楚凉城，T市——东京。头等舱，7号座位。"

羽蓝握筷子的手抖了一下，但很快她掩饰过去，低头拨着碗里的米饭，静待下文。

"他在下落不明的那几个名单里。他们说，也许还有生还的可能……"

羽蓝一直沉默着，慢慢吃完了那碗米饭，她对好友说：

“待会去市医院，我想尽快把工作安顿下来。”

下午四点，苏浅微开车把羽蓝送到市医院的大门口，有点担忧地问：“你一个人行吗？要不我陪你去找院领导。”

羽蓝笑着扬扬装着学历表和个人简历的公文袋：“你快回去忙正事吧，我还等着你新书出版呢，我跟医院的人混了十来年，熟门熟路，放心吧。”

出版编辑的电话一个挨一个地催，苏浅微无奈地对羽蓝抱歉道：“那行，办完事给我电话，我来接你。”

“嗯。”

目送好友的车子离开，羽蓝站在新建不久的市中心医院门口，做了个长长的深呼吸，拿着公文袋，朝里面走了进去。

在门卫处打听到了院长办公室的位置，羽蓝穿过急诊楼、住院部，找到了医院行政办公的地方。

七年过去了，她没想到程立德依旧稳坐着院长的位子。

羽蓝还清晰地记得程院长的模样，高高瘦瘦的个子，儒雅温和的气质，有很白净的皮肤和纤长的手指，每当他从医院下班回来，总是会变戏法似的掏出一大把糖果，一手牵着凉城，一手牵着她。

每当他和凉城一大一小地将羽蓝送回家，母亲孟碧云就会站在门口客气地说，蓝蓝这孩子淘气，今天又欺负凉城了吧？程院长你就是太惯着这丫头了，她性子野，该骂的时候你尽管骂。

程院长很和蔼地摸摸她的头，对母亲笑着说，蓝蓝很乖的，我跟凉城一样，打心眼里喜欢这孩子。

于是凉城用很不屑的眼神瞟羽蓝，用唇形悄悄说，我才不喜欢你这疯丫头。

羽蓝更是冲他皱鼻子瞪眼。

两个口是心非的孩子暗自较劲的时候根本想不明白，孟碧云和程院长究竟哪来那么多话，他们一里一外地站在门口聊天，从羽蓝和凉城的学习，说到十年前各自的青春，说得羽蓝都嚷着肚子饿了，程院长才有些不好意思地拉着凉城离开。

孟碧云没留他们父子吃饭，可羽蓝觉得她的脸红红的，透着罕见的桃花样的绯红。

也许，就在她和凉城纯稚的感情渐渐生长、蓬勃、含苞待发的时候，母亲和程院长之间，也正有什么在缓慢而隐秘地蔓生着，像窗前纠结缠绕的爬山虎，不动声色却密密麻麻。

凉城的妈妈婉荷也是羽蓝很喜欢的人，她是医院的护士长，很年轻，比程院长和妈妈都要小五六岁的样子。羽蓝听妈妈说，婉荷阿姨是上海人，在她十九岁上护校的时候跟一位台湾来的年轻商人谈恋爱，但男方家里不认可，婉荷就跟那个叫楚风的男人逃到T市。结果他们还是被楚家找到了，楚风开车带着怀孕的婉荷在前面逃，楚家的人在后面追，最后汽车冲下高架桥，楚风死了，怀着孩子的婉荷却奇迹般地活了下来。半年后，在T市定居的婉荷生下孩子，并给他取名，凉城。

她在这座陌生的城市失去了她的爱人，所以她的心，从此成为一座凉薄的空城。

羽蓝总觉得婉荷比母亲孟碧云好看，虽然她没母亲丰满没有母亲明艳，性格也不如母亲热情活络，但那种婉约如白茶的忧郁气质总是让羽蓝着迷。有一次她跟凉城在医院看到了走廊上的婉荷，身材纤秀，脸庞小巧，身上穿着一件粉红色的护士服，羽蓝禁不住赞叹：

“凉城，你妈妈真漂亮。”

“你也不错啊。”凉城低低地说。

羽蓝没听清，侧头问：“什么？”

凉城跑开了，站在婉荷的跟前不知说了什么，母子俩朝着羽蓝的方向一边说话一边微微地笑。

甜甜唤了声阿姨，婉荷摸摸羽蓝的脸，微笑着问：

“你妈妈还好吗？”

程立德往羽家跑的次数慢慢多起来，婉荷并不问，他却主动解释说，因为羽蓝爸爸的事，孟碧云有了阴影，生病也不敢去医院，咱们左邻右舍的，又是医生，当该去照看照看。

羽蓝点点头说：“好着呢。”

婉荷的笑容变得奇怪，放下抚摸羽蓝的手，嘱咐了凉城几句就走了。

羽蓝至今才想明白，也许聪明的婉荷早就察觉出了丈夫和孟碧云之间的异乎寻常，只是隐忍温婉如她，从来不说。

羽蓝记得，出国之前，正是程立德的事业最波折的时期，因为婉荷的突然自尽，他和孟碧云间的隐秘终于被撞破，流言闹得满城风雨，医院院长的位子也岌岌可危。

而当时的羽蓝自己也正遭遇着人生最大最痛苦的黑暗，以至于在凉城面临猝然失去母亲的重大打击时，她非但没能给他任何安慰，反而背负着母亲和自己对凉城的双重愧疚，对他说了分手，而后仓皇狼狈地逃到了日本。

羽蓝想，她是如此无情和深刻地伤害过凉城，如今却又怎能让他不恨？凉城的一恨七年，是她欠他的。

羽蓝在院长办公室的门口站了很久，才终于收拾好思绪和心情，尽量做出一副平静的表情，她抬手敲了敲门。

“请进。”

程立德的声音依然温和磁性。

羽蓝推开门，宽大的办公桌前坐着一个身穿白大褂的男人，五十来岁的年纪，鬓角有隐约的白发。

程立德正忙着翻看一沓文件，羽蓝在跟前已经站了好久他也没顾得抬头。

“程院长，你好。”

羽蓝握着文件袋，缓缓朝他开口。她一点也不恨他，怪只能怪自己，程叔叔好端端的一个家，被自己的母亲给破坏了。

“是……蓝蓝？”程立德闻声，恍然抬起头，平添了几分皱纹的脸上闪过一丝惊喜。

羽蓝点点头，露出一个客气的微笑，将手中的公文袋放到程院长的桌子上，她说：

“听说咱们T市医院正在招收学成归来的留学生，我想过来试试，程院长，这是我的履历表。”

程立德随手翻了翻羽蓝的履历，抬起头叹了口气："真是长大了，这要是走在路上，我说不定已经认不出当年的小蓝蓝了……东京大学医学院心脑血管科……嗯，现在院里正需要你这样的年轻人，不错。"

他让羽蓝坐下说话，又热情地起身到饮水机那里给她泡了杯茶。

"谢谢。"

尽管他刻意敛藏，羽蓝还是莫名觉得程院长对她的笑容态度带着几分歉愧。

"没想到你当年会走得那么突然……在日本生活还习惯吧？"

程院长坐下来关切地询问。

羽蓝淡然笑笑："还好，挺习惯。"

当时那种情形，除了离开她别无选择，不过也许应该庆幸的是，正因为母亲的身败名裂，她被人侮辱的事情除了母亲和程天蔚，连她的好朋友都没一个知道。

那个时候，所有人关注的焦点是婉荷的死和院长程立德与寡妇孟碧云日久生情闹出来的风流事。

羽蓝到了东京之后，收到过一次T市来的汇款，数额很大，足以支撑她念完东京大学的本科加研究生。

她猜到钱应该是程立德汇来的，家里的存款大多是当年父亲的抚恤金，羽蓝拿着也只够办去日本的签证和东京大学一年的学费。

但她把那笔钱又按原地址转了回去，她不要他的钱。

程立德应该觉得歉疚的，是凉城，而不是她。

没有人知道在日本的几年她是怎么度过的，她恨母亲，恨她背叛了爸爸，恨她害死了婉荷，恨她破坏了凉城的家，恨她在她最无助的时候不能给自己任何抚慰和庇护，而让她独自一人孤单地承受着所有黑暗和梦魇。

在东京，除了偶尔与苏浅微等几个好友有些电子信件之类的联系，她与T市几乎隔绝。

六年多的时光，她半工半读，硬是靠着给人教中文做家教、给餐厅打工，甚至到富士山下摆地摊……年轻的少女凭着自己的劳动，在日本整整待了七年。

往事不想再提，羽蓝坐了一会儿，说：

“您先看看我的履历，如果需要考试或者实习，请尽管安排。我自知资历尚浅，若有不适合的地方，程院长也不必顾虑，公道办事就好。咱们以前是邻居，若是被人误会程院长用了什么特权，我会觉得过意不去。”

程立德朗声大笑：“怎么会，你想多了。医院现在正是缺人才的时候，况且你的各方面条件都很满足医院的要求。这样吧，我把你的资料拿给几个领导和专家们商量一下，能不能行，看大家的意思。”

羽蓝于是站起身，说：“好，那就谢谢程院长了。”

程立德温和地笑着点点头，目送羽蓝离开了自己的办公室。

长长慨叹一声，脸上的笑容渐渐敛回，程立德的耳畔仿佛又响起孟碧云的声音：

“蓝蓝回来了，立德。看在咱们过去的情分上……蓝蓝从小就希望能当个医生……”

程立德打断她：“放心，这事儿便是你不交代，我也自然会办成。蓝蓝这孩子……我们亏欠她的太多。”

他望着几年前因为与自己的一段婚外情而不得已改嫁旁人的孟碧云，几乎难以将眼前这个瘦小苍老的妇人与当年那个盛年守寡、丰姿绰约的孟碧云联系在一起。

时光易老，命运难料，程立德慨叹一声，取出手绢擦了擦桌子上摆着的一副相框，那是十几年前的老照片：年轻意气的自己，柔和秀美的婉荷，英俊的大儿天蔚和灵秀的小儿凉城，一家四口，幸福美满。

第12章　那么讨厌，不过源于最卑微的喜欢

羽蓝出了院长办公室，走到急诊大楼旁的时候突然瞥到一抹熟悉的影子，那是程天蔚。

什么都来不及想，羽蓝的第一反应就是闪身躲开。

藏进一丛树后，她看到身穿白色医生服拿着一叠病历的程天蔚跟两个护士走在一起，边走边说着什么，一脸轻浮的笑，身旁的小护士捂着嘴笑得羞涩。

羽蓝在心里将这个披着羊皮的狼又咒骂了一遍，握了握拳头，等他从走廊上走过去的时候，才缓缓站起身。

她以为她做好了充分的心理准备与程天蔚这个魔鬼做同事，但真正面对的时候才发现自己还是那么地接受不了。她一看到他的身影他的脸，身上就会泛起一层冷栗，程天蔚说的没错，她怕他，从小到大，一直都怕。

都要看着他的身影消失了，羽蓝突然一个激灵：凉城！只有他才知道凉城在哪里。

她立刻赶着追上去，压抑住心中的恐惧，追到他的身后大声喊了句：“程天蔚！”

前面正跟护士说笑的男人回过头来，的确是一张魅惑众生的脸，凛长的浓眉，刀削般的轮廓，修长的身材被一袭白袍衬得更加帅气，羽蓝脑中冒出四个字：衣冠禽兽。

两个小护士窃窃地对视一眼，猜度着这个对程大医生直呼其名的女子的身份。

程天蔚的左脸上还贴着一条透明的创可贴，见到是羽蓝也并没表现出任何惊讶，深眸瞟了她一眼，他玩味一笑：

“哟，这不是从东京学成归来的高材生么？小羽蓝，你找我什么事？”

故作亲昵的口气让两个护士知趣地先走了，羽蓝按捺住心里的不悦，立在离他五六尺的原地，口吻冰冷：

“我有事问你。”

程天蔚动动眉头，扬了下手中的病历：“去我办公室说。”

羽蓝的心忽悠颤了一下，看着他在前面走，她本来是犹豫的，但想想毕竟是在医院，程天蔚应该不敢对她怎样。

身为外科一把刀的程天蔚，除了接诊室外，另有自己的办公室，羽蓝尾随其后，脑中闪闪烁烁，全是上次留下的阴影。

程天蔚将一叠病历扔在宽大的桌子上，他的办公室很大很整洁，所有的东西摆放的一丝不苟，但给羽蓝的感觉却是极端的压迫、窒闷，浅蓝色的窗帘遮住了阳光，他的桌上摆着一盆绽苞的兰花。

“坐。”他在办公桌前坐下，指指对面的一张椅子。

羽蓝绷紧的神经稍稍松怠，在他面前坐下。

“你知道我来找你的意思。”她望着他的脸，有些刻意地避开了他眼睛的部位。

冷峭的眉梢微微动了动，程天蔚偏生用极浓烈的目光深邃地凝住羽蓝的瞳孔：

“你一见到我就要发抖，是不是？”

突然扯开嘴角清冽地笑了一下，程天蔚的眼睛微微眯起：

“我那么招你讨厌，你如今不还要三番五次地主动找我么，羽蓝，有时候人活得不要太逞强，该示弱的时候就学乖点，对你没有坏处。”

“对你示弱？这辈子都别妄想！”羽蓝冷冷打断他的话，程天蔚没再言语，只是望着她笑，半晌抽出一支烟，慢慢点上吸了一口。

淡淡的香烟味道弥漫开来，羽蓝厌恶地皱着眉，不愿再多耽搁一分钟，开门见山地说：

“我有当年的证据。所以程天蔚……我随时可以去公安局揭发你。”

“嗤——”他像是听到了很好笑的笑话，在青烟缭绕中露出俊美的妖孽般的蔑笑，优雅地弹了弹烟灰，他说，“那么羽蓝，你为什么到现在还没有任何行动？难道是你不忍心看我入狱？”

凛凛然的眸光穿透烟雾射过来，羽蓝听到他几近邪惑的声音：

“不会你一直不舍得吧？小羽蓝，如果你对我存了这份情，我倒是很开心呢。”

滚你丫的程天蔚，哪只鬼才对你存情呢！羽蓝气得恨不得跳起来对他破口大骂，终究是没失了态，尽力克制住心中的怒火，她腾地从椅子中站起来，盯着他的脸道：

“不要以为你可以操控任何人，也不要以为可以拿凉城来胁迫我做任何事情，程天蔚，我是思他成殇，等他发狂，但是我已等了他七年，不在乎现在多等几天，只要他还活着，我就会一直等下去，因为……我爱他！”

宣战般地瞪了他一眼，羽蓝拉开椅子，转身就走。

胳膊被一股力量使劲扯住，脚下一个踉跄，她被他狠狠拉进怀里，下一刻，程天蔚的脸已经逼到她的脸上：

“羽蓝！你凭什么……”

凭什么在我面前炫耀你的忠贞你的坚持，凭什么这十几年来你和凉城无时无刻地不在我的眼前招摇着你们无忧无惧的青春和坚贞纯烈的爱情？

哪怕他刻意地破坏、摧毁，他让曾经欢笑如花的她在一场暴雨之后陷入无边黑暗的地狱，他让她仓皇狼狈地飘洋而去，但他不得不承认的是，他终究不是个胜利者，哪怕他的手里握着凉城的生死，哪怕他让羽蓝噩梦连连，哪怕他是君王，站在世界的高巅，这世上总有一些东西，是他操控不了改变不了的。

况且他不是神，不足以强大到能操控每个人的命运。

凉城的爱，羽蓝的爱，他们的纯净和痛苦，他们的时光和青春，他一路看得清楚，在那些飞速而逝的流年里，他仿佛就是他们青春的影子。如果他的记忆能够打开，程天蔚一定会发现，原来在自己的记忆之仓里，满满储存和刻录的，竟全是凉城和羽蓝的青春。

他在全神观望注视他们的时光里，竟将自己，完全地遗失了。

程天蔚卡住羽蓝的腰肢将她按倒在桌沿上，眼眸沉沉翻涌地攫捕着她，激烈的气息烧到羽蓝的耳畔。她以为他会吻下来，没想到他没有，只是冷冷地望着她，慢慢地说：

“如果你能确定你到最后，不会等得一场空。那你就等吧。”

他将她放开，退后，掸了掸医生服的胸口。

羽蓝鼻尖的冷汗直往外冒，眼神惶惶地瞥了他一眼，绕过桌子就往外跑。

每一次，在他跟前，试图倨傲，却总落得一身狼狈。

“我赌，你和凉城，不会幸福。”程天蔚望着她仓皇逃离的身影，唇边冷冷吐出几个字。

程天蔚打小讨厌的东西有很多，譬如大院里一到春天就飘飘扬扬四处飞絮的大柳树，譬如那只眼珠溜圆见了他就弓起腰背的黑猫，譬如七岁那年院里出现的那个扎着两只羊角辫，穿着蓝裤子碎花衬衣的乡下丫头羽蓝。

起初对羽蓝，他是不抵触的，甚至第一次见她时，她脸上纯净而羞涩的笑让他有了恍惚的舒暖。

但那一次，她在帮她母亲下楼买菜的时候撞到他蹲在楼梯拐角处狠狠地揪扯那只黑猫的耳朵，还拿输液的针头在猫的爪子上练扎针。羽蓝看到那一幕，吃惊地叫了起来，他站起身冷冷地扫她一眼，在昏暗的楼梯下面，他朝羽蓝挥了挥手里握的一把亮闪闪的针头，对她说：

“野丫头，想试一试吗？”

羽蓝真的被他阴狠的眼神吓到了，手里的一把零钱掉在了地上，一枚钢镚咕噜噜滚到程天蔚的脚下，他捡起来，面无表情地递给她。

但她没接，睁着一双惊恐的眼睛白着脸就跑了。

最后她看他的那一眼，充满了张皇和厌惧。

从此以后，无论他以怎样或沉默或温和的姿态出现在羽蓝的视线，她都会用这种带着深刻而又隐晦的厌恶与恐惧的目光看着他。

程天蔚厌恶极了这样的目光。

羽蓝越是厌恶，他越要招惹；羽蓝喜欢凉城，喜欢和凉城形影不离，好，那他就不让她得逞，不让她高兴。每每在路上看到他们或嬉闹或牵手地走着，他就会走过去，找各种借口叫走凉城。

“凉城，该回家吃饭了。”

“凉城，爸爸让你去医院找他。”

“凉城，写完作业要去上钢琴课了。”

……

每次他目不斜视地将凉城从羽蓝身边夺走的时候，程天蔚的心中就会升腾起一种胜利的快感，尤其在看到羽蓝清澈明亮的大眼睛里扑朔着又恨又怕却又不敢言的神情时，他就会莫名地感到征服的快慰！

子夜梦回，他常常在噩梦中惊醒，梦里的他和白天那个孤傲寡言的阴冷少年丝毫不同。他常常会哭，像有什么挖心挠肝地空着、疼着，耳边终日喧嚣的是年幼时残破的片断：下了雪的寒冬，性情柔和的父亲跪在地下，双手举过头顶，捧着满满一碗冷水。而才三四岁的他就要趴在旁边的书桌上学念字，他认不出那些勾勾横横的符号，这时他那个叫九翠的母亲就会拿竹尺打他的胳膊。

“啪、啪——”清脆的击打火辣辣地落在他柔嫩的小胳膊上，他疼得哭出来，他的父亲程立德就会心疼地凑过来安慰，九翠大声地喝骂着：“老子儿子一窝不中用……”木尺啪啪啪地打在父亲的背上，那一碗冷水泼洒下来，哗啦啦地将他们父子淋了个净湿……

程天蔚常常就这么在梦中哭醒，脸上的泪浸湿枕头，就像那年腊月寒冬的一碗冷水，兜头浇下来，让他的人生彻头彻尾的冰冷。出身贫寒的父亲程立德是在从科室主任突然被提升到院长之后转变了性情，他不再对那个叫九翠的泼妇唯唯诺诺，他平静地提出了离婚，带走了四岁多的儿子程天蔚，半年多以后，娶了医院里最温婉漂亮的年轻护士婉荷。

都说人的记忆是从五岁开始的，但对程天蔚而言，五岁之前的记忆太疼痛太深刻，九翠蓬着头发叉着腰对他们父子的吵闹、辱骂，深深地影响了他对这个世界的认识，对比动物更凶猛的“女人”的认识。

他对羽蓝，是抱着隐隐戒备和深深报复的厌恶、打击、疏离、冷漠，是每每被她向日葵花般灿烂明亮的笑容刺激得微微眩晕的疑惑、怯懦、迷惘和卑微。

是的，他的内心一直是卑微的，他是整座医院院长的长子，优秀、挺拔、聪明、努力。但是从小到大，在包括他的父亲在内的所有人中，没有人会夸他，夸他乖、夸他可爱、夸他长得好看。

他们都喜欢凉城，那个跟他和父亲没有半丝血缘关系的小男孩；他们也喜欢羽蓝，那个狡黠淘气又充满纯真的小丫头，在人们眼里，凉城是天使，羽蓝是精灵，而他呢？

他想，也许自己就是那不见天日的暗夜修罗吧，阴鸷、冰冷、孤绝、狂傲。

没有人会爱上一只地狱修罗吧？也没有人能看到在修罗最深最深的心底，也有一簇最卑微和渺弱的火苗，它叫——深深地喜欢。

第13章　停留，从此只为一座城

羽蓝从程天蔚那里不敢再抱任何获得凉城消息的希望。

从他暧昧不明的态度和T市地产界平静无波的状态，羽蓝愈发笃定地认为，凉城，一定安然无恙。

他迟迟不肯现身，是知道自己回国，所以才故意躲着的吧。

羽蓝不愿多想，用生活的忙碌来分散着自己的情绪。

找了一家房产中介，她在离苏浅微不远的一处小区里租了套房子，两室一厅的新房，精装修，房租半年快一万。羽蓝觉得有点贵，毕竟她刚回国还没开始挣工资，但苏浅微一直劝她租下，说人家怎么也是新房，位置好、采光好，装修什么的也精致，就差买几样家具搬进去了。

羽蓝考虑了一下，最终还是租下了，她想如果母亲在杨家实在待不下去，就是把她接过来住，地方也够了。

接下来的一周时间，她就开始跟苏浅微等几个老朋友一起买家具、搬家、采购生活用品、布置房子、大扫除……周末的时候一切终于收拾妥当，羽蓝在新窝为几个好友亲自下厨做了一顿正宗的日本料理，吃得苏浅微、黎少白他们赞不绝口。

尤其是看起来比她们要小好几岁的黎少白吃得津津有味，还笑着问：“蓝蓝姐，是不是去一趟日本回来的人，都能做一手好吃的寿司？赶明儿也让某人去学学艺，我以后就有口福了。

话说完，含笑的目光瞟到苏浅微的脸上，苏浅微脸颊一红，伸手去拍他的脑袋：“快吃吧你，小心噎死。”

众人开始哄笑苏浅微，羽蓝抿唇望着他们淡淡的笑：“大概是吧，不过我的手艺是在那儿跟一位中国朋友学的，他的厨艺非常高超。”

黎少白抓紧缝隙开玩笑：“我猜那个朋友是男的！”

“我猜是女的！”周晓元凑热闹道。

苏浅微给他们一人塞了一块寿司，丢给他俩各自一个白眼。

羽蓝的笑容薄薄的，离开餐桌踱步走到窗前，落日如霞，整座城市弥漫在一种忧伤的壮美之中，她静静立着，想起凉城。

“以后谁娶了蓝蓝姐，肯定幸福死了！”

那边还在嬉闹，羽蓝听到这句话，突然而至的孤单和落寞像这即将到来的黑暗，将自己整个人紧紧包裹了进去。

周一一大清早，羽蓝就接到一个电话，是程立德的。

“程院长，你好。”

“蓝蓝啊，你的事院里几位领导和科室专家都已经协商过了，大家一致认为你的条件很符合我们医院的要求。所以今天就收拾一下来院里的人事处报到吧，到时候给你安排看到哪个科室实习。”

“好的，谢谢程院长。”

羽蓝挂了电话，长嘘一口气。

工作的事情，总算是尘埃落定了。可一想到要天天面对程立德、程天蔚那些故人，她的心里就会蔓生一些说不清的感觉，尤其是后者，她真希望，T市接收留学生的医院再多一所，那样她就不必非待在这里，忍受和那个恶魔天天相见的折磨，或者她根本就不会选择回到T市。

可是，因为一个人，因为这里有一个等了她七年的人，从此之后，她会为这一座城，而永远停留。

睡梦里的时候，羽蓝会质问沉睡的自己，羽蓝，你还爱他吗？你逃避了这么久，孤单了这么久，故作坚强了这么久，到今天，你还爱他吗？

她在梦里回答自己，我爱的。

我依旧爱他，不敢说海枯石烂，不敢说与之白头，能确定的是，在我依然爱你的时间里，每一天等你爱你。

她又对自己说，这样很累很苦很痛，即便等到了又如何？或许在重逢的那一天，已经不爱的人，却是他。

羽蓝说，那也爱，即便爱到最后是绝望，她一如最初。因为爱，所以爱。直到不爱的那天，她会干干脆脆地转身松手，对他说，凉城，我不再爱了。

她慢慢地明白，若要忘记，不是逃避，而是新伤挖旧痕，一遍一遍地撕裂那些斑驳的旧伤疤，痛得直到某天麻木了、习惯了，也许她才是真的勇敢。

只有这样，她才有直面一切的勇气，直面失去凉城的勇气，直面程天蔚的勇气。

她在市医院上班了，不幸的是，医院给她安排的实习科室，正是程天蔚所在的外科。

或许是程院长的有意照顾，或许是程天蔚的主动要求，总之羽蓝成了程天蔚手底下抬头不见低头见的实习医师。

而就在她度日如年，战战兢兢地在程天蔚手下捱过一段时日之后，终于，凉城有了消息。

接到电话的那日，羽蓝刚跟着程天蔚观摩完一场腹腔手术。

作为主刀大夫的实习生，羽蓝理所应当地要担负起助理的工作，帮程天蔚戴口罩、穿手术服、递刀钳纱棉都是份内之事，但对她而言，协助的对象是程天蔚，她就免不了有心理障碍。一场手术做下来，主刀的他不显半分疲惫，她却已是汗湿衣背，浑身乏力。

帮程天蔚脱手术服的时候不小心触到了他的身体，在无人的科室里，他的身子动了一下，稍稍前倾将娇小的她猝然抵上墙壁。

俯首在她发畔深深地嗅了一口，程天蔚俊朗的脸上露出享受般的表情："小羽蓝，你的味道……好美。"

羽蓝猛地将他推开，动作迅速地脱掉蓝色手术服摔在他阴笑的脸上，愤然而去。

苏浅微的电话就在这时响起：

"蓝蓝，凉城——有消息了！"

羽蓝怔了一下，站在医院院中的一棵银杏树下，顿时就想落泪。

清透的阳光从初夏的银杏叶间斑驳地漏下来，染成浅绿浅绿的颜色，羽蓝握着手机听到心脏的怦怦跳动声几乎盖过了她说话的声音。

“我见到了他！亲眼见的！就在T市。黎少白第一次说他看到凉城我还不信，但现在他是真的出现了！他活着，活得好好的！”

“好，好。”他果然活着，那就好啊，羽蓝握着电话，除了一个好字，不知还能说什么，也不知苏浅微又说了什么，是怎么挂掉的电话，只是她在树下站立了好久，久到不知何时身后多了一个人。

“凉城回来了，是么？”

是脱了白大褂的程天蔚，站在斑驳的绿碎光里，冷峻的脸上挂着了然和嘲讽的笑。

“你主动去看看他，也好。否则，只怕他连多看你一眼，都不愿。”

羽蓝气结，握着拳气得双颊通红，一双大眼睛恨恨盯着他看了几秒，拔脚就跑。

她甚至忘了自己应该打一辆出租车，她不知道自己这是怎么了，大脑被过去和现在以及不可预知的未来充塞得满满的，像一只吹得太胀的气球，乱糟糟地飘浮在这座城市中，没有根，不知飘往哪个方向。

羽蓝穿着一双三厘米高的坡跟鞋在大街上奔跑着，四月末的季节已有了夏天的粉嫩模样，她身上是一件淡蓝的绉纱宽衬衣和一条水磨蓝的牛仔半裤，奔跑在初夏通透清凉的风里，她像一片蓝色的羽毛，忧郁、委屈、踟蹰、失却了根基……她不停地沿着马路往前跑，穿越那些车水马龙，大脑里只有一个念头：快些、再快些——她怕来不及，这光阴飞逝的脚步太快太匆忙，她跑得双脚都痛了还是唯恐追不上，凉城就在那里，如果晚了，就永远也赶不上了……

待她大汗淋漓地爬上苏浅微家的五楼时，正打着电话的女子看到嘴唇都累得发白的羽蓝，愣掉了。

“出什么事了吗？”她以为羽蓝遇到了抢劫什么的，才会这么匆忙这么狼狈这么的神色痴滞。

羽蓝摇摇头，气息不均：“我来找你。”

苏浅微惊讶地将她拉回房间，看到她整个被汗水濡透的衬衫后背，失声道：

“你是一路跑回来的？打不到出租车吗？”

羽蓝仿似恍然醒悟，有些羞涩地微微笑了下，她哦了一声，小声说：“我忘记了。”

看起来那么虚弱的羽蓝坐在沙发里，小小的身子湿淋淋的，苏浅微一边推着她去冲澡，帮她拿换洗衣服，一边叹气：“一提凉城，你的智商几乎为零。蓝蓝，我刚才没告诉你，我是在哪儿见的凉城吧。”

羽蓝没换衣服，只是拧了一条湿毛巾慢慢擦着额头的汗。

苏浅微犹豫了一下，还是没忍心告诉她下午见到凉城的真实情形。而这时的羽蓝显得那么乖，怯怯地用一双黑澈的大眼盯着苏浅微，静静地等待。

“我没能跟他打声招呼，但我知道他明天肯定会出席一个会议，到时候，我带你去见他。”

她只能这么说了，下午那一幕她只能当自己是多猜多想了，羽蓝痴痴等的盼的就要发狂的人，怎么能那样薄情决绝？

羽蓝的眼神里明显地透着不愿意，她好想立刻就见到他，她分别了七年的小爱人，如今你长大了吧，个子一定更高，气质也一定更好了吧？再见我时，你能认得出我站在你面前的模样吗？

苏浅微有些心疼地摸摸她的头：“今晚就在我这儿住下吧，最近我闹失眠，你来陪着我，咱俩说说话。明天你给医院请个假，我带你去参加房展发布会。”

那一晚，羽蓝和苏浅微头碰头地躺在同一张大床上，苏浅微絮絮说了很多，讲到她的暗恋，她的悲伤，讲的最多的，是她明明视为弟弟，却又时时让她烦恼的黎少白。

羽蓝静静躺着，只听，不说话，一双黑漆漆的眼睛大大地睁着，看着黑暗像潮水一般涌过来，缓慢地将自己沉进了乌黑的海底。

第14章　时光的银河，我在这头你在那头

凉城，你，不记得我了么？

第二天，羽蓝在满脸的泪水中醒来，苏浅微做好早餐，跑过来哗地将她身上的被子掀开，一脸明亮的笑容蓦地刹住：

“怎么啦，蓝蓝？”

她慌忙地伸手替她擦泪，羽蓝从梦境中缓缓抽回神来，摸了摸脸颊，竟是一片湿漉漉的冰凉：

“微微，我梦见凉城，他不认得我。”

苏浅微暗自叹息，抹掉她眼角的泪珠，劝道：“是你太紧张了。凉城他不会的。”

羽蓝从床上坐起来，面色苍白，披头散发，像一只无助的小猫，眼神空幽幽的，她轻轻点头：“嗯，我知道。凉城，他不会的。”

凉城，他怎么可以不记得羽蓝呢？她曾镌刻了十年的时光在他的生命之碑上，连那些昔日誓言都还是新的、暖的，他怎么会不认得她？

苏浅微拍拍她的头：“乖。先起来，喝点热牛奶，再给医院打电话请个假，用不了多久，我们就能见到凉城。”

是呢，她很快就可以见到凉城了呢。

羽蓝像被打了一剂强心针，所有的疲惫、颓废此刻烟飞云散，她飞快地起床、穿衣、洗漱、吃早餐，然后按照好友的安排给医院打电话。

她的眼睛里闪耀着一种类似钻石的璀璨而热烈的光芒。

羽蓝把电话打进办公室，结果无人接听，按理是该向程天蔚请假的，

但羽蓝没有，直接拨通了院长程立德的手机，向他告了病假。

“微微，我这样去，行么？”羽蓝站在镜子前，迷惘地望着自己的一身装束，一条齐膝的纯白色连衣裙，乌黑的长发挽了个低髻，突兀的锁骨、光洁的脖颈、尖尖的下巴，已经二十四岁了，看起来却还像十七八岁。

苏浅微使劲地点头：“绝对行。除了更漂亮，跟七年前简直毫无差别。”目光打量在她显得有些空荡的脖子上，苏浅微皱眉，“总觉得缺点什么。“

啪地打了个响指，她转身跑到抽屉旁，在里面使劲翻腾了一阵子。

拿出一条细细的铂金项链给她戴上，苏浅微笑道：“气质一下子就凸显出来了。蓝蓝，自信点！你一定行的。”

比起昨天站在凉城身侧的那个女人，苏浅微觉得，羽蓝简直就是天上的仙女儿。

T市的房展会在盛世家隆举行，靓丽的模特、密集的展板、各家房地产公司的楼盘模型放目皆是。八点多的时候她们到达目的地，刚步入会场手里就被塞了许多售房的宣传广告。

苏浅微来者不拒地接着，笑对羽蓝说：“我帮你收着，咱们回去看，我那小蜗居一时半会儿也换不了，买房大业就看你的造化了。”

人群喧嚣，羽蓝被苏浅微拉着在看房、卖房的涌流中穿梭了一阵子，最后被挤得汗流浃背，高跟鞋沾了灰不说还被人踩了几脚。

“我的天，看来经济果然复苏了，人们买房的热情可真够高涨的。”终于找到了一个人少的角落，苏浅微腾地坐进一张沙发里，又拉过一直默然扫望着人群的羽蓝，“先歇会儿，他估计还没来。沐旭集团是这次房展会的主办者之一，待会儿有个环节，凉城会作为房产商发言。”

话音未落，羽蓝便猛地从她手中挣脱，撒腿朝人群的方向冲了过去。

“让一让！让一让！”一群黑西服白衬衫的工作人员簇拥着一个人正从门外往会厅里走，羽蓝夹在扰攘拥挤的人群中，看到了他。

就是那样的一个瞬间，在窒闷的空气中，在潮涌的人流中，在千山万水之间，她一眼看到了她的少年，思他成疾、念他成殇，而七年之后，那个名叫楚凉城的男子，依然那么澈美，那么的令人心碎。

凉城啊，凉城啊——

她在心里大呼他的名字，你看到我了吗？我在这里，你的羽蓝在这里啊……声音死死卡在喉咙，那些因欣喜因酸涩而无法滚出的泪水拼命地挤憋着她的眼眶，透过漫溢的那层朦胧，她看到昔日清秀如风、美好中略带几分羞涩的少年，已经成长为玉树般的男子，落落郁郁，淡漠寡欢。

是啊，她的凉城不快乐呢。

羽蓝被夹在纷乱的身影和脚步中，远远地望着高台上的他，那么欣喜，又那么悲伤。

凉城，你的眼里为何没有一丝感情？没有悲喜没有忧乐，没有一丝敷衍的笑，也没有一丝疼痛的苦，她努力地仰起脸专注地凝视着他，幻想在纷涌如潮的人海中，她的凉城，能一眼认出自己。

可是，他始终落落寞寞地立在台子上，修长的身姿、雪白的衣裳、精致的眉眼，淡漠的表情。

七年的时光，是一条隔在他们之间的银河，羽蓝在这头，凉城在那头。

"蓝蓝，小心点！"苏浅微看到目光呆滞的羽蓝被人群挤得东倒西歪，忙跑过来拉她，然而还没等她触到她的手，羽蓝的脚便被人狠狠踩了一下，她的身体往后一倾，正好栽在身后人的怀里，后脑发髻上的水晶簪花勾住了一个女人的裙子，扑扑通通一阵混乱，两人便滚到了地上。

"蓝蓝——"

苏浅薇一声惊叫，正要上前扶她的时候，一个男人已经及时地弯腰将羽蓝捞进怀里。

"程……程天蔚？你怎么在这里？"

他的唇角勾着一抹薄薄的笑，眼风往台上瞥了一眼，他低头轻语:

"这就是所谓的，临阵乱了阵脚吧。小羽蓝，他就在那里看你，而你却如此狼狈……怎么办呢？"

轻悄悄的一句话，不啻雷霆万钧，让羽蓝原本就惶恐不安的心顿时碎开了一个大洞。

她惶惶地扭头看着台上，而凉城，他……并没有看自己，主持人在讲着开场白，他静静地站着，一袭白衣、眉眼清落，像被这个世界遗忘了许久却又刚刚送回到红尘的孩子。

幸好，他不曾见我。

羽蓝一把推开程天蔚，眼眶里有一颗泪因为太满而滑落下来。

“你是怎么回事呀，人家好好的裙子都被你勾破了！”那个被勾破了裙子的女人从地上起来，对着羽蓝不满地大叫。

“对……对不起……”羽蓝无措地站着，梳好的发髻乱了，精心别上的花簪歪了，红着一张脸，狼狈不堪。

“太抱歉了，回头赔你条新的吧。”身后的程天蔚朝那个脸颊胖胖的女人笑了一下，无比俊美。

“啊，不……不用了。”美男一笑，如沐春风，女人红着脸捂着胸口的走光处，转身就跑。

程天蔚的嘴角还挂着那抹清淡的笑意，胳膊仿佛不经意地搭在了羽蓝的肩膀上。

“你无须感激我的英雄救美……”伏在她耳畔吹了口气，程天蔚的手极其温柔地拢了拢羽蓝耳边的乱发，低低笑道，“果然，他看都没看你一眼，小蓝蓝怎么办呢？”

“你给我滚！”羽蓝被他的气息撩得肩膀发颤，扭动身子挥手甩他，没挣开，他的手在下面紧紧地扣制住她的身子，脸上仍旧是一派云淡风轻。

“蓝蓝！”

程天蔚听到有人不满地叫了一声，转头看到苏浅微，脸上的浅笑愈发温和如春：

“是苏作家呀，那蓝蓝，你跟朋友去吧，找个地方把头发和衣服理一理，怪难堪的。”

他放开手，羽蓝一下冲到苏浅微的身旁，心有余悸地回望那个男人，他的笑陷在唇角，眸中冷冷射出逼死人的阴鸷。

“现在有请本市房地产商代表沐旭集团的楚凉城先生讲话，大家欢迎！”

羽蓝被苏浅微拉到人群外面时，整个会场突然响起哗啦啦的掌声，她抬头，看到凉城缓缓地站在一簇百合围绕的讲台上，眉眼如画，面容冷清。

她专注而迫切的注视他了那么久，而他，不曾抬头。

不知道他讲了什么，羽蓝只是觉得好听，凉城的声音真好听啊，不急不缓，不铿锵却磁脆，像一泓清泉，冽冽地流过幽暗的崎岖山石。让她想起记忆中某个春天的清晨，凉城站在开满蔷薇的阳台上，对着楼下的她，朗朗念出一些句子。

我一直想要，和你一起，走上那条美丽的山路。有柔风、有白云，有你在我身旁，倾听我快乐和感激的心。

我的要求其实很微小，只要有过那样一个夏日，只要走过，那样一次。

而朝我迎来的，日复以夜，却都是一些不被料到的安排，还有那么多琐碎的错误，将我们慢慢地慢慢地隔开，让今夜的我，终于明白。

所有的悲欢都已成灰烬，任世间哪一条路我都不能与你同行。

十六岁的凉城穿着白衬衣站在风里的模样，羽蓝一辈子都不会忘。

可是如今，连那些温暖和感动过那么多人青春的席慕容也老了，那些美丽的句子，散落在岁月的年轮里，一片一片成为灰烬。

羽蓝从回忆中醒来的时候，凉城已经不见了。

台上是一个胖子在激情昂扬地握着拳头发言，羽蓝慌了，四处找寻着，心中一片纷杂的恐慌。

她好怕刚才的一幕只是幻影，刚才的凉城根本就是她在头脑中臆想出来的虚像，她拉住苏浅微的手，嗓子哑了：“凉城去哪儿了？”

她飞快地奔出大厅，在盛世家隆的广场上，她捕到了他的影子，穿着白西装的凉城正朝一辆泊着的车子走去。

“凉城——”

她终于，大声地喊出了他的名字。

隔绝了七年之后，她终于当着他的面，让思念的声音和满腹的狂热划破空气传到他的耳中。

凉城立住，而后极其缓缓地转过了身。

羽蓝的泪，喜极而下。她在心里一遍遍大喊他的名字，凉城凉城，我想你凉城，为什么你不走过来，为什么你的眼里，没有一丝惊喜?

除了，除了说不出的冰绝和淡漠。

他站在那头，白衣胜雪，眉目如画。

她站着这头，蓬头乱发，泪眼婆娑。

“是我呀凉城，你不认得我了吗？我是蓝蓝，我回来了……我从东京回来了……”她喃喃地一边说着一边往前走，眼里的水光悲喜不定，在距离他还有几十公分的时候，凉城精致的唇边，缓缓翘起一抹笑容:

“请问，我应该认得你么？”

认真的语气，清澈的眼神，还有他那一笑起来就会显露的小小酒涡，羽蓝迷惘了，害怕了，巨大的惊恐让她往后退了个趔趄。

“凉城？你不认得我？”

凉城的脸，纯净得像孩子，一双剔透如琉璃的眸子黑白分明，他朝她淡淡地瞟了一眼，对打开车门走下来的女子笑说:

“这个人，她认得我呢。”

朝凉城走过来的女子，羽蓝认得。

是同他们一起长大的邱小清。

“呀！这不是……羽蓝？你从日本回来了呀？”一抹惊愕被精致的笑容瞬间掩去，邱小清走过来亲亲密密地拉住了羽蓝的手，对凉城嗔了一眼，“这是羽蓝呀，我们在一个大院儿住了十来年呢，看你，竟然都不记得了。”

她的笑声，她的话语，是刀子吧，是细针吧，不然羽蓝的心怎么会蓦然这么疼？她惶惶然地望着他，望着他美好的睫毛如蝴蝶般垂下，轻轻发出一声“哦”。

邱小清安慰似的拍了拍羽蓝的手：“不是伤心了吧？凉城他前些天出事了，脑子受了点伤，一时记不得你，也是自然的。”转身自然地挽住了凉城的胳膊，妆化得有些浓的邱小清对羽蓝热情地笑笑，“有时间上沐旭去玩哈，我跟凉城都在那儿呢。”

“大哥。”

凉城的脸上浮起浅淡的微笑：“周末去平湖湾钓鱼，别忘了啊。”

不知何时也走了出来的程天蔚点点头：“这次要再钓不到鱼，我就把所有鱼竿儿都扔了，换一根大海竿儿。你忙完了？”

“嗯，准备回公司。”

“好，再联系。”

他们的谈话，亲切而家常，完全就是一对亲兄弟的感觉。羽蓝看到邱小清挽着凉城的胳膊就要转身上车，突然跑上去，死死抱住了车门。

“凉城你不要走！你不要走好不好？我是蓝蓝，你怎么可以不认得我？”

满眼满眼的泪，就要爆发了吧，但羽蓝想起来，凉城从前说过，他最讨厌动不动就流眼泪的女孩子，于是她狠狠忍着，扬起脸将泪憋回眼眶，她拦着门不让他们上车。

“你不是说你爱我吗？为什么要和邱小清在一起，凉城你以前说过，你最讨厌她，你最喜欢我的，你认我，认我好不好？”

“羽蓝你这是干什么呀？”邱小清不高兴了，细细的弯眉挑起来，一脸厌恶地盯着她。

“凉城急着回公司还有事，你拦着路算是什么意思？”

她泪汪汪地看着他，双手把着那扇门，像绝望中捞住了一根救命稻草。

“蓝蓝。”是苏浅微的声音，她在一旁看着，既愤怒又心酸，她不知该怎么帮她。唯一能做的，是带羽蓝走。她不愿看到她在他们面前，这么狼狈这么惨，这么卑微地令人落泪。

羽蓝突然拽住了凉城的衣襟，眼泪还是不听话地落了下来，她期待而又绝望地扯着他问：

“你恨我是不是？你不原谅我，你一直在恨我，凉城，我错了，我向你道歉！好不好？”

这一刻，连她自己都觉得卑微，可是怎么办？她太喜欢他，她宁愿为他卑微为他狼狈，为他把一切骄傲全部抛掉。

可是凉城呢？

他的手轻轻触到她的指尖，就在羽蓝惊喜得几乎颤栗的时候，他一根一根地掰开了她的手指，声音轻得好像落花坠空：

“我不喜欢别人碰我。”

白色的衣摆被她握皱了，凉城没有生气，只是看了她一眼，说：“你让开好不好，我快要被你耽误正事了。”

是程天蔚走过来将她拉开，而后对凉城说：“去吧，别耽误了。”

如被施咒的羽蓝木木地靠在程天蔚的怀里，大大的眼睛死死盯着那辆绝尘而去的银色汽车。

“怎么样？我从来没有骗你。”耳后传来低魅的声音，还没等羽蓝回话，她的身子已如被抽去筋骨，软软地倒在了地下。

第15章 如果鱼儿没有眼泪

如果你，痛得无法呼吸，你会选择怎么做？

羽蓝喜欢把自己浸在水里，像一尾鱼静静地躺在水底，那样就不会有人看到她的眼泪。

苏浅微拿着羽蓝给的备用钥匙打开她家的房门之后便惊呼了一声，水！脚下全是水！

两居室的房间地板上水足有一厘米深，这是水管坏了还是怎么着？苏浅微大声喊着羽蓝的名字，心中惶恐不已，顾不得挽起裤脚就跳了进去，她找遍房间，终于在卫生间里看到羽蓝。

“蓝蓝！”她吓坏了，急促地唤了一声，羽蓝的整个身体浸泡在大大的浴缸里，长长的黑发像水面漂浮的海草。

她扑过去拉她的身子，她以为她想不开，待到哗啦一声将她从水中扯上来的时候，羽蓝被呛了一下，剧烈地咳出几口水。

“你这是干什么，水漫金山哪？吓死我了知不知道！”苏浅微抱着湿漉漉的她几乎掉下眼泪，拽过毛巾胡乱地擦着她的脸，伸手关掉了水龙头，又是担心又是生气，

“我要不来，你是不是就打算淹死在水里？”

羽蓝湿淋淋的眼睛眨巴地望着面前的苏浅微，脸上绽开了一抹淡淡的笑：“微微，你见过鱼会被淹死吗？”

我是一只鱼，失却了天空和梦想的鱼，失却了水里的空气，只能静静躺在海底，让那些眼泪流进你的心里。

家里的许多东西都被水泡得湿透了，苏浅微让羽蓝把自己收拾好然后躺到床上休息，自己则挽起裤脚和袖口帮她收拾房间。幸而天气还好，她们把浸湿的书籍、衣服等东西摆开晾在阳台上，等待温暖的夏光驱散那些潮湿和悲伤。羽蓝裹着一件大大的白披肩赤脚坐在阳光里，看着夏天的太阳将湿淋淋的地板一寸寸地晒干，她对正忙着拖地的苏浅微说：

“微微，你看，鱼儿的眼泪终于蒸发掉了。”

苏浅微直起腰，拄着拖把，对坐在阳光里的羽蓝，说：“可是鱼儿，你还是会哭的，对不对？”

羽蓝微微地笑：“如果鱼儿没有眼泪，没有那个让它可以流泪的人，那么它，一定会干涸而死。”

之后，羽蓝回到医院，消了病假，正常地上班。

没有哭天抢地，没有一病不起，在一场热水的温暖包裹和抚慰之后，她觉得自己的泪已经全部流在了那缸水中，而接下来的生活，她只能勇敢面对。

凉城，你是故意的，对吧？

程天蔚对她在工作上的毫无异样显得有些吃惊，并未像往日般处处讥讽，他甚至问她，能不能胜任得了做这场手术的助理工作，羽蓝硬邦邦地回了句，万无一失。

万无一失，程天蔚有些不信任地让她参加了手术，过程中她的确冷静一如往常，他说的每个词每句指令，她都能迅速领悟并且及时做到；反而是他自己，竟然有一两次的走神，手术刀的位置也稍稍有点偏，幸而羽蓝指出得早，没有造成什么差池。

他对羽蓝的认识，于是更深入了一层：原来她不是弱不禁风，原来她不是一击就倒，面对凉城的时候，她是虚弱，是卑微，是无助，但她依旧是记忆中那个羽蓝，像野草一样顽强，像羽毛一样轻盈，带着点冽，带着点伤。

程天蔚的目光，久久不离她的身上。

下班了，羽蓝立刻与他拉开了万丈距离，他同她说话：“今天发挥不错，我请你吃饭。”

羽蓝看都没看他一眼："跟你这种人多待一会儿就饱了，还用吃什么饭？"

转头即走，羽蓝一口气冲到医院外面，拦了辆出租车，奔向本市最大的房地产公司，沐旭集团。

而这时候，整个T市已经迈进夏天的城池了，路两旁青翠的林木、鲜艳的花朵以及宽阔平展的道路上鲜衣怒马的人们，都是这座城市最美好的风景。

她有七年没跟凉城一起过夏天了，记得小时候家属院里的夏天也是美的，夏木阴阴转黄鹂，柳树上有一窝黄鹂鸟，羽蓝总是算计着什么时候趁人不注意上去探望探望那窝小鸟儿。直到某一个盛夏的午后，大人们都在家里午睡，羽蓝悄悄地从家里溜出来，跑到院里然后一口气爬到了半树腰，凉城家就住在三楼，靠窗的位置是他的房间，羽蓝爬在树枝上朝三楼的窗户玻璃上扔树枝，第一次没扔上去，她继续。第二次，树枝砸到了窗户，可就是没动静。

凉城这小子不会睡午觉了吧？

她不敢大声喊，怕他父母听见，于是锲而不舍地朝窗户上扔东西，后来她发现那些东西都不行，抬头看了一下，竟然找到了那窝小鸟，鸟妈妈不在，羽蓝狂喜地将鸟蛋兜进怀里，准备下树的时候，恨恨地想，臭凉城，今天的鸟蛋儿你一个也别想要。

想着想着就顺手拿了一个鸟蛋往他的窗户上砸，啪！

啊！一声短促的惊叫，羽蓝傻了，凉城不知什么时候从窗口探出了脑袋，那只黄鹂鸟的蛋正正地砸到了他的脑门上，顿时黄的、白的一片斑斓，凉城俊俏的脸被涂得狼狈不堪。

而见状笑得乐不可支的羽蓝一不留神竟松了手，怀里兜的鸟蛋啪啪地悉数掉了下去，摔得一个也不剩。

第二年，黄鹂鸟再也不在那里做窝了，她被母亲狠狠地训了一顿。

羽蓝忽然想起来，凉城到现在，还是不会爬树吧？七岁那年在心里答应他的承诺，她居然一直没有做到。

可是凉城那样乖巧美好的孩子，生来就应该是安静地坐在夕阳里弹钢琴、画画、练书法的，爬树、掏鸟蛋、翻院墙这样的事，是只有野草一样的羽蓝才能做的吧。

出租车在T市最大的房地产公司沐旭集团门口停下，此刻暮色向晚，丝绸般的红色暮霭稠稠地铺展在天地之间，将那一座无比巍峨挺拔的银色大厦衬罩得极其温柔。

羽蓝站在一棵开得极盛的合欢树下，眼睛被缓慢转移的夕阳刺得有些酸痛，暮色中那沉默的高楼，像凉城的身影，而头顶正簌簌往下落花的合欢，正像她此刻的心情，那么热烈，那么绚烂，那么的孤独和悲伤。

隔着马路，她看到写字楼里陆续走出许多男女，一个个衣着洁净、气质高雅，然后她看到了邱小清，当年大院里动不动就扁嘴巴抹眼泪的娇气包，如今出落得亭亭玉立，乳白色真丝小衬衣、宝石蓝的短裙刚刚包臀，银色的高跟凉鞋足有七厘米，她提着一只LV的限量包包，袅娜走出大楼，抬眼望，仿佛是看到了马路对面目不转睛的女子。

羽蓝莫名地就想躲，但年幼的合欢树还不足以隐藏她的身子，邱小清已经越过马路走了过来，朝羽蓝盛开一个矜持的笑：

“羽蓝呀，你来这里有事吗？”

原本一心无措的羽蓝在看到她那双扑闪含笑的眼睛时立刻定了神，点了头，她也浅浅地回了一个微笑：

“有事。”

邱小清以为她会被自己的气势震慑得语无伦次或者掉头就跑，没曾想羽蓝居然大剌剌镇定无比地说，有事。

而这事，与你邱小清，丝毫无关。

羽蓝很快挪开了目光，视线越过邱小清阴晴不定的脸，继续盯着沐旭一楼的玻璃大门。

一抹浅淡的人影紧紧粘住了羽蓝的视线，是他出现了，这么多年了还是喜欢穿白衣，干净的白衬衫、浅灰的长裤，站在暮晚的夏风之中，美好得不成样子。

撇下还想跟她说话的邱小清，羽蓝飞快地穿过马路，满脸欢欣地奔向对面，想要立刻飞到他的身旁。

凉城，不管你认不认我，我只想让你，看看我。

因为我知道你等过，你痛过，你恨过，你思念过，因为你曾那么深刻地爱过我。现在，让我来补偿对你的所有亏欠好不好？

吱嘎——

刺耳的刹车声顿时响起，羽蓝还没跑到对面，一辆汽车就疾疾地在她跟前刹住，双膝一痛，她重重趴在了地上，手掌上顷刻被擦出了血丝。

羽蓝没来得及抬头看，那一刻的凉城，心里有没有惊慌，眼里有没有疼痛？

倒是邱小清跑了过来，指着那个还想大发牢骚的肇事司机破口大骂了一番，又将她从地上拉起来，语带关切地问：

“没什么事吧？”

羽蓝摇摇头，轻轻挣开她的手，对司机说：

“你走吧。”

她站直身子，弯腰拍了拍牛仔裤上的灰土，手掌上的伤口，没做理会。

不过是有几分隐约的疼罢了，在濒临失去凉城的巨大痛楚面前，这一点伤口算得了什么呢？

羽蓝努力地将自己在夕阳中站出一副美好的姿势，她想，凉城曾经说过，暮色中微微浅笑的羽蓝，是天底下最美的女孩。

“凉城。”她继续跑，一直跑到他的跟前，含着笑双眼不眨地望住他。

凉城凉城，在心里唤你千遍，到脸上只能化作一抹热切的笑容。可是为何你的眼，依然冰寒得像远古的千年雪川？

笑容始终维持在脸上，对面的男子双手插兜，静静地看着强装笑颜的羽蓝，冰雪般干净美好的面容，空白得没有任何表情。

“凉城。”羽蓝快被他遥远而逼近的目光迫得喘不过气来，心中慢慢衍生出的刺痛和陌生感，让她无力极了，凉城，你这是恨我还是想要靠近我？

羽蓝脑中一片混乱。

邱小清远远看到凉城微微俯了身，一直认真地盯着羽蓝的脸，心中不由大慌，忙走过去脆生生地笑道：

“凉城，我们一起回家吧。”

说毕过来挽住他的胳膊，凉城直起了头，清秀的眉尖微微一蹙：

“你不是约了客户吗？”

邱小清补救似的笑道：“我刚刚记错了，约的是明天晚上。凉城，我今天想吃海鲜，你陪我去大世界吃海鲜好不好？”

撒娇似的在羽蓝面前作嗔，凉城的脸上淡淡浮起一抹奇怪的笑意：

“嗯。走吧。”

邱小清欢呼一声，秀眉高高挑起，拉着凉城的手，说：“那你去取车，我在这儿等着，顺便跟羽蓝说两句话。羽蓝？”她转向站在他们跟前已经完全敛去了笑容的女子，眼角的一丝得意飞快而逝：

“我们下班去吃饭了，不能陪你了哦。”

羽蓝摇摇头，突然指着一直冷漠如石头的凉城：

“我找他有事。”

凉城漂亮的唇角突然浮起一抹浅浅的笑意，伸手将邱小清揽进怀中，他笑如微风：

“大世界离这儿挺近的，今天不开车，咱们走着去。”

看也没看羽蓝一眼，他带着邱小清离开了，果然没去开车，沿着公司外面那条长满合欢的道路，慢慢地走着。

夕阳将他们的身影拉得很长，从后面看去，郎才女貌的他们看起来是多么的甜蜜。

羽蓝的心中锐锐的痛，可是能怎么办？她不哭，惨淡淡地给了自己一个自嘲的笑，你看凉城恨你简直入了骨，你把自尊和骄傲取下来让他踩在脚底下，他都不稀罕呢。

可是凉城，你不会一辈子不理我，我相信。

羽蓝握了握拳头，掌心正流着血，很痛。

她踩着他们的背影，一步一步地跟在后面走着，期间邱小清有几次回头，目光是极其厌恶的，但羽蓝视而不见，凉城怎么会喜欢她呢？那个曾为了得到老师青睐而不惜打小报告，举报她和凉城早恋的讨厌女孩子，凉城说过，哪怕全世界的女人死绝了，他都不可能喜欢邱小清，何况他还有个羽蓝。

羽蓝一直跟在他们身后，天渐渐黑了，凉城口中说的那个“不远”的大世界海鲜城依然没有到，邱小清嚷着脚痛，有几次弯下身来揉脚，眼巴巴地望着凉城，羽蓝听见她说：“人家脚痛死了，大世界不是早过了吗？咱们这是要去哪儿啊？”

凉城没理她，她不走，他就一个人独自走在前面，在一盏一盏亮起的路灯下，那道清秀颀长的背影越来越清晰，越来越孤绝。羽蓝痴痴地看着，跟着，他不回头，她便不停止。这是一场追逐吧，这是一场放纵吧，谢谢你，让我有了一个远远看着你的机会。

夏天的夜晚，空气中有莫名的花香，邱小清终于是察觉出气氛的不对了，追上去看了看凉城漠然的脸，心中好似突然被砸开一个大洞：所有的真相汹涌而出，凉城他根本就记得羽蓝，吃什么海鲜，或许他只是想让羽蓝陪着他走这一程没有尽头的路。

邱小清愤怒了，一屁股在路边的凉椅中坐下，又不敢发火，只能委委屈屈地说：

“我实在走不动了，凉城要不然我们就在路边随便吃点吧。”

凉城仿佛刚从梦中醒来，没有看她，只是说：“好。”

他们进了路边一家叫做“今生缘”的饭馆，羽蓝也停下了脚，站在店外惶惶地观望，凉城进门的时候，仿佛微微顿了一下，却，终究没有回头。

他们坐在一个靠窗的位置上，餐厅里的灯光朦朦胧胧的，羽蓝站在玻璃窗外，隐约看到邱小清不停地往凉城的碗里夹菜，而凉城慢慢地吃着，偶尔抬起头，噙一口酒，清濯的眼神飘飘忽忽不知落向了哪里。

羽蓝伏在玻璃窗上，眼睛眨也不眨地盯着他们，像一只无处不在的幽魂，凉城在哪里，她的目光就跟到哪里。

她的脸贴在橱窗上，所有人都看到了，强烈的眼神让他们以为那是个饥饿的落魄女子，邱小清盯着凉城越来越奇怪的脸色，讪讪地，小心地说：

“你真的不记得羽蓝了？她曾经……很喜欢你，但后来，她为了去日本留学，抛弃了你，凉城，不要再去想那些事了，医生不是也说，现在过度用脑对恢复不好。”

凉城喝了一口酒，目光捉摸不定地飘过窗外的女子，微微一笑，浅浅的酒涡让邱小清迷了心神：

“你看她，多可笑。”

是的，羽蓝脸颊贴着玻璃，瘦小的身子趴在玻璃窗上的模样是多惨淡，多狼狈，多可笑。

凉城又说：“我一定没有喜欢过她。”

仿佛是为了让自己更确定，也仿佛是为了掩饰掉眸中的所有神情，他微微眯起了眼睛，一眨不眨地凝着那抹孤单的身影。

羽蓝，你感觉到疼痛了吗？

七年了，这七年的痛每一天都在缓慢而沉重地积攒着生长着，一刀一刀，凌迟着我的生命。

羽蓝，如果时光可以倒流，我宁愿自己，没有喜欢过你。

不知等了多久，他们终于吃晚饭从里面出来，而天色已经完全黑透了。

这一晚，没有月光，幽暗的天色里只有路灯散发出微弱的光芒。羽蓝蹲在餐馆外面的马路边，睁着一双空洞洞的大眼睛。

凉城，我不知道怎么办，我该怎么办？

她抱着自己蹲在路边，他们从她身旁经过，邱小清挽着凉城的手紧了紧，神情紧张地朝他看了一眼，幸而凉城，并未有一丝怜悯。

邱小清拉着凉城快步走过在路灯下缩成一团看起来无比可怜的羽蓝，笑着说：

“今天好累哦，凉城你开车送我回家好不好？”

“我今天不开车。”凉城不经意地抽出了手，深深吸了口夜空中的凉气，“刚才喝了点酒。你自己打车回去吧。”

“那你呢？我们一起走……”邱小清撒娇地还要扯他的袖子，凉城有些厌恶地甩开了：

“我想一个人走走，你快回家吧。”

挥手为她拦了一辆出租塞进去，凉城砰地为她关上车门，将邱小清不安分的叫声“凉城，凉城”远远送进了风里。

无意间的一个回头，凉城瞥见路灯下的那抹剪影还在，她这次没有追上来，只是由蹲着的姿势换成了站着，凉城想，这个女子是从什么时候开始，变得这么瘦这么不好看了呢？七年前的羽蓝白里透红，像一只粉润的鲜桃，又水灵又饱满，可是几年过去了，她竟变得那样清减，是……日本的水土没有将她好好滋润么？

凉城嘲讽地笑了，收回目光，给自己点上了一支烟，夹在指间，慢慢地沿着道路往前走。

一步、两步、三步……走了快有一百步的样子，凉城在想，这个女人怎么还没追上来呢？他已经想好了等她追上来扯着自己抱着自己哭的时候，他该对她说什么，他该怎么羞辱她，怎么对她说，我从来没见过像你这样厚脸皮又可怜的女人，他甚至做好了等她哭喊着追悔，请他原谅的心理准备。

可是对羽蓝而言，那样一次卑微和践踏，已经足够了。

她不会放弃他，但不等于她会一味没骨气地跪在他面前求饶。那样没有气节的爱情，她不喜欢；那样没有骄傲的羽蓝，凉城同样，也不会喜欢。

所以只要一直看着，哪怕是远远看着，也就够了。

此时的凉城，是一尾受过伤受过惊吓的鱼儿躲在水底，一味的引诱退让只能让他越走越远，羽蓝能做的，只是静静地观望，静静地等。

可是凉城依旧，远远地去了。

羽蓝没吃晚饭，加上最近生活一直不规律，等她刚刚迈动脚步，想继续跟上去的时候，眼前一黑，后脑勺便沉沉地往后坠了一下，她再次晕倒在地上。

第16章　整个梦境里，漫天都是你的气息

羽蓝梦见凉城抱了她，是十六岁时的玉面少年。羽蓝一直觉得凉城好看，但不知是从哪一天起，她突然发现，长得如琉璃娃娃般清透可爱的凉城刹那之间长大了，他的嗓音变得低沉磁性，他的手臂变得修长有力，他的骨骼在岁月的一声声敲打中蓬勃地拔节生长。

也是那一年，他们背着父母和老师，偷偷地相爱了。

十六岁的美少年凉城，收到了无数女生的情书，其中就有跟他们一起长大的邱小清的，她在给凉城的情书里很肉麻地写道：

“亲爱的城城，从我第一眼看到你，你就像一把刀子深深地刻在了我的心上……”

羽蓝拆了邱小清的情书，本来是准备向凉城兴师问罪的，看完之后却笑得差点断了气，她一脚踹翻假模假样地坐在书桌前写作业的凉城，骂道：

“丫丫个呸的，我听婉荷阿姨说你来大院儿的时候才半岁吧，那时候邱小清也就三个月，得是她丫不满百天就爱上你了？还用刀子刻在心上，是她想自残呀还是你太犀利？啧啧，小模样，犀利得跟把刀似的……”

羽蓝说着就眯着一双色色的眼睛去摸凉城削挺的下巴，凉城一把将她打开，白她一眼：

“私拆别人信件是犯法的，臭丫头那是我的情书，你想要有本事让别的男生给你写去！”

“呀呀呸的，谁还没见过情书啊，臭凉城别瞧不起人，我羽蓝的情书

要搬出来能把你压死你信不信！我那每一封都才华横溢行云流水龙飞凤舞，比你那些小女生的狗爬爬破字强多了……”

凉城故作宝贝地将那些情书一封封收起来放进抽屉里，哼道：“你这辈子要能收到一封情书，我就把这一抽屉情书都送你当纸钱，烧着玩。”

羽蓝跳过来揪他的耳朵：“你又没死，我烧纸做什么！臭凉城小看我，你以为我真的没收过情书么？我我……”

羽蓝气得耳颊通红，她是收到过情书的，她人长得漂亮，性格又活泼可爱，别说同班里，便是高年级也有不少男生听说过羽蓝，偶尔她一个人走在校园的时候会被某个男生突然拦住，然后红着脸塞给她一封情书，胆子大点的，会直接问她：嘿，跟我好吧！碰到羞涩的，羽蓝自然要做一下矜持状，要是不小心碰到这类山贼劫匪类的，羽蓝就会一脚踹至其膝，然后骂一句：

“臭土豆，癞土豆想吃天鹅肉。”

羽蓝之所以不想在凉城跟前炫耀那些男生的情书，其中很大的一个原因就是……那些个男生们，个个长得像土豆。

其实凉城偶尔也会吃一两顿土豆的，为什么他就长得如花似玉的？羽蓝很懊恼，跟凉城一起坐到学校外面的米线摊上吃鸡汁米线的时候，因为观察他的侧脸观察得太认真，因为太痴迷思考凉城与土豆之间的区别，所以很不幸地把一碗热米线全部倒到自己的身上，她被烫得哇哇直叫。凉城腾地将她抱起来，也不顾自己沾了一身油污，抱着她就往附近的诊所里跑，还不停地问着，疼不疼，疼不疼？

那是凉城第一次抱羽蓝呢，虽然这个拥抱一点也不浪漫，但是羽蓝嗅到他身上清淡的好闻的气息，心里像偷偷吃了蜜的甜，嘴里却一个劲儿地说：“好痛，好痛，凉城我要死了，我死了你记得帮我烧纸，说话不许食言，我要你把那些个女生写给你的情书都烧了，一封也不许留！”

凉城哄着她：“好好，都烧了，一封也不留。”

后来不过是腿上被烧红了，抹了药，买了药膏，最后又是被凉城背回家的。羽蓝还记得那天晚上，她妈妈出去一直没回来，凉城就在家里陪她。

羽蓝委屈地抽着鼻子说："其实，真的有男生给我写情书的，只是，我从来都不看，我拿到手就烧掉了，可是凉城你，没有。你看了她们写给你的情书，所以这不公平，我委屈。"

"这有什么可委屈的，是你自己要烧的，又不是我干的，说不定留着那些情书还能给你发展个小男友呢？"凉城一边细细看着烫伤药的说明书，一边打趣着说。

羽蓝捡起药瓶啪地扔到他的脸上："笨蛋凉城，坏凉城！你就那么急着想找个小女友是不是！那你去找啊，邱小清不是长得挺好看吗，人家又那么倾慕你，你去给人家回封情书，说你也喜欢她不就得了！你去呀，快去呀！"野丫头发起疯来蛮不讲理，像是忘记了腿上还有伤，一个劲儿地坐在床上乱踢，凉城不耐烦了，一只胳膊就将她推倒在床上：

"你安静点好不好，比一千只鸭子还聒噪……女人真麻烦，我才不要找什么别人当女朋友呢……"

羽蓝蓦然睁大眼睛，一张精致的小脸凑到凉城的眼前，巴巴地问："那我不是别人喔，你有没有……想过……考虑……"

一句话被她切成了好几段，凉城故意装傻地眨巴着长睫毛，唇角的小酒窝让羽蓝都快晕过去了，他低低地说："考虑什么呢？让邱小清做我女朋友么？"

羽蓝暴怒，原本因凑近而气息紊乱心跳加快的氛围顿时消散，她一头撞到他的胸口，吼道：

"你个大头鬼啊凉城！那么想邱小清，你就去啊，快滚啊。"

凉城不怒反笑，俊秀的脸上露出大灰狼一样的表情："蓝蓝呀，生气啦？吃醋了吧？其实我觉得……你不是别人……你要是别人怎么会在我面前脱裤子呢……"

哇，羽蓝大叫起来，恍然惊觉自己因为大腿被烫伤而脱掉了裤子的下半身只有一条粉红色的小底裤，而上面一直裹着的毯子，早被她给踢掉了。

"流氓！"羽蓝一把扯过毯子裹到身上，面如火烧地冲凉城叫嚷，却没有一点底气。

“你……你看到什么了？”

“什么都没看到。”凉城的嘴角扯出一抹坏坏的笑。

“你撒谎！”

“……”凉城索性在她床上趴下来，双手托着下巴笑，

“嗯，其实……我都看到了……你的屁股上有块蝴蝶痣哎……”

“啊……我要杀了你！我要挖掉你的眼睛——”

羽蓝嘶吼着，捶着床就要打凉城，少年得逞地大笑，眼睛明亮得似漫天的星斗碎在了双眸：

“你再动的话，我看到的更多了……”

等羽蓝终于做出一副受了欺负的小媳妇儿的可怜相时，凉城走过去，扬了扬手里的烫伤膏对她说：

“把毯子拿下来。”

羽蓝立刻神经紧张：“想干啥？”

“给你抹药！你以为我能对你干什么？”凉城白了她一眼，伸手揭掉盖在羽蓝腿上的薄毯，其实那一刻他也是强装，明明手是抖的，心脏也扑腾扑腾地跳个不停，但还是抑不住渴望地看了一眼少女美丽而光滑的双腿。

羽蓝气鼓鼓地说：“我自己来！”

凉城继续白眼予之：“小屁屁上的，你自己也能够着？”

羽蓝简直羞愧得想死，她真佩服自己怎么能一碗热汤洒遍整个下半身，连屁股那半边都不曾幸免……

羽蓝做垂死挣扎状：“待会我妈回来帮我上不行么？那里……那里好害羞的……”

其实凉城的脸也早红成了柿子，他结结巴巴地说：“那行吧……不过……我先帮你把腿上最严重的地方涂点药，医生交代过时间的。”

羽蓝于是只能乖乖地坐在床上，用毯子盖住大腿上部，修长的双腿裸在空气中，凉城坐在床边，纤秀的手指蘸了浅绿色的药膏，然后顺着羽蓝的大腿轻轻缓慢地往下涂抹，凉凉的，麻麻的，感觉既舒服又有克制不住的颤栗。羽蓝红着脸偷偷地看凉城，那个少年白皙的脸颊也早红透了，长

长的睫毛垂着，一动也不敢动，眼睛盯着手指，手指顺着肌肤……缓缓下滑。

屋里的气氛一时安静得可疑，突然，羽蓝朝低头给自己抹药的少年吹了一口气：

“喂，脸这么红，想什么啦？”

凉城的指尖一抖，手里的药瓶差点掉在床上。

“哪……哪有？鬼才想什么呢。”

疾疾地转过身，羽蓝坐起来，明明看到凉城的胸口剧烈地起伏着，嘴还那么硬。她笑了，盯着他无比美好的侧脸，悄悄地凑过去，准备偷袭他的脸。

没想他会突然扭脸，于是他的唇就刚好与她的贴在一起，与八岁那年的懵懂毫不相同，这一次的吻，像两股电流瞬间划过两人的身体，那么滚烫，那么的，令人战栗。

没有迅速分开，似是贪恋了彼此柔软而香甜的气息，羽蓝在他美好的唇上调皮地舔了两下，而凉城，迅速将她压到了身下。

那一刻，彼此都是惊慌的，有什么就要萌生了，有什么就要爆发了吧，但他们还都不懂，他只是紧紧压着她的嘴唇，潮湿而发烫的双手纠缠着她的十指。

“蓝蓝，我……考虑过……嗯，其实……我喜欢你。”

梦境就在这里戛然而止，羽蓝睁开眼睛躺了好久，似乎还能感觉到凉城的拥抱，凉城的吻，生涩、笨拙，却温暖到刻骨、难忘到刻骨。

满屋子仿佛还闻得到那薄荷味的烫伤药凉凉的药香，还听得到凉城仓皇从她床上逃走时，说的那句话：

“蓝蓝，等我们长大，我一定会完整地拥有你。”

羽蓝想起这句话，泪水就从眼角偷着溜出来了，凉城，我们等不到那天了。

第17章　那些年，我们一直错过的

苏浅微提着煮了一上午的粥来看羽蓝，进屋以后发现她早醒了，却直挺挺地躺在床上，眼睛呆呆地盯着天花板，眼角滑下的泪水将枕头湿了一大块。

“蓝蓝，起来吃粥啦！我特意为你熬的哦！”苏浅微笑着来拍羽蓝的脸，想将她从被窝里挖出来，摸摸她的额，烧已经退了，她放下了心，“再休息半天，明天就能上班了。”

“微微，我不想上班。”羽蓝的声音还有点嗡嗡的，苏浅微愣了一下，即刻笑道：

“好，那就再多歇几天。待会我帮你往医院打电话请假。”

羽蓝躺在枕头上无力地摇了摇头：“不用请假了，我想辞职。”

苏浅微一下子傻了，张着嘴半天才发出声音，拍着她的被子叫：“你傻了吧？辞了医院的工作你做什么？那可是市医院！咱们T市再没有比它更适合你的工作了，况且你不打算过日子了？你还要吃饭要交房租还要养活你的妈妈……你……”

“微微。”羽蓝疲疲地翻了个身，闭上眼睛道，“没有凉城，我干什么都觉得没意思，连活着，都跟死没什么区别。凉城他打小不喜欢医生这份职业，他喜欢坐在办公室的白领女孩，所以，我要辞职……做白领，我要进沐旭。”

一番淡淡的话，是她早就思忖好了的吧，苏浅微惊讶地捂住了嘴巴，她连连地说，疯了，蓝蓝你真是疯了。我从没见过一个女人，能为一个男人，痴狂疯癫成这个样子。

羽蓝长长的睫毛投下一圈阴影，眼窝下有了淡淡的黑青颜色，那是她为凉城彻夜彻夜不能成眠的见证，她微微笑着对苏浅微说：

“人活一世，能真正为爱痴狂一次，也是幸福吧。微微，与其远望伤感，不如走近流泪。而我，一定会很坚强很坚强，哪怕他再冷落再疏离，我也不会在他面前流泪。我是打不倒的疯丫头，我是野草一样的羽蓝，我相信，只要我不放弃，幸福的大门总有一天会向我敞开。”

她那么坚定地相信着自己的信仰，坚定到几乎偏执，偏执到几乎疯狂，苏浅微说：“程院长一定不会同意，你妈妈也不会同意，只怕凉城……他也不愿看到你这个样子。”

羽蓝从床上坐起来，细细盯着苏浅微的眼睛看：“微微，你呢？我知道，也许全世界都会与我为敌，但我仍然选择，坚持。”

苏浅微被她黑白分明的眼眸中迸射出来的坚定和灼热的光芒感染了，她紧紧握着羽蓝的手，感慨地说：“蓝蓝，你真是个勇敢的丫头，有时候我真羡慕你身上那股子孤绝的味道，而我……就做不到。”

羽蓝回握她的手，淡淡含笑：“黎少白喜欢你。你呢？微微？”

她盯着苏浅微有些不安的眼睛，唇角的笑温暖而安静：“那样一份纯净而热烈的爱，微微你又怎么忍心让它摔到地上，化为灰尘？有些东西，拥有的时候不珍惜，只有失去后才后悔莫及，星爷的话，是至上真理。”

苏浅微低头，满脸的无奈和寡欢：“我比他大三岁，他还是市长的儿子……”

“真正的爱情，与年龄无关，与门第无关，微微，你写了那么多的爱情故事，难道连这些道理也不懂？爱情不是一场戏，不需要演给任何人看，幸福与否，只关乎你们自己。”

羽蓝的一番话让苏浅微紧紧地咬住了下唇，一双稍显秀长的眸子低低垂着，过了很久，她终于掏出手机，走出羽蓝的卧室。

再回屋时，苏浅微先前脸上的悒郁和阴霾一扫而光，双眸因那个电话而闪现出熠熠的神采：

“蓝蓝，好点的话就起来吧，我带你去逛街，吃好吃的。想辞职就辞，想追凉城，咱就追！邱小清那丫的一看就成不了大器，我看凉城跟她最后准掰！至于凉城呀，他就是太拗了，跟你一个德行，偏偏当年又被你伤得那么重，丫是想好好报复你的，差不多等他气消了，说不定就又回头找你来了。哎，对了，你知道昨晚是谁送你回来的么？”

羽蓝咬唇回想了一下，隐约记得是一个男人，身上有着淡淡的好闻的味道，她想，应该是凉城吧。她看到他一直在前面的，虽然他不回头，但羽蓝希望那个人……就是他。

“凉城。”她吐出两个字，但苏浅微却摇了摇头，叹气道：

“居然是程天蔚，我真是又担心又迷惑，要不是检查了下看你哪儿都好好的，凭上次他对你的所做所为，我一定……”说到这里她不愿再提，“总之那个程天蔚对你，总是一副势在必得的样子。”

羽蓝慢慢地穿一条休闲式样的蓝裙子，自嘲地笑：“他总是过于自信。微微，程天蔚不是个善类，我们最好离他远点。”

等她填饱肚子换好衣服，已经是下午三四点了，苏浅微建议去逛市中心，说刚刚得了一笔稿费，不出去血拼一把，对不起这成日熬夜作出来的熊猫眼。

羽蓝笑着说她，你这是何苦呢，不惜健康美丽地熬夜写稿挣银子，拿着银子又拼命地买化妆品保健品，简直就是恶性循环。

苏浅微呵呵地笑，这不是贱毛病么，一到晚上大脑皮层就兴奋，一到白天我就遁形了。

开车到了市中心，苏浅微找了个停车场把车停好，刚走进一家欧莱雅专柜，就接了个电话。

羽蓝不用猜，单从她眼角翘起的柔柔笑意就知道，打电话的一定是那个黎大少。

“干吗啦？我跟蓝蓝在逛街。你在哪儿？金水路呀……我们就在金水路上……”

这一块儿是T市最繁华的商业中心，羽蓝朝柜台上的化妆品草草扫了一眼，即刻收回了目光。单单一瓶护手霜，标价都要几百块，也许对别人而言这不值什么，但对于在日本摆过地摊儿、刷过盘子，自知分角不易的羽蓝来说，着实太昂贵了。

下意识地藏起了自己那双有些干糙的手，羽蓝看到苏浅微已经收了线，微笑着迎上去。

“走，我们去喝咖啡。”苏浅微像得了什么好事儿似的，一脸的神采飞扬。

“跟黎大少约会？我看我还是不去当电灯泡了吧。”羽蓝笑着打趣她。

苏浅微脸色一红，扭着身子推了她一把：“什么呀，正好他在这条路上约了朋友聊天，我们也过去凑个热闹。”

两人手牵着手走在金水路繁华的街道上，头顶是明媚的盛夏阳光，耳畔是清澈微凉的风声，羽蓝觉得好像又回到了十几岁的年华，三五好友、一二知己，在少年的天真烂漫里挥霍着、斑斓着，任青春一寸光阴一寸金地慢慢堆积成黄沙，而等时间的沙砾吹尽，或许才会蓦然发觉，那沉淀和凝结在时光底层的，不是黄金，而是我们这么多年一直遗失的，眼泪。

第18章　不会告诉你，我其实也爱你

只有十几分钟的路程，羽蓝被好友拉着走进一家装修雅致的咖啡厅，里面放着《Remember》，低沉缓慢的曲调，忧伤的男声。羽蓝记得，这是电影《伤城》中的插曲，她想起金城武，那个不笑的时候很忧伤，笑起来又很纯真的男人，有一双黑澈的眼睛和一对好看的酒涡，就像凉城。

于是就那样入了迷，她站在那部描有金色花纹的复古留声机前，盯着唱片缓缓地转动，听着歌声从那里流出来，仿佛进入了另一个世界。

“蓝蓝姐在发痴。”低低的笑来自黎少白，苏浅微回头看到羽蓝还在发呆，站住叫道：

“蓝蓝，这里！”

她朝她招手，然后在黎少白旁边落座，却在抬头迎上一双微笑的眼睛时怔住了。

羽蓝一直站着听完了整首曲子，才缓缓朝他们走过去，随手把包包放进座位，她笑得极浅：

“真喜欢这里。”

谁也没回应，下午的光线转暗，她弯腰坐下，一转脸看到隐没在金线夕阳中的男子。

安静闲淡，骨节修长的手指握着一只洁白的瓷杯，凉城目不斜视，仿佛根本不曾注意她的到来。

“那个……蓝蓝姐，坐啊，想喝什么？卡布奇诺？蓝山？”像是为了打破气氛的尴尬，黎少白口气轻松地对羽蓝说。

“蓝山。”靠窗的男子简短地吐出两个字，仿佛丝毫不觉得替别人回答是不礼貌的事。

苏浅微轻轻咳了一声：“我要一杯卡布奇诺，那蓝蓝你就蓝山好了……”

没想到黎少白约的人竟是凉城，羽蓝懵掉了，一言不发地坐在座位上，咖啡送上来的时候，突然想起凉城以前就喜欢喝咖啡，尤其是蓝山，还要加好多糖，于是手上的动作就像条件反射，拿着夹子不停地往杯子里放糖，一块、两块、三块……

他在暧昧不清的光影中缓缓转过脸，目光望着她，是谁也说不清的一种情愫。但羽蓝可以肯定的是，凉城他，不可能不记得她。

他们相距得那么近，不足十厘米的空气让她清楚地闻到了他身上男士香水的淡淡味道。

直到苏浅微在桌下踢了她一脚，羽蓝夹糖的手一抖，方糖掉进杯子里，有几滴咖啡溅了出来。

黎少白适时开始说话：“大家都是熟人，我也不用介绍了，蓝蓝姐，以后我就在凉城的公司上班了，为了庆祝我进沐旭，你好歹也说两句吧。”

苏浅微立刻插话道：“小破孩子，大学还没念完，人家沐旭能要你？是不是凉城？”

扬脸给了对面的帅哥一个笑容，到底是有些刻意讨好的意思了，只恨羽蓝这个傻丫头只顾着发愣，这么好的机会一个字儿也憋不出来。

凉城隽雅的脸庞绽出一抹淡淡的笑容，拿起汤匙无意识地搅着并没放糖的咖啡，说：

“少白挺优秀的。”

黎少白立刻跟打了胜仗似的朝苏浅微飞了个骄傲的眼风：“哼。就你瞧不起我。我毕业实习在沐旭，不行啊？”

苏浅微横了他一眼，不再多言。

余下的目光就只剩一眼一眼地剜羽蓝。

羽蓝仍是沉默着，身畔就是凉城，可她却突然之间不知对他说些什么，两人就那么干坐着，只剩对面的两人努力地活跃着气氛。

苏浅微说："要说庆祝，你应该请大家喝酒才是，喝咖啡多没劲啊！"

黎少白开心地大笑："我原本也是这个意思，不过就怕你们不乐意，像你这个年纪的女人，我怕太high的你接受不了……"

苏浅微伸手就给他了一个爆栗："不知天高地厚的小子，我这什么年纪啊？敢说我老？"

两人不管不顾地闹起来，羽蓝慢慢稳下了心神，静静地说：

"不是最怕苦的么？为什么不加糖了？"

从小到大，凉城最怕苦，连每次生病吃药都要提前准备一颗糖。药一喝完，赶紧把糖含到嘴里，生怕那苦味浸到喉中一分一毫，偏他又爱喝咖啡，每当他们在一起冲那种速溶的蓝山咖啡的时候，羽蓝都会在凉城的杯子里加很多糖，而自己则一块也不要。

她说，糖的甜是会令人上瘾的，假如哪一天她再也没有糖吃，那么她一定接受不了这个世界的任何苦涩。

羽蓝一直觉得，糖是这世上最虚假又最美好的东西。

可是如今，他们的习惯，都改了。

他开始用真实的触觉品尝这个世界的苦涩，而她则开始用糖的甜蜜和虚假来包裹伤口，粉饰昨天。

这世上，所有的咖啡都是苦的，所有的甜蜜都是假象。

凉城用静静的眼光看着她，这个他远离了七年的女子，如今就这么活生生地坐在自己身旁，中间却好似隔着，万水千山。

他没有回答她，而是放下杯子，微笑道：

"喝酒的话，我知道一家酒吧，那儿很不错。"

黎少白笑："好，那我们跟你去，你选的地儿自然不会错。"

暮色中的酒吧街华灯初上，四个年轻人的影子被迷离的霓虹切割得支离破碎，黎少白黏糊糊地跟在苏浅微身旁说笑话，沉默的，依旧是他们。

外面星光浅淡，那个叫"凉"的PUB亦是带着异乎寻常的寂凉。

生意并不好，几张桌子，几个酒客，吧台的装潢算不上华贵，却是颇有格调，蓝幽幽的灯光，蓝格子的桌布，人走进去就好似进入一个冰蓝色的梦幻世界。

苏浅微和黎少白走得快，一到地方就去找了张角落的桌子，羽蓝紧跟其后，凉城在最末。

路过墙角的钢琴时，羽蓝停住了，满室奏起叮叮咚咚的钢琴声，她听不出是什么曲子，只是望着那个弹钢琴的男孩出神。

那张低着头认真弹琴的侧脸，多像记忆中的凉城！

她站着，凉城便也在她身旁站住。

“很帅的男生，对吗？”他淡淡的，嘴角却挑起一抹嘲弄的微笑。

那个男孩穿着干净的白衬衫、剪着清爽的短发，十八九岁的模样，正是最青涩的盛夏光年。

羽蓝未听懂他话里的意味，盯着钢琴无意识地点了头，等她慢慢回头去看他的时候，凉城已经走得老远了。

其实她想说，当年的你，弹钢琴的样子比他更帅。

苏浅微启开一瓶洋酒先给每人满上一杯，笑道：“难得四角俱全，今晚咱们玩个痛快，不醉不归好不好？”

黎少白文学知识并不浅薄，却故意揪着那句“四角俱全”，追问是怎么个四角俱全法，苏浅微胡乱搪塞几句，惹急了便往他嘴里灌酒。

这一旁的羽蓝却有点耳热，红楼梦中薛姨妈打趣林黛玉，说要将她说与宝玉，才是四角俱全的好事，这个典故，她懂。

凉城转着手心的酒杯，若无其事地轻笑：“说得倒是很豪迈，想必微微酒量不错。敢比试比试么？”

苏浅微一拍桌子：“来呀，谁不敢是小狗！姐今天不光说得豪迈，喝得也豪迈！”霍霍指向余下两人，“你俩监督。黎少白数着我，蓝蓝你就数着凉城，咱们就赌这一首曲子，从头到尾的时间，咱们谁喝得多！凉城，敢不敢拼？”

黎少白嗤笑道：“我看你算了吧，你肚子里能装几两酒，我比蛔虫还清楚，你还和凉城拼酒……”

苏浅微一巴掌拍在黎大少的脑勺上：“又藐视我，今晚就让你见识姐的威力！”

凉城浅浅一笑，小小的酒涡绽在唇际：“好啊，反正你醉了有少白照顾。”

羽蓝望着他，默默在心里说，凉城，我倒希望醉倒的人，是你。

黎少白走过去给钢琴师说了几句，年轻的男孩点点头，奏起一曲《落叶的梦》。

一首只有三分钟的曲子，音调舒缓，节奏优美，羽蓝却如同在观看一场大战。

对面的苏浅微，身旁的凉城，各自面前摆着一排数十只酒杯，黎少白一边倒酒一边不放心地嘀咕：

“微微你行不行啊，不行就认输算了，要不我替你？不就是做回小狗么？凉城又不会逼你真学狗叫……”

苏浅微不耐烦地挥挥手，长吁了一口气，对凉城说：

“可要先说好了，如果我赢了，你要答应我一件事。”

“哦？什么事？”凉城含笑挑眉。

“先喝，等我赢了再说。”苏浅微看了羽蓝一眼，像在鼓励着什么。

凉城欠身端起一杯酒：“只怕没机会了。”

音符一起，战幕拉开，羽蓝看着他俩跟喝凉水似的一杯杯往肚子里灌，惊叹之余是心酸，微微是为了自己才和凉城拼酒的吧？而凉城，你在我面前豪饮至此，又是所为哪般？

也许只是想不管不顾地醉一场？

很快一曲终了，凉城波澜不惊地丢下空了的酒杯，抬眸扫了一眼羽蓝。

铃铃铃——

羽蓝口袋里突然铃声大作，苏浅微喝得面色绯红，头也沉得快要撑不起来，嘴里还是说：

“我……我赢了，凉城你得说话算数，蓝蓝……蓝蓝……”

黎少白迅速数清杯子，宣布结果：“凉城十二杯，微微九杯，凉城赢了。”安慰似地拍了拍苏浅微的头：“乖，你已经很厉害了。”

“不行！我没输！”

“嗯嗯，你没输，是凉城赢了。”

苏浅微生气地推了一把黎少白，摇摇晃晃站起来指着面不改色的凉城，道：

“你不许不理蓝蓝，她……那么爱你……为你连工作她都不想要了……你凭什么要假装不认识她？你不爱她了吗？你敢拍拍自己的胸口说，你对她已经完全没有感觉了么？”

苏浅微伸手戳着凉城的心口：“这里面，这里面没有她一丝一毫了么，没有她的一丁点影子了么？凉城你是这样薄情寡义的人么？”

头重脚轻，那伸手一戳用力又太大，苏浅微扑通一声歪倒在黎少白怀里，再看时，已经沉沉睡着。

黎少白无奈地摇摇头，对凉城抱歉道：“不好意思啊，她酒量不大，要不我先送她回去，你和蓝蓝再坐会儿？”

看了看正忙着接电话的羽蓝，黎少白道：“那蓝蓝……待会就麻烦你送她回去了，打辆车吧。”

凉城没答应，但也没拒绝，扬扬手里的酒杯，浅浅地笑：“你先走吧，我坐会儿也该回了。”

透过醉意的视线，他望着站在角落里打电话的羽蓝，笑意拢敛，清秀的眉头暗暗纠结。

程天蔚絮絮叨叨地在电话里责备，说她一整天不见人影，病了也该打个电话请假，现在手术正缺人手，让她马上回去。

“不去！科室又不是只有我一个人。”

程天蔚怒吼：“你在哪儿？半个小时不出现在我面前，你这个月的奖金就别想要了！”

羽蓝冷嗤一声：“随你。我连工资都不想要了呢。”

正要挂电话，程天蔚突然阴阴地说了一句：“你和凉城在一起是吗？”她站在离钢琴不远的地方，音乐声传到话筒里，那头的程天蔚悟了地哦了一声，说，“原来你在‘凉’，那是他最喜欢的酒吧。”

说罢，戛然收了线。

羽蓝回到座位上，发现没有了凉城。微微和黎少白走了她是知道的，可她以为凉城他不至于，不至于连礼貌地送她回家也做不到，他竟丢下她一声不吭地就走了。

像是刚刚捕到的一星烛火又被风扑灭，羽蓝哀哀地想，原来他的心真是暖不热的，要怎么做，凉城才能重新喜欢我爱我呢？如果我醉倒在这里，他会像黎少白对待微微那样，呵护体贴吗？

他不会。

羽蓝笑了，笑得自嘲而悲凉，桌子上的酒还没有喝完，她一杯一杯地拿起来往嘴里灌，醉了吧，醉了吧，希望一醉梦归，一醉七年，一醉醒来，她和他都还是十七岁的烂漫少年，郎骑竹马，妾嗅青梅，那一年里，他爱她，她也爱他。

想必是酒精进入身体都化作了眼泪，羽蓝喝着喝着就开始哭，趴在桌子上眼角的泪水止也止不住，不是早已打算收起脆弱叠起眼泪，要坚强而勇敢地面对未来的一切吗？为什么你又做出这副死人相？羽蓝很讨厌这时候的自己，索性装鸵鸟把头埋在臂弯里，任泪水漫过眼尾的小痣，湿透了整条胳膊。

她没察觉到身旁早已立了一个人，他抬起手，似乎下一刻就要抚向她瘦弱而抖动的肩头，可终究僵了良久，不肯落下。

凉城的眉紧紧地蹙着，她为谁而哭，那个电话是谁打来的？为什么她接过之后就痛哭至此？酸苦的嫉妒爬满了心房，初初滋生的一寸柔软被她的眼泪粉碎，他漠然站到她抬头，看到那张被泪水弄花了的脸。

出门前苏浅微特意给她画了眼线，泪水一冲，模糊成了熊猫眼。

羽蓝的哭泣顿时噎住了，望着赫然立在眼前的男子，揉揉眼，再揉揉眼，直到凉城再也看不下去，一把攥住她的手腕：

“别再揉眼睛了，丑死了。”

她呜地哭出声，借势搂住凉城的腰，把泪水全部蹭在他高档衬衫的前襟上：

“我以为你走了，我以为你再也不会管我了……”

他动了一下，到底没推开，低下头看她的黑眸，眼里浮浮沉沉。凉城啊凉城，你为何就狠不下这个心？她是怎样一个女人，你不是早就应该清楚了么？

她喝光了桌子上的酒，几乎醉透了。凉城结了账，将软趴趴的女子从座位上拖起来，放在怀里。

她极不安分，拱在他的怀中还要不停地扭来扭去，凉城尽力提醒自己要保持清醒，还是被她摇得晕晕乎乎，他原也是喝了十几杯酒的。

到了停车场，凉城打开车门，正准备将她塞进后车座，羽蓝突然抓住他的手：

“你喝了十二杯，我一直数着呢。凉城，你醉了吧，开车不安全的……我来开！我替你开好不好？”醉眼朦胧地趴在车身上，她笑着说，“你的车一定很贵，不过我会很小心，我车技很好的……在日本……在日本我开过……”

凉城冷冷地打断了她：“在日本你开过比这更好的车是不是？真遗憾啊，你在日本那么好何必又回来呢？”

他愤愤绕过车头坐进驾驶室，泄愤似的拍了几下喇叭。

羽蓝被刺耳的车笛声惊了一大跳，凉城的话她听见了，大力地摇着头，她嘶声冲他喊：

“我开过给海鲜摊送货的货车你知道吗？当时下着暴雨路那么难走，我一个人拉着货从海边的养殖场往市里回，他们都说，羽蓝开车的技术比男人还强……凉城，你还不相信我吗？”

她摇摇晃晃地走过去，拉开车门拽他下来：

“我来开，你放心，你喝酒太多了……”

凉城紧紧握着方向盘不肯动，他盯着她的眼睛，声音是惊惑的沉哑：“你给海鲜摊送货？难道是体验生活？你……有那么缺钱么？”

说不上来心中是一种怎样的感觉，也无法想象她这么一个柔柔弱弱的女子冒着大雨去做那种男人干的活，帮人送货赚钱……他记得曾向父亲程立德要过一笔钱打到她的卡上的，难道她那么快就花完了？

羽蓝抓着凉城的袖子，一个劲儿地笑，眼角像下了一场雨。她醉了，真的醉了，醉在凉城那一瞬心疼和温暖的眼神里，醉在他俊美如斯的容颜里，她伸手触到他的脸庞，感觉七年之后他熟悉的温度，又快乐又悲伤：“凉城，我知道现在的羽蓝，配不上你。”

凉城轻轻取下她的手，垂下的睫毛遮住了眼底的悲喜，他的声音波澜不惊：“上车吧，我送你回去。”

纵然头沉得几乎要撑不住，羽蓝还是半分也不肯睡去，她像溺水的人抓住稻草一样揪着那根安全带，对凉城痴痴地笑，醉眼朦胧：

“我现在很丑了，是不是？”

凉城的心像被一排小针齐齐扎过，全是洞，却又看不到那些血是从哪儿冒出来。他盯着前面的道路，眼也不眨：“是。又黑又瘦的，就像小黑。”

“嗤——”羽蓝笑得低下了脸，眼泪从指缝渗出来，冰冰凉凉的，她笑得凄怆，“可小黑是你的心肝宝贝，它死了你还哭了一场，我死了……凉城，你也会为我哭么？”

凉城猛地扭过头，恨恨看了她一眼。刹那目光交汇，那一瞬有多久，一秒，三秒，五秒？

如果刹那能够永恒，羽蓝愿意伴着岁月一同风化在这一瞬的目光之中。

这一寸电光火石，仿佛有什么在悄然苏醒，又有什么激烈地撞出了无声的火花，是她的爱，还是他的恨？

那么浓稠，那么破碎，一缕一缕地将两颗心紧紧缠在一起。

凉城的眼眸黑得深不见底，羽蓝觉得有些窒息，刚刚转脸突然惊恐地大叫起来：“小心！！”

她猛然扑上去抱住了方向盘，就在眼看汽车要撞到迎面过来的一辆货车的时候，她死命地将方向盘朝右狠打，只听“砰”的一声，玻璃碎片应声四散，汽车避开货车撞到了右面的马路护栏上，挡风玻璃顷刻被撞得粉碎。

凉城惊魂未定地盯着前面，过了好久目光才迟滞地看向将整个身体都挡在自己身上的羽蓝。

“你……”他的脸色霎时发白，一个字刚出口，他迅速反应过来，来不及多想就把手按在了她的额头上。

羽蓝的头撞在了挡风玻璃上，鲜血正顺着发际缓缓地流过眉梢，染红了她的睫毛。

外面有警车呼啸而来，凉城迅速将她抱在怀里拉开车门便冲了出去。

交警在后面追，他不管，心中蓦然升起无边的担心和恐惧。这么多年过去了，他已经很久不曾体会这般揪心的感觉，从羽蓝在他最脆弱无助的时候绝情地弃自己而去，他已决心不再为任何人担忧，他也要做一个绝情冷漠的人，可是为什么，为什么看她闭着眼蜷在自己怀里的无助模样，看她流出的血，自己的心，会像撕裂一般的痛？

要疯了，他抱着她狂奔在马路上，在心里他大声地骂她：你要死了吗？该死的乌鸦嘴，为什么要问你死了我会不会哭这样愚蠢的问题！

你死了，我不会放过你！七年前的事情你还不曾给我一个交代，我不会白白便宜了你，羽蓝，羽蓝！

他叫着她的名字，仿佛看到那一年，她被烫伤了腿，他无比紧张地抱着她穿越人群马路，穿越整个青春隧道，只是想不通啊，她和他，怎么就没能坚持住，怎么就没能一直相依相偎地走过这几年呢……

程天蔚猜到羽蓝跟凉城在一起，心里便被猫抓了似的不爽快，随便找了个借口请假出来，刚刚把车子开到医院门口，迎面就看到气喘吁吁的凉城，衬衣衣襟上有淋漓的血迹，他怀里抱着的那个女子……竟是羽蓝！

他立刻下了车，满头汗水的凉城看到程天蔚，眼睛里立刻绽出期冀的光，他哽咽着说：“哥，哥，你快救她，我和羽蓝出车祸了。”

第19章　一人一个公主梦

是天黑了吧，不然羽蓝怎么觉得满世界都是黑的，没有方向，没有出路，满心满心涌出的恐惧和绝望一如当年。当年的一场暴雨，雷电交加，当年的嘶喊哭泣，挣扎疼痛，她像是梦魇了，魇在七年前那场断送了她一生幸福和幻想的雨夜里。

这么多年，羽蓝不停地逃避，竭尽全力地想要忘记那一切，如果有一把刷子可以将那些污点刷去，如果有一把刀子可以将那些印记剜去，她，不惜代价。

但是那一天成了永远，少年到此为止，青春到此为止，爱情，于此终结。

凉城，我再不能面对你时天真无邪，亦不能勇敢地跨越这一切，撕破这个世界的残忍和虚伪，将一个真实的羽蓝赤裸裸地展现在你面前。

总是青春太好，好到让我们忘记了它根基不牢。初初展叶的小树，沐浴了一丝阳光就以为拥有了全部的春天，殊不知春寒夏雨秋风冬雪，哪一样，都是它经受不起的灾难。

十七岁之前的羽蓝，曾经长时间地活在“伪公主”的梦境里。伪公主是凉城为她取的封号，因为她太爱做梦，尤其爱做公主梦，每每凉城坐在他家那架黑色的“珠江”钢琴前练琴的时候，羽蓝就会搬一把小椅子乖乖地在他对面托腮听上十分钟或者半个小时。

待到音符一止，她便立刻冲上去对凉城做深情状：“噢，我的王子，公主在露台已等你很久，而你的白马为何迟迟不来？”

凉城面不改色，托起她的下巴说：“白马被唐三藏骑到西天取经了，不过猪八戒倒是留了下来。”

羽蓝瞪眼：“在哪儿？”

凉城伸出皙长的手指点她的鼻子：“在这儿，就是你。”

“你敢骂我猪八戒？”羽蓝机敏地一把握住他的手指，张口就咬，凉城猝不及防，脸上坏笑即刻换做口中痛呼：“公主饶命呀，小的再也不敢了。”

羽蓝悻悻松口，斜着眼睛一脸欲求不满，越看越觉得这小子好看，他的眉毛怎么能那么黑长，他的睫毛怎么能比自己的还浓，还有他的皮肤好得让人恨不得立刻啊呜一口咬上去……

“伪公主。”凉城吹着被她咬出牙印的手指，愤愤地说。

“哈，你敢说我！”早就心存不轨的羽蓝这下可逮着了机会，一脸恶狼扑食状地黏到凉城身上，手在他身上挠个不停。凉城怕痒，一笑就忍不住滚在了地上，根本不曾注意满脸奸笑的羽蓝正悄悄向他的脸部接近。终于，偷袭成功，羽蓝趁他扭头的时候吧唧在他左脸上亲了一大口。

被亲的人脸没红，干坏事的人却捂着脸羞得不敢看人。凉城掩饰一般轻咳两声，索性在地板上躺下，双手枕在脑后，对着天花板悠闲地吹起口哨。

羽蓝透过指缝看到他，心中又羞又愤，抬脚踢踢他：“喂，你是猪啊，都没有感觉的吗？”她亲他了啊，他怎么能没反应呢？

凉城挑挑清冽的眉毛，声音也是清脆脆的明亮：

“羽蓝同学，你偷亲了我，还想得到我什么回应呢？要不然我再亲回去？”

说着猛地伸手将她拉进怀里，嘴唇轻轻吻上她柔嫩似樱花的唇瓣。

那是，他和她最美好最甜蜜的一段时光吧，即便出身乡下七岁就没了父亲的羽蓝，从来不能过上像邱小清那样的公主生活，但在他们的城堡里，她就是最美丽的公主，凉城，便是她的王子。

至于院子里的另外两双眼睛，羽蓝只能尽量地视而不见。

只不过随着她一天天长大，程天蔚看她的目光也一天天有了变化。从最初的故作冷漠到后来的幽深专注，羽蓝偶尔触到他的眼神总会心里发毛，明明也是外形挺朗的少年，为何瞳孔里散发出的光芒似兽，又孤绝，又猛烈。

她并不曾得罪于他，他却到底有多痛恨自己？是因为自己抢走了凉城吗？是因为她和邱小清关系不好吗？还是因为她们家接受程院长的东西太多？可是那些油啊米啊面粉啊的都是程院长自己要送的，连婉荷阿姨都不曾说什么，他又凭什么生气？

羽蓝腹诽，程天蔚就是一个狭隘、阴暗、自私、扭曲的变态少年，要不是他在凉城跟前还有几分哥哥的样子，羽蓝大概也不能同他相安无事地一起长这么多年。

她和凉城初三那年，程天蔚上高三，羽蓝整天巴望着快点高考，时不时地还打探一下程天蔚能不能考上大学，凉城觉得挺稀罕，笑着说，“不容易啊，什么时候你也关心起大哥的成绩了？”

羽蓝心怀鬼胎地笑，“他是你哥，我当然关心了，咱们院儿要出个大学生的话，多长脸！他报啥大学？是外地的不，远不远？”

巴不得程天蔚报个外省的大学，最好一辈子也别回来。

凉城摇摇头，“他要继承我爸的衣钵，T市的医科大学在国内也有几分名气，想必他会选本地吧。”

羽蓝撇撇嘴，小声说：“真没出息。”心里恨得要命，该死的程天蔚，到底要哪辈子才能摆脱！

初三学习任务紧，每天夜自习都要很晚，每每她和凉城走出学校，街上总是万家灯火已熄，整条马路空旷而死寂，她紧紧揪着凉城的袖子，只听得见他们的脚踩在路上的声音，“啪嗒，啪嗒”。

凉城笑着说：“你那么紧张做什么，把我袖子都扯坏了。”

羽蓝哼道：“最近街上有几个小混混猖狂得很，咱班好几个同学都被劫了。我当然要小心。”

凉城嗤之以鼻：“人家劫也是劫有钱有色的，你啥都没有，人家拦你干吗？何况这不还有我这么个保镖护卫你呢。胆小鬼！”

刚骂完羽蓝胆小鬼，凉城的脸色就变了，马路尽头通向家的那条长巷路灯坏了，整条巷子黑乎乎的，羽蓝紧紧抓住凉城的手，试图从他掌心的温度来获取一些挺过黑暗的勇气。

“没事，跟我走。”凉城小心安慰着，可话音刚落，肩膀上便狠狠挨了一棍子，羽蓝“啊”地叫出声，一样凉凉的东西随之贴上脖子。

眼睛适应了黑暗之后，凉城渐渐看清了眼前的情况，三四个小混混将他们堵在巷子里，拿着刀子、棍子逼他们要钱。

羽蓝这时候不知哪来的勇气，挺着脖子叫道：

“我们穷学生哪来的钱？你们这是持刀抢劫，识相的赶紧放了我们，否则……”

“否则后果严重是不是？”一声狞笑，“现在就让你们尝尝后果严重的滋味！”蒲扇大的耳刮子掴到脸上，羽蓝顿时头昏眼花，凉城急了，骂了一句“我靠！”也不顾那刀子，一抬脚便踹上了那人的肚子，可他势单力薄根本占不到便宜，几个混混围上来对凉城一顿拳打脚踢，很快他就躺在那里不能动了。

羽蓝抱住凉城凄厉地哭，眼睁睁看着他们搜光了凉城的钱又来她的身上翻。她惊叫着躲闪，却被人一把抓回来摁在墙上，大手在她身上肆意揉摸，不知从哪儿摸到半截砖头的凉城从地上起来，一板砖朝那混混砸了下去。

第二天是周末，父母却都要加班，凉城等他们都走了才敢起床，昨晚回来的时候父母都已睡了，所以他跟人打架这件事，除了羽蓝，谁也不知道。

他跑到卫生间去洗澡，热水冲刷着那些伤口火辣辣地疼，凉城心里又是骄傲又是惭愧，骄傲的是关键时刻那一板砖救了羽蓝，惭愧的是自己到底不像个英雄，哪有英雄被人家给抢了个精光的。

多亏脸上没怎么受伤，否则他都不知该怎么向别人解释。他是打死也不愿承认自己被人打了的。

“大哥，你怎么回来了？”浴室的门毫无前兆地被推开，程天蔚拿着毛巾站在门口。

凉城慌忙扯过浴巾却已被程天蔚看到了那些淤青。“怎么来的？”他有些吃惊，从小到大，凉城没挨过打，没打过架，也从没受过这样的伤。

虽是兄弟，他和他的人生，却大有不同。

凉城还没回答，就听见门被人擂得咚咚响，程天蔚看了他一眼，转身去开门。

羽蓝捧着跌打丸、红花油、酒精药棉之类的东西立在门口，因上楼梯太快而累得气喘吁吁，小脸红红的，一双大眼睛在蓦然触到程天蔚时习惯性地有了防备。

心底的一瞬惊喜被她的目光刺痛，他冷冷地回到沙发坐下，羽蓝小心翼翼地跟过来，把怀里的一堆药放在茶几上，怯怯的目光不知道往哪儿搁。

“你来啦。”凉城换好衣服走出来，一脸暖暖的笑，羽蓝立刻舒了口气：“我知道你肯定不去医院，所以来帮你上药。”

凉城看着她翻弄那些瓶瓶罐罐忍不住笑：“傻子，我妈是护士，这些东西家里都有，你还巴巴地带了来，是你花钱买的吧？”

羽蓝撅着嘴点头，一脸的不乐意：“不早说，人家忘了嘛。”

“傻瓜。”凉城推了推她的脑袋，羽蓝反手拧了他一下，两人咯咯咯地笑起来，亲昵的举动就在程天蔚的眼皮底下。他突然觉得心里像藏了一座火山，有什么东西呼哧哧地往上冒，他要不停地压，不停地忍，才不至于自己做出什么举动。

至于自己为什么这样，又会因此做出什么事来，其实连他自己都不清楚。恐惧，其实恐惧的是他自己，不确定自己的心意，不确定自己对羽蓝，到底是喜欢还是讨厌。

故意咳了两声，程天蔚淡漠的目光扫向两人，做出一副大人教训小孩的姿态：“说吧，怎么回事。”

他就知道，还是因为羽蓝这丫头。

几天之后，羽蓝在街上看到了那晚扇她耳光的人，右胳膊打了石膏，头上裹着纱布，见了她比见鬼还害怕，几乎是落荒而逃。

也是那天，她的课桌上出现了一只牛皮信封，里面装了一百多块钱和一封道歉信。钱，是那晚她和凉城被抢的那些，一分不少，信的署名是街上那几个有名的混混。羽蓝想，若不是被教训得狠了，这些横行已久的混混们怎会如此服帖？

接下来的周末，程天蔚都没有回家，后来听说一高处理了几个和社会青年打群架的学生，羽蓝一打听果然有程天蔚的名字，据说他拿一条钢筋棍把一个人的肋骨打断了三根，不过他自己也受了点轻伤。

羽蓝一直忙着照顾凉城的伤，第二个周末，终于在楼下碰到刚从学校回来的程天蔚，他的手腕上还缠着纱布。羽蓝知道自己应该表示一下关心，哪怕是敷衍地问候几句，但她努力了，却发现自己根本做不到，她没办法笑脸迎他，也没办法坦然地面对他幽戚戚的瞳光。羽蓝站在楼下跟柳树下瘦高而沉默的他面对面立了好久，终究连句谢谢也没说出口，便匆匆逃走了。

凉城的伤早好了，不过只要羽蓝一来，他必定大呼小叫，一会儿痛一会儿痒的，忙得羽蓝团团转。偶然一次被羽蓝察觉了，便揪着他的脸蛋问："小样，故意整我是不是？我还想起一件事儿，得审你，坦白从宽，抗拒从严。"

自认为心怀坦荡的凉城学着她的口音摇头晃脑："啥事儿？"

羽蓝盯着他纯净无邪的眼睛看了老半天才慢慢道："那晚，那个坏蛋欺负我的时候，你居然说'我靠'……天哪，凉城，你可是乖宝宝，我一直以为你优雅得跟王子似的，原来你也会骂脏话……啧啧……"

爱怜地摸了摸凉城额前柔顺的碎发，羽蓝颇有成就感地慨叹："看来是我调教有方，生生把个王子调教成了傻子……"

"我呸。"凉城推开她不安分的爪子，不满地皱眉，"我本来就不是什么王子嘛，这都共和了，哪儿来那么多王子王子的，就你，成天满脑子的幻想。我骂人，那不是……"说着脸到底是红了，"不是怕你被人……哎呀，总之都怪你啦。"

小小的甜蜜从心尖冒出来一直涌到喉咙，羽蓝望着他黑汪汪的眼珠，嘴角弯得像天上的月牙，握住凉城的脸爱昵地捏来捏去，羽蓝低低地说："傻瓜，傻瓜，我怎么能不懂？"

羽蓝觉得，这个少年，她怎么会越来越喜欢他了。

可是对于程天蔚来说，有些东西一直是长在肉里的，像暗疮隐刺，像某种分泌过盛的物质，突然遭到外界刺激，那些压抑潜伏了多年的东西便再也按捺不住，冲破了地皮密密麻麻地生长出来。

他意识到了，所以他的惶恐一天比一天加剧，梦一天比一天纷乱，在每一个梦魇里他都会看到同一张脸，微笑的、皱眉的、张扬的、灿烂的，重叠交错像花瓣一样徐徐盛开，可是那么远，他想伸手去碰一碰，那朵美丽的笑容便像水里的月亮，一触即碎。

矛盾是火山口上成长的幼苗，他想喷薄想决裂，却终究怯懦，他拔不掉心口那株苗，也没勇气离开这座城市，彻底离开她。

这世上，还有比她的笑容更绚烂、眼睛更明亮的女孩子吗？

没有了。所以程天蔚选择了本地的医科大学。拿到录取通知书那天，父亲程立德在饭店包了一桌酒席，准备开席的时候，凉城说："我想把蓝蓝和孟阿姨也请过来，蓝蓝爱吃这里的鱼。"

程立德刚刚举起的筷子停在半空，半晌他奇怪地笑了笑，搁下筷子望着婉荷。

婉荷没说话，低着头正剥一只龙虾，微笑把剥好的虾放进程天蔚的碗里，她说："天蔚，凉城快高三了，你抽空多辅导他。"

"嗯。"程天蔚领了情，慢慢吃掉那只虾，余光瞥到凉城，那个孩子一脸被冷落后的委屈。

程立德搁下筷子，眉间难得有了微微的舒展："去吧，路有点远，记得打辆车过来。"

他捕捉到父亲某一瞬间的情绪，尴尬、隐涩、喜悦以及垂着睫毛喝茶的婉荷不动声色的忧伤。

每个人都有秘密，其实整个世界就是一张由无数秘密所编织成的大网，那些隐秘随着时光盘根错节地生长着、茁壮着，只不知会在哪一天，突然就冲破藩篱，猝不及防地涌出人一直坚守的轨道。

两家人围着一张桌子，和谐亲热地看起来像是一家人，在那些轻笑慢谈里，一切都好似平常不过，温馨不过。程天蔚安静地坐在座位上喝酒，看着大人们有多么虚假，看着小孩子都多么单纯。

在所有人中，最快乐的，莫过于羽蓝和凉城了吧？他们肩膀挨着肩膀地坐着，每吃一口东西就要看着低低笑很久，目光里有一条线纠纠缠缠地黏着。他坐在对面，清楚地看见他俩的脚缠在一起，那么亲热那么痴迷，仿佛上天让这两个孩子存于世间，就是为了寻找彼此，陪伴彼此。

他们是各自的半条命，那么他呢？程天蔚，永远是个局外人吗？

婉荷的死，让整个世界都颠覆了。

那是记忆中最为闷热的一个夏季，程天蔚大一的暑假。

原本是不打算待家里度假期的，上大学没多久，程天蔚便找了个女朋友，女孩叫叶鹿，风情娇媚，算得上系花一朵，只是名声不大好，据说上高中时就流过产。

为了程天蔚的不在乎，叶鹿总是很尽力获取他的欢心，同时她也教会了他很多，关于男女，关于情欲。

程天蔚曾以为，或许叶鹿能够渐渐冲淡羽蓝对他的影响，可是在历经很久之后他发现，仍旧是不可能。

纵然她像一把肆意的火，焚燃过他年轻的身体，却终究照不暖他潮湿阴暗的内心，他的罪与罚，没有人能够解救。

暑假的时候，他答应了叶鹿陪她去婺源，但是凉城给他打了很多次电话。

凉城说："哥，你回来吗？我怕。"

"怕什么。"程天蔚淡淡的，心底的嘲讽隐匿不露，他这个弟弟，天真热情又毫无心机，已经习惯了有他这么一个哥哥当做依靠。

"爸妈昨天吵架了，我很担心。"凉城在电话那头惴惴不安，"在我记忆里，他们从不吵架，一直都是和和气气的，但昨天他们吵得很凶，妈妈都哭了……哥，你能回家一趟吗？"凉城单薄的声音像春天的草芽，有点怯，又蕴着蓬勃的忧伤。

程天蔚拢了拢眉心，妖娆的叶鹿正将手臂探进他的衬衣顺着他的肌肤向上滑动，他伸手按住，对凉城说："没事，夫妻过日子哪有不吵架的，你跟羽蓝不也天天吵么？"

"哥——"凉城拉长声音，程天蔚在电话这端仿佛能看到他微红着脸睫毛低垂的羞怯模样，他在心里冷笑一声，挂了电话。

叶鹿夺掉他的手机压在他身上，妩媚地朝他耳朵里吹气：“你弟弟？”

“唔。”喉间发出含混的应答，程天蔚拦腰将女子的身子翻过来压入身下，眼前那张粉汗涔涔的脸令他有片刻眩晕，这个美丽丰满婉转承欢的女子，是她么？

似为了纾解什么，他像饥渴的兽，一寸寸地使劲吻着她粉白的脖子，叶鹿咯咯笑着勾住他的后颈：“那个羽蓝是你弟弟的女朋友？”

程天蔚的动作蓦地一滞，那个名字刺激了他的神经，他无意识地一用力，竟咬疼她。叶鹿痛呼一声从床上坐起来，埋怨地推了他一把：“讨厌，把人家弄疼了。”

同样有一双灵动大眼睛的叶鹿嘟着嘴满脸委屈的瞬间总是特别像羽蓝，程天蔚呆了一呆，突然一使力动作粗暴地将她推倒在床上。

肆虐、索取、啃噬、纠缠，如果她是她，也许她就是她，程天蔚撕烂了叶鹿的衣裳，她开始还觉得新鲜刺激，后来慢慢察觉出他的异常，他毫不怜惜地在她身上辗转着，叶鹿开始反抗，从叫到骂，到最后变成啜泣求饶。程天蔚丝毫不肯心软，咆哮着狠狠地撞向她的身体，在女孩柔嫩的肌肤上弄出一块块淤痕。

汗水滑过鼻尖，他闭着眼，把身下的她想成她的样子，她笑起来眉眼弯弯的样子，她皱着脸双眉下耷的样子，她撅嘴生气，她调皮瞪眼，还有她和凉城在饭桌底下脚勾着脚无比缠绵的样子……

在无尽的时光中，她的每个瞬间原来都印刻在自己的青春里。程天蔚的心中没来由地生出一股绝望的悲怆，他觉得自己卑微和凄惨得像个小丑，一切冷漠不过是件早已腐朽的外衣，一旦触碰，所有的骄傲顷刻便会化成粉末。

他在女孩的身体里爆发，奔腾地宣泄之后，他去冲了澡，却无论如何也洗不去心中对自己的鄙视和深深的耻辱，他怎么会走到这一步？

他爱她吗？是不是一切的一切，只是因为自己……爱上了那个叫羽蓝的丫头。

程天蔚将蓬头的水放到最大，他蹲在地板上，第一次在神志清醒的时候，流出了眼泪。

离开出租小屋的时候，程天蔚在叶鹿的床头放了一沓钱，他想他再也不会和这个女孩有任何瓜葛了，无论是肉体还是感情，他想要的女子，只能是，羽蓝。

第20章　伤在那一季，可是没有你

程天蔚第一次主动去找羽蓝。

十年，积攒了十年，压抑了十年，故作漠视地煎熬了十年，他突然想对她温柔一回。

心里那头小兽在爱情来临的时候，也是会敏感而温婉的，他取消了去婺源的计划却没有提前告诉任何人。

他从学校回来，没有回家，而是直接去了羽蓝的辅导班。

马上就高三了，有点偏科的羽蓝报了个暑期辅导班，以凉城的成绩原本是没必要报的，但为了羽蓝，他也报名了。

七月最沉闷燥热的一个下午，羽蓝坐在辅导班狭小的教室里，光线不好，没有空调，她听着枯燥的数学题目昏昏欲睡，旁边的座位是空的，过了一会儿一股刺鼻的汗腥味冲进鼻子将她刺激得醒了过来。

她扭头去看，凉城还是没有来。一个男生汗津津的脸凑过来，对着她讨好似的笑，羽蓝下意识地往一边挪了挪，不悦地皱眉道：

“这个座位有人。”

那个男生黑黑的，壮得像头大水牛，也是来上辅导班的，早就注意到了羽蓝，这会子看见她一个人坐着，趁机便挤了过来。

“不是还没来嘛。”男生说着往她跟前凑了凑，羽蓝忙往一边躲，拿书本挡住他快要贴上来的脸，急道：“后面那么多空位，你怎么不去坐，我同学马上就到了。”

“都快下课了，你同学肯定不来了。”大水牛死皮赖脸地坐着，饶有兴趣地盯着羽蓝粉嫩的脸和脖子，有点不怀好意，“我坐后面看不清楚，你就发发善心嘛，让我坐这儿吧。”

说着还很恶心地伸出爪子趁机去拉羽蓝的手，羽蓝被他身上的汗味呛得发晕，不耐烦地甩手：“你干吗？”

聪明“绝顶”的数学老师停下板书，转身不悦道：“我在上面大讲，同学们在下面小讲，是怎么个意思嘛，不想听的可以提前放学，不要影响到别人。”说罢又开始格叽格叽地在黑板上抄例题。

破旧的电风扇在天花板上老牛破车一样吱吱扭扭地摇着，羽蓝浑身全是热汗，心里更气，要是凉城在的话，这个死水牛还敢这么猖狂么？她真想立刻就走，但想到凉城没来，她好歹得把今天的笔记帮他抄全了，于是只好忍耐。

忍着男生身上酸呛的汗味，忍着汗流浃背的闷热，她握着钢笔飞快地在本子上抄着题目，胳膊上的汗水黏住了纸页，晶亮亮的汗珠顺着发丝往下滴，不一会儿连写上去的题也被模糊了。本来就烦，旁边的死水牛还不停地扭着板凳，庞大的身躯不时地碰到羽蓝的胳膊和肩膀。她火了，哗地摔了钢笔，抓起作业本往书包里一塞，踢开凳子就往门外走。

雷声轰隆隆响在天际，原本阴灰的天色更加低沉，压得人心口闷闷的，羽蓝火大地出了教室，刚走了几步，胳膊便被人拉住，那个水牛男生阴魂不散地跟上来，绿豆小眼睛里笑得令人生厌：

“羽蓝同学，我早知道你了。说实话吧，我是三高的，早就知道你这个一高的校花，我是专门为你才报的辅导班，好歹给个机会，交个朋友呗。”

交你娘的大头鬼！

羽蓝在心里骂他，嘴上却忍了，她是乖乖羽蓝，跟凉城承诺过以后不骂脏话，尽量扮淑女的。她白了水牛男一眼，紧了紧怀里的书包，耳畔的雷声又响了些。

眼看着黑云密布，她没带伞，从这里到公交站牌还有一里多的路，羽蓝一面发愁一面想着怎么应对这男生。

她扬了扬眉，说：“你想跟我做朋友？”

水牛男头点得跟上了弹簧似的，眼里绽出希冀的光，羽蓝狡黠地笑了下，站在栏杆前指着楼下的水泥地说：

“你从这三楼跳下去，我就跟你做朋友。”

太彪悍了，水牛男满脸刚盛开的万紫千红像突然被霜打了似的，全部败了，死了。

羽蓝看着他的一头傻样，心里狂笑，嘴唇却矜持地半抿着，抱住书包对他遗憾地叹了口气，说：“唉，我还能说什么呢，水牛哥哥，你把追校花这项伟大事业想得太容易了。没有革命烈士般的献身精神，追什么女孩子呀。”

惋惜地摇摇头，她转身下楼。

快热死了，天地像被凝固的大铅块，她跑了几步，心想也许这样能带起点风来，忽然听到身后一声颤巍巍的喊叫：

“羽蓝，我要是残了，你会照顾我吗？”

照顾你个大头鬼，美死你吧，羽蓝刚骂完忽然觉得不对，霍然转身，只见一个黑黑的身影从栏杆上翻了下去，像只沉重的大鸟，扑腾从眼前坠落。

她的神经突然就断掉了，直到下课的学生惊叫起来，楼下的水泥院子迅速围了几个人，她才拔脚往楼下一阵狂跑。

她撞进了一个人的怀抱里，那个怀抱凉凉的，一双手握住了她惊慌颤栗的双手。她哆嗦着，盯着水牛男身下的水泥地上，浓稠的血像一条小溪缓缓地蜿蜒，流到她的脚边。

她惊声叫了起来，天上，顿时砸下铜钱大的雨滴。

“羽蓝，羽蓝。”有人摇着她的胳膊，她没反应，眼睛瞪得大大的，程天蔚急了，拿手拍着她的脸，说，“没事的，你别怕呀。”

羽蓝根本没意识到身边的是程天蔚，她只是拽着他的袖子，失措地盯着地下躺着动也不动的男生喃喃道：“他是不是死了？”

程天蔚弯下腰去摸了摸男生的脸，气息都在，可能只是摔晕过去了。他拿出手机给120打了电话，辅导学校的负责人闻讯跑过来，连问怎么回事，羽蓝吓得脸色发白，只怕有人指证是她害死了人。程天蔚皱着眉一脸严肃地对负责人说：

“学生在你学校出这样的事，他家长要是追究起来，你们是要负责任的，你们的安全措施做得太不到位了。”揽了揽羽蓝的肩膀，他继续说，“看我妹妹被吓成什么样了，这样的辅导学校，不上也罢。”

他拉着羽蓝，目不斜视地走出人群。那些看热闹的学生和来接孩子的家长都觉得这小伙子的话有理，纷纷围着负责人指责议论，还有的说要退学费。

谁也没有注意到是羽蓝说了那句话，才促使那个男生跳了楼。可是她吓坏了，第一次，竟乖乖地任程天蔚牵着她的手，走出了辅导学校。

雨下的越来越急，羽蓝的身上转眼便湿透了，程天蔚脱掉衬衣让她顶到头上，拉着她飞快地穿过马路，往回家的公交站的方向奔。

五六百米的距离，他觉得那是他一生走过的最美丽最难忘的路程，他的手里紧紧裹着她娇小的手掌，他侧头，看见她乖巧柔顺得像一只打湿双翅的小鸟。

慢些，脚步再慢些。远些，这路程再远些。他多想，就这么牵着她的手奔跑一生，哪怕是，惊雷暴雨。

坐的是18路公交，很快公交站牌到了，一辆18路开了过来，载了满满的一厢人。羽蓝下意识地想挣开他的手上车，他没放，说了句：“人太多了，我们等下一趟吧。”

原想她会拒绝，会逃掉，但，没有。羽蓝很乖顺地低下头，有些失望地目送汽车离开。

程天蔚只穿着件黑T恤，牛仔裤的裤腿被水湿透了，但他丝毫不觉得冷，心里像有一把火熊熊地烧了起来，他失神地凝着羽蓝的侧脸，心想，他怎么能就这么让她回去呢。

一回到大院，她便不再属于他，她是凉城的，心在凉城那里，身，也是他的。

他望着她发育良好的身躯被雨淋湿后曲线美好的姿态，心里的那股火便抑也抑不住地蹿上来，激情已上升到火山口，他舔了舔发干的嘴唇，忽然听见羽蓝说：

“凉城，警察会不会来抓我？”

他的心陡然坠下去，这么长时间了，她居然，一直把他当做凉城！

他一用力，捏痛了她的手，羽蓝转过脸，眉梢挂着水珠，脸是一种奇异的珍珠样的柔白，她半天终于眨了眨濡湿的睫毛，喃喃地发出惊异：“怎么是你？”

程天蔚的脸阴得像拨不开的云层，他瞥了她一眼，压下了想在大街上狠狠吻她的冲动，撒了谎：“下雨了，凉城让我来接你。”

“哦。”她低下头，有些惶惶不知所措的模样。

又过来一辆18路，这次人不多，透过车窗能看到里面还有不少空位，羽蓝拽了拽他的手，欢快地说：“我们回家吧。”

程天蔚的心随着她手指的小小蠕动晃动起来，他清了清嗓子，站在那里不肯动，突然她松开了他，往上车的队伍里排，他慌了，上去将她扯回来。

“先别回家了，我们……去一个地方。”

“去哪儿？”羽蓝回头，看他的目光突然有了戒备。

他再次感到挫败，虚弱的声音强打着冷硬起来：“到了你就知道了。”

松开她湿凉的指尖，程天蔚把自己已经湿透了的衬衫拿过来，拧了拧水，漫不经心地说：“凉城今天不在家，要不然怎么没上辅导班呢？他不在，你回去也无聊啊，不如一起去找他。”

羽蓝果然中计了，忙追问：“那我们去哪儿找凉城？”

程天蔚被逼得没办法，胡乱编了个谎话，说：“一个女生家。凉城今天给我打电话说他一个同学病了，他代表班里去看她。”

“是秦曼丽？”羽蓝飞快地反问，程天蔚怔了一下，他根本不知道什么秦曼丽，不过羽蓝这么敏感，看来凉城跟那女生之间说不定多少有点什么，于是镇定地点点头说，好像是吧。

羽蓝的脸一下就拉下来了，讨厌的凉城，她大暑天地在这听课替他抄笔记，他倒好，连招呼也不打一声就跑到人家家里献殷勤。她早看出来了，凉城班里的文艺委员秦曼丽妖妖俏俏的，整天对着凉城抛媚眼，她不止一次看到他们俩下课了脑袋还凑一起，还有一回在凉城的英语书里发现了好多秦曼丽的名字“Mary，Mary”。龙飞凤舞的英文字迹到处都是，为这羽蓝跟凉城没少吵架。凉城解释说，那是他把书借给秦曼丽时她自己在上面乱画的，跟自己没一点关系，可是羽蓝不信，又吵又闹，两人还冷战了好一阵子。

现在，他居然巴巴送上门去了！

羽蓝心中的怒火窜了上来，小脸板得紧紧的，程天蔚睨了她一眼，想笑，又故意抿直了嘴角，轻咳了声，说：

“走吧。”

夜，慢慢地笼罩下来，雨点小了些，却依然没停，羽蓝气鼓鼓地握着拳，看着程天蔚立在那里拦了好久才拦到一辆出租车，想也没想就坐了上去。

而对于秦曼丽家在哪儿程天蔚为什么会知道，这个很重要的问题，羽蓝竟然脑袋发热地想也没想过。

出租车在一个地方停下的时候，天已经完全黑了，羽蓝的头发裙子都湿透了，加上刚才受了惊吓，这会儿又被凉城这么一气，就有点难受，晕车，胃里像有只手在缓缓地搅动着。车一停，她就跑下去，蹲在路边吐，吐又吐不出来，憋得满眼都是泪。

出租车走了，她才发现这儿是离她学校不远的一座桥，因为平时过往人少，年久失修的大桥便成了学生情侣们的约会佳地，被戏称为“情人桥”。风挟着凉凉的雨丝飘过，她冷得打了个寒颤，程天蔚的身子便在这时候凑了过来。

他的动作一点也不粗暴，甚至称得上温柔。他修劲的手臂将她揽住，滚热的一颗心几乎要跳到喉咙口，他的声音都带着焦涩的暗哑。

“羽蓝，你冷吗？”

他抱住了她，羽蓝初初转回脸，刚才那颗难受的泪珠恰好从眼眶滚出来，滑过光洁的面颊。

假期的一高附近是荒寥的，这地方原本又是坟地改造，羽蓝被这陡然而来的温度惊住，耳畔是洪水在桥下轰隆奔腾的声音，远远依稀几盏路灯。

她吓得身子都不敢动，僵住了，语声凝涩：“你，做什么？我不冷……”她疾疾伸手推他，心里有了警觉，“你带我来这里做什么？秦曼丽又不住在这儿。”

使劲一推，没推开，她慌了，加了力气，有点惊慌地叫起来：“程天蔚，快放手，你想干吗啊，你？”

程天蔚猛地将她抱住，就在细细碎碎的雨花中，周围是一片漆黑的死静，他听到自己如洪水般澎湃的心声和羽蓝急促不安的呼吸声，他紧紧揽住她的腰肢，声音都有些乱了：

“羽蓝，我有没有说过……其实很喜……”

“救命呀！”羽蓝突然提声叫起来，她看到不远处依稀像有行人，还有辆车唰地驶过，她使劲挣扎起来，大叫道，“救命，有人要强奸……”

“闭嘴。”程天蔚一把捂住她的嘴，两人都是惊慌的。在羽蓝说出那个词之前，他没有想到那样做，她也没想过他敢真的那么做，她只是荤素不忌地说习惯了，程天蔚的心跳得狂快，他把她拖到桥畔的石墩旁，沙哑着喉咙，低吼：“你在胡说什么！”

羽蓝呜呜呜地挣扎着，他死死盯着她，一时爱恨难言，羽蓝急出眼泪了，他的眼神危险得让人害怕，在黑夜里只有他的眸光是寒亮的，她拼命地摇着头，泪水渗湿了他的手背。

他不知道自己想干什么，一切都不在大脑的思考范围之内了。他抱着她，淋湿透了的年轻躯体与她紧紧贴在一起，没有缝隙，那么火热，热得他口干舌燥，看着她在自己的掌心里呜呜地哭，竟有无措的感觉。他这么冲动而又有预谋地将她骗到这荒郊之地，究竟有什么企图？难道不是为了……

心中那令人觉得羞耻的念头像毒蛇的芯子，浓烈而火热地诱惑着自己，身体里有股浪潮不停地拍打，他将她的口鼻捂得太紧了，羽蓝几乎缓不过气，他突然觉得她的气息弱了下去，心里一慌，连忙放开，叫道：“羽蓝！羽蓝！”

原本奄奄缩在他怀里装死的女孩蓦然张眼，趁他松手之际，猛地一推，撒开腿就往桥上跑。

救命，救命，凉城，凉城！她在心里疾呼着，喉咙却像被卡住一样，叫不出声，她拼命地跑，跑，在黑暗的雨夜里，路灯像失眠的人憔悴的眼睛，两旁的灌木被雨水冲的发亮，她跑着，好像身后的，不是人，而是恶魔，是从地狱逃出来的修罗。

程天蔚，这个魔鬼，凉城，你在哪里，快来救我——

她跑到了一高的大门前，她原想躲进学校去的，可是大门锁着，她绝望了忙转头往回家的方向奔跑。

程天蔚心中的焦灼伴着她在风中仓皇的脚步而愈发狂烈，像是草原上狮子与羚羊的一场追逐，她越跑，他越觉得兴奋，原本残留的理智和良知被她小小的娇薄的身影驱得消失殆尽。他不紧不慢地跟在后面，亲眼看着她在前面跌跌撞撞，他觉得，有意思极了。

她摔倒了，裙子挂在一堆废弃的钢材上，褴褛处他仿佛看见了她光裸的双腿，心中的渴望一时涌上来，他加快步子，飞快追了上去。

泥土散发出芬芳的腥气，羽蓝的下巴被钢材划出了血，她疼了，累了，浑身像灌了铅，她溢了双目的泪，喊：“凉城，凉城！”

可是她的凉城在哪里？那个说过要保护她，那个连别人多碰她一下都要拿板砖拍人家的少年，此时此刻，又在哪里？

是在呵护和关心他的班花秦曼丽，还是被邱小清眼泪汪汪地缠着讲化学题？她又冷又累又怕，她怎么就能疏忽了呢？她怎么就因为一点的小嫉妒坐上了程天蔚的贼车？

一千多米的距离，眼看她已经跑上了回家的那条街，身后的脚步愈来愈近，终于她锐声尖叫，一双大手用力地扯住了她的胳膊。她踢腾着叫着哭着，他不为所动，冷冷的笑声像魔鬼的降临，他将她拖进不远处的一道黑巷子，狠狠将她按在湿漉漉的墙壁上。

他的嘴唇像点了火，那么滚热和干燥，他紧紧贴着她的脸、她的耳朵，沉沉的声音一丝不漏地送进她的耳膜：“这一次，楚凉城不会来救你！”

不会来救你！

谁也救不了你！羽蓝，你只能是我的，是我的！得不到你的心，就得到你的人，不，你的心，你的人，都必须是我的，我的！

程天蔚像发了狂，在这一刻，身体里所有的残暴和邪恶因素通通被激发出来，二十多年来他的卑微和压抑已经全部化成魔鬼。他扑向她，狠狠地吞噬亲吻着她柔嫩的双唇，双手在她不安的挣扎撕扯下用力揉捏她的胸前，羽蓝哭起来，那么痛，可是她发不出声，所有的悲恸恐惧和绝望只能化作喉间的呜咽。他粗暴地撕烂了她的裙子，不给她任何喘息和反抗的机会！

羽蓝，羽蓝！他在心里狠狠叫着她的名字，双目酸痛而狂热，一股满满的热流排山而来，他再也承受不住，像咆哮的野兽，毫不怜惜地冲进了她神秘而柔软的玫瑰园地。

她原来这么美，这么好，他痴迷了，在她凄惨嘶哑的痛呼哭泣中，灵魂，升入了天堂。

……

第21章　梦醒，你不再是我的少年郎

妈妈，妈妈——

凉城，凉城——

在漆黑冰冷的梦境之中，羽蓝口里不停地叫着这两个名字，可她的凉城在哪里？为什么在她最需要他的时候，他不在？

谁能护你一世周全？羽蓝从十年的幻梦中醒来，原来这世间，没有任何一个人，能做你永远的天神，当青春不解红尘的美梦倏然破灭，人在突如其来的一瞬间，认清的不是某个他，也不仅仅是自己，而是整个世界。却原来，一切的一切，都变了，一切的一切，物非了，人非了；却原来，自始至终，我们都是一个人，守着一个梦。

羽蓝回到家中，快半夜了，她衣不蔽体，下身是撕裂般的疼痛，但是心，已经麻木了，在她将嗓子哭得嘶哑却换不来半分救赎的时候，她的心已经一寸一寸地碎了，掉在地上，掉进泥泞污浊的雨水中，从此之后，她不敢再有奢望了。

程天蔚阴森森的话回响在她耳边：羽蓝，不要再抱什么天真的幻想了，凉城不会相信你，不会原谅你，你不再属于他，他……不会再要你。

是呀，她这么狼狈，这么肮脏，凉城那样一个美如洁玉的冰雪少年，怎么还能接受得了自己。

她嗎嗎地哭着，后来，不哭了。她擦干了眼泪，身上披着程天蔚的衬衫，她的裙子烂得不成样子了，她忍着屈辱穿了他丢过来的衣服，回家。

家里的门紧闭着，那盏每晚都能照亮她回家的路的小灯，没有亮。羽

蓝站在冰冷的楼道窗口，遥望对面大楼里的窗台，看到里面透出隐隐的一线光芒，像温柔的月光，像凉城的目光。

而此刻的凉城，他在做什么呢？看书？写信？弹钢琴？还是在为自己一天的失踪而焦虑担心。

想到这，她自嘲地想笑，流了血的嘴角却划不开一个弧度。

开门进了房间，头顶的灯却在这一刻唰地亮了，雪白如昼的光线刺得她闭上了眼，却将自己最狼狈耻辱的一刻展现在了母亲的眼前。

孟碧云站在灯光下，脸上有骇人的复杂的表情。羽蓝非常清楚地记得那天她穿一件红底白花的裙子，过于丰满的身材将衣服撑得饱满而熨帖，新烫的大波浪头发半遮了化了妆的脸，眉目艳丽却又模糊。

她的神情，说不上懊恼还是羞愤，她看到战战兢兢立在灯下的女儿，突然暴怒，竖起眉毛朝她吼了一句：

“死丫头，大半夜才回来！去哪里鬼混了！”

她看到羽蓝衣衫不整地回来，还穿着男人的衬衣，顿时气不打一处来，不争气，妈妈不争气，你这个女儿也不给人争气。她一眼看到羽蓝白裙子上染了红，头皮立时炸得发麻，她颤着声说：“你……你干什么了？”

羽蓝没吭声，站在灯下死命地绞着裙角，她绝望了，大颗的眼泪拼命地拥挤着想往外跑，却被她生生逼回去，不能哭！她告诉自己，天塌了都不能哭！

可是妈妈，我只想让你抱抱我，让你安慰我！

这些疼痛和难以启齿的羞辱，除了您，我还能讲给谁？

可是她的妈妈没有抱她安慰她，孟碧云仿佛是意识到女儿发生了什么，但她看到她穿着男人衣服，认定了是羽蓝自己不检点，小小年纪就做出了那种丢脸的事，巨大的羞愤冲到头顶，她冲过去，一巴掌扇到羽蓝的脸上。

羽蓝傻了，眼泪凝在喉间，这是怎么了？

孟碧云打完她就哎呜一声号哭起来，捂住脸，她冲回了自己的房间，羽蓝听见她在屋里哭的嚎啕，她说，上辈子造的什么孽啊……

而此刻的凉城，在医院里，亲眼看着那些平日熟识的护士阿姨姐姐们将她们的护士长，将他的妈妈，婉荷从抢救室，送到太平间。

怎么会下那么大的一场雨，在凉城的记忆里，从来不曾觉得下雨天，原来是这般地令人心灰死寒。

他的妈妈自杀了，在与他那个并无血缘关系却有养育之恩的爸爸程立德吵闹了一夜之后，她抛弃了他。

凉城跪在冰冷惨白的太平间的门口，泪痕满面，从中午到天黑，再到一个漫长的黑夜过去，他跪在那里，只流着眼泪，一动不动，谁劝都没有用。

他想，妈妈怎么就舍得把自己抛下了呢？头天晚上父母的争吵，凉城是知道的。从程立德凌晨回到家开始，似乎他们二人就开始了一场激烈的争吵，中途凉城想去劝，但他们把卧室的门锁得死死，凉城只能在自己的房间里听到男人的解释、怒喝、咒骂以及女人的质问、啜泣、尖叫……

他们从凌晨吵到天快亮，凉城一直听着，他怎么睡得着？突然而至的破碎让他难以理解，难以接受，不知所措，从小生活在和美如梦的环境中的凉城，根本束手无策。

他坐在床上，脊背紧紧地贴着墙壁，灯关着，他就在黑暗里，整整坐了一夜。

直到天亮，吵闹声平息了，他听到父母卧室门打开的声音和程立德在门口换鞋去上班的声音，他想，也许，战火就此平静了。

他悄悄地起床推开了主卧的房门，透过门缝，他看到母亲正睡在枕头上，美丽的面容，波澜不惊。

她好像，睡得很沉，很香。

卧室里并不像想象中的狼藉遍地，一切就如往常，凉城立在门口松了口气，也许大哥说得对，夫妻之间哪有不吵架的。

他去洗漱换衣，又跑到厨房烧了水，在火上煮了一锅小米粥，他想，妈妈胃寒，吃小米是最养胃的。微波炉里烤了几片面包，他准备好一切，然后跑去喊婉荷起床。

妈，妈妈——他撒娇似的摇着她的胳膊，婉荷似乎刚从梦中醒来，睡眼惺忪地摸着凉城的头顶，笑容无比宠溺和温和，凉城却无端觉得那双布满血丝的眸子里，净是哀伤。

婉荷说："好儿子，你要永远记得，你姓楚。你的爸爸，名叫楚风。"

凉城点点头："我知道的，妈，从小到大，我一直记得的。"他懂事地拉她起床，"我煮了一锅粥，你快起来吃点。"

婉荷欣慰地拉着凉城的手，目光留恋而又决绝："儿子长大了。妈妈也放心了。凉城，你去听课吧，我想再睡一会儿。"

凉城帮她掖掖被角，点头道："好吧，我去辅导班上课，你待会要记得自己喝粥哦。有什么事，一定记得给我打电话。"十八岁的他看起来，多像一个男子汉。

婉荷笑了，笑得像秋日塘水中的一朵荷花，又温柔又凄凉，她轻轻地浅吻了一下儿子的额头，拍拍他的肩膀说："去吧。"

凉城背着书包出了门，他去找羽蓝，可是羽蓝已经早走了。辅导班八点半开课，现在已经快九点，他急慌慌地跑到公交车站，准备上车的时候却怎么也找不出零钱，后面排队的人不耐烦地催着。凉城一着急，索性退出了队伍，站到一边去翻书包。

一大早，风就闷闷的，凉城的额头沁出了汗，他骂着自己笨，心想，如果羽蓝在，他一定不会这么尴尬。羽蓝是个粗中有细的女孩，出门前会记得提醒他带衣服，提醒他带零钱，提醒他吃早餐，这十年来，仿佛她已经成他生命中的一部分。你看，不过是一个早晨他们没有在一起而已，凉城就觉得什么都乱了套，他找零钱的时候，包里的笔盒又摔了出去，钢笔橡皮尺子在水泥路上咕噜噜地滚着，凉城手忙脚乱地在地上捡着，心口突然痛得要命，像是心脏被什么东西挖去一块一样。他顿时慌起来，是说不出的惶恐，一种莫名的害怕和不好的预感从脚底冒到头顶，他突然想起临走时母亲那一个又温暖又薄凉的浅吻。

自有记忆到现在，妈妈有多少年，没对自己做过这样亲昵的举动了？

凉城顾不得捡拾那些四处散乱的文具，拔脚就往家的方向折回，一路狂奔。

妈妈，妈妈！他是一路喊着回的家，门锁得紧紧的，他明明记得，走的时候他只是轻手带上了门。他慌了，掏出钥匙哆嗦了半天才打开门，房子里静悄悄的，他喊着，

“妈？妈？”

没有声响，没有回答。

浴室里传来滴滴答答的水声，他扔下书包，发狂般地推开门，幸好没有看到预想中的可怕情景，他松了口气，声音也缓下来。

“妈？你起床了吗？早饭吃了没有？”他一边问着一边推开卧室的门，铺着浅绿色睡莲被单的大床上，婉荷还像凉城出门前那样，静躺着，他舒了口气，朝她走过去。

脚底下一只白色的塑料瓶被凉城无意间踢得四处乱滚，他弯腰捡起来，只看了一眼，慌了。

氰化钾！

他扑到母亲的床边，摇着她大喊，妈！妈！

没有反应，凉城的心像从中间齐齐裂开，他拼命地拉着她摇着她，大声地在她耳边喊：“妈妈你快起来！你吃什么了，你怎……”

他愣住了，一股浓稠的黑血从他母亲的嘴边冒出来，缓缓地，汹涌地，流过她的唇角，沾到他的手上，干净的床单上盛开了一团鲜红的荼蘼。

……

孟碧云和程立德的事在婉荷抢救无效死亡之后，迅速地传播开来，像一滴墨滴入水池，流言被传成无数种版本，有人说，婉荷是被孟碧云那只狐狸精给故意毒死的；有人说，孟碧云是为了给丈夫报仇才蓄意破坏程家，若不是当年程立德酒后手术失误，孟碧云也不会早早就成寡妇……

流言不胫而走，两家的故事一时成了T市里人人风传的谈资。

那场大雨，暴烈汹涌，那场灾难，令人措手不及。

在凉城和羽蓝年少而单纯的生命里，从来没有遇见过什么能比这更痛，更沉重。纵然他们都是自幼单亲的孩子，但在现实中他们被宠爱怜惜，被呵护珍视，就像温室里的花朵，骤然之间遭遇了霜降、暴寒，那原

本即将盛放的芳华和青春便过早地被打蔫了，打死了。

凉城在失去母亲的孤独里，等待羽蓝的抚慰和温暖。

而羽蓝，却在那晚的肆虐和痛疼之后，一遍又一遍地渴望着凉城的保护，凉城的安慰，凉城的包容。她不停不停地想，凉城，你还会喜欢我吗？你还会爱我吗？以后的你，还会娶我吗？

当婉荷阿姨的死讯传来时，她绝望了，从周围的流言和母亲与程立德缄口不辩的表现中，她知道了婉荷为何而死。她的妈妈孟碧云，成了横刀插入程家的第三者。寡妇是非多，偏偏不自爱，她和程立德日久生情做出那样的事，最终背叛了两个家庭，也破坏了两个家庭。

家破人亡，说的就是这样的凄凉吧。

羽蓝更加没有勇气面对凉城，她明知道此时此刻的少年应该是多么需要她的陪伴和抚慰，他们青梅竹马十年，却要在彼此最需要对方的时候，各自分别，这是人世间多么残忍的一件事！

可是怎么办，她只能这么做，只能这么做。

泪早就哭干了，羽蓝接到学校的通知，说东京大学有留学生名额的入学考试。她一直喜欢日本，可这一次，她把留学的名额当做逃离的机会，她忍着悲痛偷偷地参加了考试，暑假刚刚结束，就拿到了东京大学的提前录取通知书。而对于这件事，孟碧云没有反对。

从她打她那一耳光之后，她就知道自己错了，她后悔，道歉的话却说不出口，偏巧她的女儿太倔犟，羽蓝是恨她的，孟碧云知道。

可是她除了羞愧和后悔，什么也做不了，她把当年医院给的抚恤金全部拿出来给了羽蓝。她说，到了日本，好好照顾自己。

签证护照很快便办了下来，羽蓝选择在凉城最脆弱的时候离开他，那场燃烧的熊熊炽烈的少年爱恋，自此，戛然中止。

却原来，十年青梅竹马的爱，抵不过一场排山倒海的伤害。

第22章　马樱花的伤，云淡风轻是假装

羽蓝出车祸住院的这些天，凉城觉得，似乎所有的时光都倒退了，退回了七年前，退回了十几岁的纯白韶华，那时他爱她，她也爱他，他们纯净而又热烈地爱着，吵吵闹闹，不离不弃，哭过笑过，却总是难言的刻骨的美好。

谁没有过一段烙入骨子里的深刻爱恋？年少轻狂，我们都还不懂珍惜，我们都太容易放弃。可是等所有红尘都已流转之后，我们披了满身的俗世风雨，那时已历经寻觅，那时却已不单纯，那时我们才知道，彼时的放手，要用一辈子的时间，来为爱情挽救。

可是就像今日今时，救得了她的命，却还能不能救回他们的爱情？

凉城是迷惘的，也是痛苦的。他强忍着跑去医院看她，寸步不离地守护她的冲动，一个人将自己关在房间里。他不抽烟，也不喝酒，他只是在房间里不停地踱步，不停地坐下又起来，起来又坐下，透过窗台他看到太阳都落山了，又一个白天过去了。他在等，却又不知道自己在等什么，他想怎样，连自己也不明白。

他焦躁不安地在房间里待到天黑，城市的灯火一盏盏亮起来了，他立在窗前，深深吸了口气。

去看看吧，他对自己说。

就当为她在临危之际将自己推开的那一把，毕竟她，救了他的命，是为他凉城，受的伤。

他做了决定，自己就大大地舒了一口气，他拿起一件外套穿上，照了

照镜子，看到里面的男子，二十五六，英俊沉稳，眉目幽索，七年已过，他再也不是当年的纯白少年了。

他扭开门锁，手机在这时响起，他皱了皱眉头，接起。

邱小清有些过头的做作，声音甜腻：“凉城，晚上有空么，我有几个朋友想见见你，在海乐迪订了包间，我过去接你好不好，咱们先一起吃晚……”

“不必了，我晚上有事。”

凉城漠然地打断她的絮叨，说：“没别的事，明天公司见面再说。”

他啪地挂断电话，关了机，把手机收起来。

刚下楼走到院里，就听到有人在大院外面摁喇叭，刺眼的灯光越过院里的花草射过来，凉城偏了头，眯着眼从白花花的光线里看到穿着宝姿从一辆红奥迪里下来的邱小清。

“凉城，凉城。”邱小清化了浓妆，挥着手一脸兴奋地跑进来，显摆似的说：“看看，我新买的车，四个圈的。”

邱小清什么都喜欢用名牌，从化妆品到衣服到汽车，何时何地都要和周围比。她一直说自己的车不好，在凉城跟前暗示了好多次，他只是不在意，上次把一个项目交给她，结果办成了，邱小清领到一份不菲的奖酬，这便赶紧买了新车。

凉城淡淡扫了她一眼，说了声：“哦。”

邱小清有点失望，不过没关系，她习惯了用自己的笑脸去贴凉城的冷脸，她扬了扬手里的钥匙说：“走，你有什么事，我送你。你的车不是还在修理厂么？”

“不用了，我开另一辆。”凉城说着就转了身，去车库里一会儿便又开出一辆银灰色的迈巴赫，邱小清看傻了眼，立在原地半天合不拢嘴。

楚凉城啊楚凉城，你到底有多少还是我不曾了解的？

以女友自居的她连他有几辆车都不清楚，这让邱小清感觉很受挫，她赌气咯噔咯噔地踩着高跟鞋出了楚家的大门，进了车，砰地关上车门，想着凉城或许会来解释几句，或者最起码道声别，没想到他开着车，出了大门，竟然扬长而去了。

邱小清抱着方向盘气鼓鼓地想，从他答应自己做他女朋友到现在，他正眼看她的次数，有多少回？

越想越气，邱小清踩下油门，跟着凉城的那辆迈巴赫，追了上去。

一路开车到医院，凉城并没察觉身后邱小清的车，他在医院门口看到一家花店，便下车信步走进去。

琳琅满目的鲜花，他的目光越过那些玫瑰百合天堂鸟在一簇粉红浅黄交错的花朵上停住，他不认得，却指着它说："给我包一束这种花。"

老板说，这是马樱花。凉城念叨着这三个字，出了会儿神，她不是正好喜欢樱花么。凉城不知道，马樱花跟樱花其实毫无关系，它还有个名字，叫合欢。

他抱着一簇马樱花走进医院，病房是他送她进医院时安排的，在她被推进手术室的几个小时，他在外面守着，一直等到连程天蔚都说，羽蓝只是受了点外伤，没什么大事，他才在她醒来之前离开了医院。

他不愿她醒来之后第一眼看到自己，也不愿亲眼看着她醒来，他怕自己不忍心，怕一时就抑制不住内心的真实，原谅她？重归与好？没那么简单，没那么容易。

他送她花，也大可理直气壮地说，我只是要为自己的酒驾失误负责……

给自己找足了借口，凉城舒了口气，临进门时又整理了一下头发，他像个初次约会的少年，莫名地竟有些紧张。

他捧着花，敲了门。

病房里传来轻轻的说笑声，女的是羽蓝，男的……很陌生。

他一下就推开了门。

羽蓝穿着宽大的病号服坐在床上，脸上还挂着薄薄的微笑，床边坐着一个男子，回了头，有些惊诧地看凉城。

"凉城！"羽蓝欣喜地丢下手里正吃饭的勺子，还贴着胶布的脸上绽出大大的笑容。

旁边的男子站起了身，足有一米八的个子，挺拔轩昂，气质一流，眼睛很有神，笑容恬淡而矜持，他朝凉城粗略打量了一下，伸出右手：

“你好，我是方起嵘，羽蓝的朋友。”

羽蓝意识到他脸色不好，有些惴惴地解释道：“起嵘是我在日本的同学，也是给了我很多帮助的朋友。”

在日本，在孤独的东京，有多少回，羽蓝着实挺不下去熬不下去了，就会给方起嵘打电话，倾诉一番，哭一场，在他乡异地寻求到一丝温暖，而后继续坚强。

凉城没看她，同样风度良好地跟方起嵘握了手，浅笑，云淡风轻。

“你好，我是楚凉城。”他介绍完自己，把怀里的马樱花随手搁到桌边，眼神触到羽蓝亮晶晶的目光，迅速跳开。

三个人在空气里默然了一小瞬，羽蓝像是为了打破尴尬，敲了敲手边的饭碗，笑着说：“凉城，你还没吃晚饭吧。起嵘，你不是也没吃吗？不如咱们三个去麦记吃饭。”

方起嵘是个温和的男人，他瞥了一眼二人的神态，心里就有了五六分的猜测，羽蓝的凉城，他是一早就知道的。他替她收起碗筷，微笑说：“那这锅汤怎么办，我妈专门为你煲了四个小时。”

羽蓝不好意思地看了眼方起嵘带来的那桶乌鸡当归汤，有些心虚地说：“明天喝，我明天喝好吧。”

看她可怜兮兮的模样，方起嵘爽朗地大笑，摸了一下她的头发，说：“傻丫头，开玩笑呢，明天让我妈再煲就是，她倒是乐意得很呢。”

方起嵘的母亲羽蓝见过，性子很好的一个人，这次跟方起嵘一起回的国。她连声说着：“替我谢谢阿姨，回头我去看她老人家。”

见他们亲热而熟络地聊着，一旁的凉城早变了脸色，他转了身，气呼呼地盯着病房那扇乳白色的门。

方起嵘瞟了他一眼，浅笑，扶着羽蓝下床，说：“别让护士看见了，咱们偷偷溜出去。”

羽蓝天真地笑了，眼睛越过他的肩膀去看凉城，他只留一个背影，不知喜怒。

病号服外随便套了件衣服，羽蓝笑吟吟地上前去拉凉城：“我们去吃饭，好不好？”

凉城满心的无名恼火，顺势甩了下胳膊，带几分怨气道：“我不吃，你们去吧！”这一甩力气却大了，羽蓝没及防，一下退到床边，险些摔倒。

方起嵘有些生气，扶住羽蓝，看了一眼凉城：“算了羽蓝，我也没胃口。我带你出去透透气，你想吃什么，我请你。”

凉城的一瞬愧疚和担忧被这个突然多出来的男人全部打到九霄云外，他从心里冷然哼了一声，朝羽蓝匆匆扫过一瞥，转身就要走。

打开门却听到女声的惊叫，凉城跟抱了一堆衣服零食的女子撞了个正面，苏浅微顺着抬起的视线看到凉城，欣喜无比：“妈呀，凉城你终于来看蓝蓝了呀！”

从她旁边挤进来一个脑袋的是黎少白，他也笑吟吟地，推了一下凉城将他拉回房间：“来了就多待会儿，急着走干吗。”话刚落转眼看到方起嵘，立时惊呼道：“方起嵘！你怎么也在这儿？你和蓝蓝……”

方起嵘笑笑与他捶了下肩，说：“我和蓝蓝在东京是同学啊，不过我念设计，她学医，认识也有六七年了。”

黎少白拉过凉城，满面笑容地说：“来来，你们俩可得好好认识一下。方起嵘，东京大学建筑设计院的高材生，董事会刚确定的沐旭集团首席设计师，就是他。”

又拍拍凉城的肩膀介绍给方起嵘：“楚凉城，T市房地产商年轻有为的领军人之一，也是沐旭集团的总经理，真是大水冲了龙王庙，有缘千里来相会……”还想絮叨叨地说个不停，苏浅微一把将他拉过来，笑道：“你还有完没完了，工作上的事，你们大男人明天上班说去，这儿可是病房，蓝蓝休息的地方，赶紧把我买的灌汤包给蓝蓝拿出来，还热乎着呢。”

羽蓝笑道：“别忙了，我也没事了，既然大家都在，聊一会儿也好。”她望着凉城，想喊他过来在旁边坐一坐，哪怕他什么都不说，她也觉得开心。

凉城早要气死了，不知道为什么就是觉得不爽快，他当做没看见羽蓝那期盼热切的眼神，硬邦邦地说了句：“我有事，先走了。”

他双手揣进裤兜匆匆地走出病房，心里憋的那口气令他难以呼吸难以平静，太躁怒了，他想寻个出口发泄，路过一棵银杏树去开车的时候，他忍不住一拳砸到了树干上，扑簌簌落叶纷坠，初夏的绿叶清凉饱满，落在他白色的衣领上，凉城叹了口气，仰着脸立在树下吹了一会儿夜风。

冷静，冷静。他告诉自己，有什么可生气的，他跟她又有什么关系呢？

即便有，也是七年前的事了，现在的楚凉城，跟她毫无瓜葛。

他慢悠悠地坐进车里，脑袋还是懵懵地发呆。他想起进门前羽蓝跟那个叫方起嵘的男人说说笑笑的样子，她的眼睛那么明亮，她笑得那么媚，他觉得她怎么可以这么轻浮，随随便便就对别的男人笑得如花似玉，想到这儿他自己也愣住了，怎么会觉得羽蓝如花似玉？他一直觉得七年后的她很丑的，乱乱的头发，一看就营养不良的小脸，显得那双眼睛愈发大了，深了，他都不敢多注视她，怕在她清澈的眼睛里看到自己的虚假。

现在的凉城，多令人讨厌，连爱和恨的界限，也分不清。

他启动了汽车，车灯照到前面的程天蔚身上，凉城看到他正立在树下跟一个女子说话，没去惊扰，直到将车驶过去，才发现那女子是邱小清。

他皱着眉头，问："你来这儿做什么？"

邱小清不知跟程天蔚刚说完什么，见到凉城，笑了下，说："我等你。"

她眼里的真诚和期待让凉城有了几分不忍，晚上的风还是很凉，邱小清抖抖索索地抱着肩膀，过早换上的超短薄裙、无袖衫让她冻得嘴唇发青，凉城说："回家吧。"

邱小清可怜兮兮地扶住他的车门，小声道："刚才我不小心违章停车，车被交警拖走了。"

程天蔚走过来："是啊，刚在门口碰见她，小清正在这儿抹眼泪呢。凉城，往后对女朋友体贴点，别动不动把人家扔在马路上，小清挺好一女孩儿，你要学会珍惜。"

唇含浅笑地劝了两句，凉城没回答，也没反驳，邱小清见状连忙拉开车门，坐到了凉城旁边，转头对程天蔚笑得甜甜："大哥，我们回家了，再见哦。”

羽蓝跟着凉城的脚步跑出来，把一屋子的人丢在那里，她满腹委屈，凉城，你连一句话都没和我说，怎么就走了？

你生气了吗？

难道是你吃醋了？

想到这里，羽蓝又心酸又高兴，凉城还是七年前的凉城，单纯善良的大男孩，他一直执拗着不肯将目光与自己对视，羽蓝就知道，他的心里一直惦着自己。

一厢情愿，也许是吧，羽蓝追出来，想问问他，她想这一次，哪怕死皮赖脸也要抱抱他，凉城，我看到你的马樱花，我多想你，你知道吗？

可是她看到的是邱小清站在一辆迈巴赫的车窗前，车里是凉城，车外还有程天蔚，她亲眼看到邱小清笑容满脸地坐进了凉城的旁边，还喊程天蔚一声“大哥”。

他们亲热得像一家人，巨大的沮丧顷刻灌满心底，羽蓝低头从一株极矮的银杏树下走出来，立在微凉的夏风中，望着他消失的方向，发呆。

第23章　他要订婚了，新娘不是你

羽蓝一直等着凉城能来第二回、第三回。

他来看望她。

这是多美的五个字。羽蓝靠在病床上，盯着窗台上的那瓶马樱花看，一边看一边笑，光看还不够，护士进来的时候，她央求她："你帮我把花儿挪到床头来。"

她打着吊瓶，眼睛就盯着那簇已经枯败的花朵，好像那就是凉城，她想，这么强烈的爱和思念，凉城他不应该感觉不到。

不是说，如果有个人爱你，你一定会是有感应的么？羽蓝坚信这句话，所以她让凉城将自己的心充斥得满满的，她要全心全意地努力爱他，不管他有没有回应，她首先要做的是让他感应到自己的爱。

她要出院，因为住了一个多星期，除了送花那一天，凉城后来再没来过。

羽蓝多多少少是有些失望的，不过她还是能笑着面对，程院长来看她，关切地说："医院安排你休假一个月，蓝蓝，等你养好身子了再来上班。"

对她，他总是格外照顾的，羽蓝自然明白其中缘故，不过她原本也不愿上班，休假一月刚好遂了心愿。

出院这天，原本说来接她的苏浅微去了外市办事，来接她的是方起嵘，羽蓝有些意外，收拾完东西笑道："怎么又麻烦你，你刚刚上岗，总请假不好。"

方起嵘不以为然，拎起她的东西，微笑淡淡：“这么说倒感觉疏远了，我一点不觉得为你服务是麻烦，反而觉得，是幸福。”

羽蓝呵呵地装傻，方起嵘拍拍她的肩：“走吧。送你回家休息会儿，吃过午饭，咱们出去玩，当年你承诺过回国之后带我去玩的地方，咱们一个还没去呢。”

“啊。”羽蓝挠挠头，半天也想不起来当时都说带他去哪儿玩了。唉，当年在东京，她确实是太寂寞了，除了少数几个中国留学生，其他的都是文化生活有差异的日本人，算得上深交一点的朋友，也只有方起嵘了。

可这个男人是出了名的风流大少，虽然俊美温和，身边却总是美女如云。羽蓝为了避嫌，也不敢跟他靠得太近。

她跟他上了车。凉城在不远处的马路对面，看到她跟他上了车。

怨愤和失落再一次化作脚下的力气，他猛踩油门，汽车轰鸣一声向前飞驰，在夏天的风里，他和她，背道而驰。

车里的气氛有些沉闷，羽蓝坐在方起嵘身侧，犹豫了几回终于伸手去前面开音响，恰好方起嵘也伸手触向了按钮，两只手碰到一起，温热的触感让羽蓝慌忙收回手，讪讪地笑着，说：

“放个音乐吧，好闷。”

他笑笑，打开了音响，里面唱着《yesterday once more》，他问：“我刚才的计划你觉得如何？我自幼便跟母亲去了日本，所以对故乡的一些地方并不熟悉，你向我提过一个神庙，我记得很清，你说在那里跟神许愿很灵，不如我们今天就去吧。”

羽蓝又啊了一声，支吾道：“好啊，好啊，不过那个庙在山里，离这儿挺远的，一天只怕都回不来，你明天不用上班吗？”

方起嵘继续开着车，微笑：“远点没关系，公司全体休假三天，庆祝总经理大喜。”

羽蓝听到“总经理”三个字，眉头跳了一下，咧开嘴角假装微笑地问：“什么大喜？”

下雨了，扑簌簌的雨星顺着半开的窗户飘进来，方起嵘把车窗玻璃摇上去，略显低沉的男声立刻清晰凛冽起来，像一支突然飞来的暗箭，倏地刺中羽蓝的心脏。

“楚总跟人订婚了。”

他淡淡说完那一句，过了好久才回过头来看她，方起嵘知道他们的故事，所以明白这句话在此时此刻，对羽蓝的杀伤力有多大，他将车在马路边停靠，扶着方向盘看她。

“羽蓝，凉城订婚了，新娘不是你。”

“所以，你还是不要让自己太辛苦，有些事情过去就过去了，一个人活得太执著有时未必是件好事。”他见她愣着没反应，将手放到她的手背上，轻声道，“人生苦短，及时行乐。能在一起的，未必就是最爱的。但不能在一起的，一定是不合适的。羽蓝，我只想让你快乐。”

他心疼这样的女子，坚强的外表，脆弱的内心，柔韧而偏执，单纯而狂热，但他的爱情观却与她从来不同，不是他不相信爱情，只是他从不强求。是谁说的，但凡觉得辛苦，都是强求。

他喜欢羽蓝，大概是由心而生顺其自然，因为不过多的考虑过去如何往后如何，所以才能和她长长久久地做个好友。而其他那些莺莺燕燕的美人们不同，她们要回报，要承诺，还要天长地久生生世世，方起嵘想想就觉得恐怖，一辈子只纠结于一段爱情，此生未了来世来续，那真是死活都不得安生。

羽蓝在他的车里坐了好久，他说的话，不知道她有没有听进去，她只是睁着眼睛直直地望着前方，前方是一片新修的花园式公寓，也是沐旭楚氏的产业。

乳白与浅灰的线条交错切割着整座阴蒙潮湿的天空，是从什么开始，这座城市变得如此多情，并不是雨季，却总是缠缠绵绵地下个不停，像是谁家姑娘，被勾起了往日的伤心事，遏不住地眼泪往下掉。

羽蓝闷闷说了句：“凉城他不会的。”

她打开车门，迅速下了车，方起嵘没喊住，她跑了，冲进雨里，像一个明明有病却冷静地克制压抑的患者，跑在纷芜喧嚣的马路上，她嘴里喃喃，我要找凉城，他不会的。

七年以后，她已经不知道凉城的家住在哪儿，她只知道他的公司，于是她一路跑到沐旭大厦，果然是空荡荡的大楼，连保安都只有一两个值班的。他们说，沐旭的总经理大喜，连董事长都从台北专程赶回来，公司怎么还能有人呢？

她站在沐旭大厦的楼下，仰起脸看着低的似乎伸手可及的天空，云朵那么厚那么乱，像一堆堆破烂的棉絮堵住了她的喉咙，她想哭，却又哭不出来，雨丝落落寞寞地将她笼在雾帘中，身影浅淡，淡到几乎融进空气里。

方起嵘一直开着车跟在她后面，他以为她会大哭一场，但是没有。

羽蓝在雨里站了很久，然后掏出手机给凉城拨了一个电话。他的号码是她从苏浅微那里得的，只不过一直没有勇气打，又想靠近他，又怕他嫌纠缠。

凉城的声音清淡而遥远，他说："你好，是哪位？"

雨缠绵地洒下，水珠从发梢上滴落滑过眼睫，她以为自己流泪了，她喃喃地说："我怎么哭了？"

她握着手机说："凉城，你结婚……会请我参加吗？"

她慢慢地扯开一个笑容，身上冷得在发抖，凉城在电话那端，一瞬沉默良久。

那是多久的一段时间，她和他在一根电话线的两端，沉默着，聆听着彼此的呼吸，可是谁都不舍得先自挂断电话，怕一断，便从此失去勇气和理由。

凉城似乎叹了口气，幽细而远，他说："羽蓝，我们见一面吧。"

挂掉电话，羽蓝如梦初醒，生怕刚才凉城的声音也是假的，她站在原地回神了半天终于笑起来，雨水伴着笑容，眼泪终于流下来，她转身跑到马路边去拦车。

谁能像她，爱的这么傻，这么痴？

一切，还有挽回的余地吗？

雨天的出租总是很难打到，羽蓝不停地挥手，但那些背上竖着小帽子的TAXI一辆辆从她身边飞驰而过，溅起的雨水弄湿了她的衣服，仍是没一辆肯停下。靠在路边很久的方起嵘终于看不下去了，他把车开过来，下车过来拖住她的胳膊便走。

“上车，我送你！”

语气有几分霸道，羽蓝甩了下手，倔犟地又往路边跑，方起嵘追上去：“现在根本打不到车，你去哪里我可以载你一程。”

羽蓝转过脸，对他摇了摇头：“我不要你送，凉城见到你会不高兴的。起嵘，谢谢你。”

终于有一辆红色的的士肯停下来，羽蓝坐上去，一眨眼就不见了。

羽蓝来到“凉”的时候，凉城已经早到了，他坐在角落的位置里，乳白色的桌子，桔黄的沙发椅，他正抱着一只柔软的靠枕，完美的脸形侧着望向窗外，玻璃上雨水蜿蜒。

羽蓝湿哒哒地走进来，凉城叫了两杯蓝山，咖啡是热的，凉城转过头来看她的目光也是热乎乎的，她哽噎地想流泪，却忍住了，满身的水渍让她坐在沙发上不敢乱动。

凉城盯着她看，乌黑的眼珠波光闪烁，过了一会儿，他伸出手，指尖触到了她的脸颊，一片冰凉。

他说：“你从日本回来，是为了我吗？”

羽蓝感觉着他手指的温度，暖暖的，让她无比贪恋，她的心里升起渴望，好想就这样握住他，紧紧的，再也不松开。

她点点头，望着他黑色的瞳仁像水晶一样清澈，充盈着淡淡的悲伤。

凉城的指尖变得温柔，他细细抚娑着她的脸颊，水渍染湿了自己的掌心，他的嘴角翘起一抹苦涩的笑。

“那么当初你走的原因是什么？”

静静地等待她的回答，此时此刻的凉城满心的酸涩难言和悲喜交加，他想哪怕她编一个借口，只要这个借口够完美，谎言不会因鄙陋而被一眼拆穿，他或许就会选择改变主意。

羽蓝无言以对，七年前的事是她心头的刺，是她永远没有勇气面对的伤。她已经发誓，这一辈子都不会和任何人提起当年的事。

凉城的手指收回，咖啡凉了，他低头喝了一口，又苦又涩，依然是没有加糖。

他笑了，清逸的唇角浮出一抹无奈："好吧，过去的事，我不会再提了。"

羽蓝小心翼翼地说："凉城，你会原谅我吗？"黑亮的眼睛濯濯盯住他，凉城把咖啡放回瓷碟，迎上她的目光，说："七年。七年的寂寞，对于一个男人来说，太漫长了。现在，我变了心，所以我们谁也不用再等谁了。"

他说完话，亲眼看着她瞳仁里的一苗火焰渐渐地熄灭，羽蓝似乎没有惊讶，只是浑身散发着沮丧和失落，她的睫羽垂下，不知是泪珠还是水珠顺着下巴滴进咖啡里。

"对不起。"反反复复，她能对他说的，只有这三个字。

凉城长吁一口气，突然笑起来，声音有些苍凉，他觉得眼眶有些痛，于是站起来，做出要走的姿势。

"这三个字，我收下了。上次你为我受了伤，虽然远远抵不上你对我欠下的，但你的情，我记下了……至于别的，时隔那么久，我累了，不想要了。你我，就此两清。"

他扔给她一张纸，红底金字，精美的设计，上面写着时间地点，楚凉城先生与邱小清小姐的订婚盛宴，欢迎光临。

"下周的订婚宴，希望羽蓝小姐赏脸光临。"他把请柬丢给她，然后转身离开。"凉"里有头发短短的清瘦女子在唱陈奕迅：

"路一直都在，That's just life，徘徊到不再徘徊，重来都不怕重来，没有选择的时候，不能选择的时候，永远向前，路一直都在。"

路，一直都在吗？羽蓝一个人坐在没有凉城的"凉"里，心里空空荡荡，她的爱情之路，这次是真的到了悬崖尽头。

第24章　一生为爱疯一次

羽蓝开始失眠，黑夜成为煎熬，每一秒都被无限拉长，她瞪着眼睛躺在孤零零的房子里，耳朵里能清楚地听见卫生间里管道漏水的滴答声。

她扭亮了床头的台灯，随手抽出一本书，是佛经。

佛说，人生八苦，生老病死、爱别离、怨长久、求不得、放不下。

爱别离，怨长久，求不得，放不下。

佛之所以成佛，是比凡人尝尽了更多的苦难，羽蓝靠在床头想，若是苦涩尝遍，她的爱情可否也能修成正果。

会的，会的，她安慰自己，再长的黑夜也能过去，再痛的人生她也能熬过，只不过少了那个人，她的心从此便是一座凉城。

可是哪怕他跟别人结婚了，他成了别人的丈夫，他依然是凉城，她不会改变爱他的心，这是她一生唯一的坚持和偏执。

不知是什么时候睡着的，羽蓝被搁在枕头下面的手机吵醒，她睁开眼看到床头的闹钟，原来已经下午一点了，她爬起来接了电话，是方起嵘。

“羽蓝，在家吗？”他的声音轻快，背景隐约一片唧啾的鸟叫。

“唔，在。”羽蓝揉揉头发，在枕头上翻了个身。

“好，那你过来开门，我把你昨天扔在我车上的东西送过来。”

“啊——”羽蓝低叫一声，一激灵从床上坐起来，丢下电话又揉了揉满头乱发，反应了一会儿才跑到衣柜前随便拣了件短袖换上，跑过去开门。

方起嵘眉目温润地站在门口，见她蓬头乱发的样子就笑：“好歹我也是第一次上门，大小姐您倒是稍微修饰一下仪容嘛。”

一句话说得羽蓝不好意思地笑了，她扯扯被揉得皱巴巴的棉T恤，请他进了门。

“家里有点乱。”羽蓝手忙脚乱地收拾着沙发和茶几，又慌着去倒水，被方起嵘一把扯回来。

“行了，我又不是外人。”

羽蓝低头嘿嘿笑着，说：“也是哦，自家姐妹嘛。”

“你说什么？”方起嵘一记白眼杀过来，羽蓝连忙摆手：“没啥，我觉得你亲切得像自家人一样。哈，那自家人你先坐，自己看会儿电视，我要先去修饰一下‘仪容’。”

方起嵘看她刚睡醒的样子，无奈摇了摇头：“去吧。打扮漂亮点，待会好出去兜风。”

过了一会儿羽蓝从卫生间出来，长发扎起来束在脑后，白净的脸素淡着，两道弯弯的眉毛下，一双大眼因为失眠而略显憔悴，方起嵘闻到很清丽的洗面奶的味道，谑笑道：“清水出芙蓉，天然去雕饰。羽蓝，你追求的就是这种效果吧？”

她进屋换了一条牛仔裤，配着上面的白短袖、马尾辫，看起来清纯得像十七八的高中生。

羽蓝走到玄关处换了一双白色的球鞋，笑道：“我什么也不追求，我就追求个经济实惠，花大把的钱买那些瓶瓶罐罐的往脸上抹，我才舍不得呢。”

苏浅微连护手霜都要用一百多块的，羽蓝却春夏秋冬只用儿童霜和大宝，她觉得那种香香甜甜的味道也很好，就像小时候，每到冬天，妈妈就会给她买郁美净，她挤出一些装到小盒里随身带着，每次洗完手就抹一些。她还帮凉城抹，拉住他的小手，先蘸一些在指肚上，然后顺着凉城的手背均匀地涂抹开，两个人四只手握在一起，连身上都染满那种香甜的气息。

她问：“打算去哪儿？”

方起嵘笑笑，站起来往门外走：“去爬山，这两天休假真是闲得不知干什么好，你又不是不知道，我在国内没几个朋友。”

羽蓝走到窗口看了一眼，果然天清气朗，雨季过后总有阳光，励志的话总是不会错的。

她叹了口气：“好啊，爬山就爬山吧。这时节山里的景致应当不错。”

方起嵘站到她旁边说：“不知道能不能看到樱花。”

羽蓝失笑，转过脸打他的头：“你当这是在日本啊，又不是爬富士山，六月份哪里来的樱花。”

两人说说笑笑下了楼，方起嵘心里宽慰不少，羽蓝的优点在于她的疼痛和脆弱从来不会持续绵延，哪怕头天还泪落如雨弱不禁风，第二天你再见她，她必定是扬眉含笑，立在阳光下，像一株春风吹又生的荒原离草。

这样的女子，野生，却独活，坚韧却不失温婉，又怎能让人不动心弦？

他们去了万山，羽蓝提起过的神庙就在这座山上。

上初二那年，学校组织活动，几百号学生集体徒步几十公里从市区到万山，队伍到中途就零散了，羽蓝和凉城跟许多调皮的学生一样脱离了集体，手拉手跑到半山腰的一座古庙里。

羽蓝还记得她和凉城当时都在神像前的旧垫子上跪下许了愿，她想知道凉城许了什么，但他不肯说，也不让她说。

凉城说，心愿是讲给神听的，现在说出来就不灵了。

羽蓝和方起嵘把车留在山脚下，买了几瓶矿泉水就开始爬山，这几年万山被开发成了旅游景点，爬到一小半碰到售票的，一间小房子，一个大叔戴着红袖章坐在张破桌子后面收钱。

“万山从前不是免费的吗？”羽蓝嘟囔着。

老头儿从老花镜后斜一眼过来：“你说的从前至少也是十年前了吧。”

羽蓝挠挠头，干笑了一声，老头儿撕了两张票伸过来：“一张八十，两张一百六。”

“这么贵！大叔您打劫呢？”羽蓝竖起眉，眼睛瞪得圆圆的，“谁不知道这万山除了石头就是树，您老把我当老外宰呢？”

方起嵘有些好笑地将羽蓝扯到身后：“算了，大热天的，大叔坐这儿也不容易。”付了钱给老头儿，他随口道，“看起来很冷清，收入应该也不怎样。”

老头儿摇着头叹道：“是啊。你这个小姑娘还嫌贵，马上万山就要被开发成高级山庄了，以后你想再来爬山，别说花八十，就是八百也没地去了。”

絮絮叨叨又啰嗦了不少，羽蓝不耐烦听，沿着蜿蜒曲折的山路先跑了一阵子，两旁绿树掩映，头顶林鸟唧啾，方起嵘追上来，说：

“你听到没，万山要被开发了。”

“沧海都能变桑田，万山修成山庄也是必然吧，这世上，有什么是永恒呢？”突然就伤感，羽蓝加快步子，说，“不知那庙还在不在，莫不是早被人拆了吧。”

当年许给神明的心愿，那些神们是不是早给遗忘了？

方起嵘一边登山一边观察万山的地势环境：“你还别说，这个开发商的眼光真不错，万山临水树密，借势建成避暑山庄，一定能狠赚一笔。不知投资的是哪家公司，如果沐旭能有意向……”

羽蓝从前面折回头，揪了几片叶子扔过来：“爬山就爬山，说是陪我散心，怎么三句话不离工作！”

方起嵘连忙认错：“好好，我不说了，咱们去找你说的神庙，我也去磕个头许个愿，让神保佑我明年娶个好媳妇。”

羽蓝扑哧地笑了。

凭着残存的模糊记忆，羽蓝找到了山腰的那座神庙。跟预想的不同，当初的破庙非但没有拆掉，反而修葺一新，香火也旺，离老远就能闻到被风送来的焚香味道，唯有檐角的风铃还是旧的，生了锈，叮叮当当地响着。

像是刚刚有人祭拜过，香炉里新插的香只燃了上面一小段，供桌上的苹果还闪着水珠。羽蓝心里蓦然有些悸动，捂住狂跳的心口，她回头朝四周看了一遍。

没有人，也许是她的臆想，可为什么感觉他就好像在身边一样，连这充满木香的庙宇中，都好似还残留着某种熟悉的气息。

方起嵘神色肃穆地在神像前许了愿，站起身对羽蓝笑道：“该你了，给神说说你的心事，说不定很快就实现了。”

羽蓝摇摇头，笑容变得无力，她失神地望着重塑了金身的神像，在心底说，当年我许的愿，您都忘了吧？有生之年，若能实现……

若能……

她转身跨出门槛，头顶的阳光穿透树冠一下洒到身上，她站在万山的半山腰，望着密林包围的无边深谷，忽然放开喉咙叫了起来。

“啊——”

她站在一块突起的山石上，双手围成喇叭朝山谷叫喊，风吹着她的头发，那张清瘦的脸满是悲伤。她想肆无忌惮地喊一回、哭一回，这漫山遍野的绿林和风声会是她的安慰，她的伤，她的疼，唯有在这里才无须伪装。

她忍不住喊出了他的名字，对着蓝天白云绿树深谷喊：凉城，凉城，你为什么不等我——

风大了，她单薄的身子立在山石上晃晃悠悠仿佛随时都可能掉下去，方起嵘赶过来劝她：“羽蓝，快下来，那里太危险。”

她转过头，满脸的泪：“凉城他不要我了，怎么办，我们约好的，卿未嫁，君不娶，可是现在他要和邱小清订婚，他要和别的女人结婚！你说我怎么办！”

她蹲下身子抱着两膝，眼神变得涣散游离：“你说，我要是从这跳下去，现在就死了，凉城他会后悔吗？他应该不会再娶邱小清了吧……”

方起嵘见她危险，探过身子去拉她：“不要乱说，快下来。这里起风了，我们该下山了。”她没再挣扎，抬起泪汪汪的小脸乖顺地任他拉住胳膊将自己扶下石头。

下山，一路安静的让人害怕，方起嵘试图跟她聊天，但没用，他说什么她好像都没听见，只顾低头走路。

直到下某个台阶，羽蓝不小心一脚踩空，滚下去摔了老远，方起嵘忙上前将她扶起，见她捂着脚踝小脸皱成一团，急问道："是不是扭到脚了？"

她点点头，试图站起来，但真的很疼，他扶着她的手臂说："我背你，下了山咱们就赶紧去医院。"

"不用了。"她不让他背，只借了他一只胳膊扶着，一跛一跛地下了山。

路过卖票的小房子，老头已经不见了，夕阳正漫漫地挂在山顶上，温柔的红光将山林笼成一幅水墨背景，他们下到山脚时，羽蓝已经疼得满头是汗。

路边还停着几辆车，除了为首的银灰迈巴赫，后面一色三四部黑色本田商务，方起嵘让羽蓝在路边的石头上坐下，自己拿了钥匙去开车。

车却突然出了问题，引擎一直发动不了，方起嵘急得后背冒了汗，他下车打开前盖，撸起袖管捣鼓了十多分钟，直到问题解决才回转过头，可四处一看，哪里还有羽蓝的影子？

青天白日的，活生生一个大人竟被他丢了？难不成被人绑架了？

羽蓝的确是被人劫走了，此时此刻她坐在舒适平稳的迈巴赫里，挂满泪水的脸上还闪烁着做梦的表情，她不是在做梦吧？

身旁这个穿着洁净衬衣、面容清美动人的男子，果真是她的凉城？

她痴痴地盯着他，直到他从车里找出一只小瓶，丢给她，冷冷说："先把肿的地方抹一遍。"

前些天他打球扭到了手指，车里还有余下的半瓶跌打油。

羽蓝拿着那只小小的玻璃瓶，扭开盖子，往手心倒了一些药水，这时正好汽车转弯，她刚弯下腰，头便磕到了把手上，她痛得手上一倾，褐色的药水油油地洒到胸前不说，连整瓶药也滚到了车里，因为没来及扣盖子一瞬竟洒了个干净。

凉城把车在路边停住，又生气又无奈地将她拽到脸前，抽了几张纸巾在她胸前使劲擦着："你真笨死了，这么大了，一点长进没有。"

他只顾帮她擦衣服，却没察觉羽蓝的脸早红了，像是有所察觉，他的手停下来，面色微微尴尬，刚才一时心急，忘记了他触及的是她胸前的柔软。

突然骤升的高温让他觉得燥热，他蓦地别过脸，打开了车窗。

风徐徐地吹进来，声音也好似被风软化："疼得厉害吗？"他确定自己够冷静之后转头看她。

她苍白的脸和紧皱的眉说明了一切。

这时的天色已经很暗了，凉城把车顶灯打开，骤亮的光线映着彼此的眉眼，他做了一个令她吃惊的动作，他弯腰将她的腿抬起来放到了自己的膝盖上，然后帮她脱了鞋袜，又挽起牛仔裤的裤脚。

脚踝已经肿得像发面馒头，凉城皱了眉，拾回地上的药瓶试图倒出点药水来，倒了半天愣是一滴也流不出来，他气恼地把瓶子扔出窗外，有些愤懑："那个药是别人从美国带回来的，止痛消肿效果奇好，你倒是能干，洒了个净光。"

羽蓝忙往回收腿，说："我没事的。"

"别动！"他呵斥她，目光停到她斑驳的胸前突然一亮，伸手就往上触，羽蓝下意识一躲，他变了脸，"你怕什么，以为我非礼你？把脸伸过来，离我近点！"

他横了她一眼，这一瞬表情像极了小时候他不耐烦的模样，羽蓝霎时就痴了，呆呆地把脸伸过去。凉城的唇角那抹浅淡的酒涡闪了一下，迅速退去，他的脸颊也晕上一层淡淡的粉色，在灯光下无比好看。

她承认自己是入迷了，以至于他的手拈起她胸前那块染了污渍的布料时她也没什么反应。

他眉头微蹙，神情认真像在干一件大事，而事实不过是他在努力地拧着她T恤上浸染的药渍，经过一番努力他的掌心已经染了一层药水，他丢开她的衣服把手放在她红肿的脚踝处用力地揉搓着，羽蓝吸着冷气喊疼，他头也没抬就说："忍一忍，我再帮你按摩一会儿就不疼了。"

说完两人都怔住，凉城想，怎么突然就忘了情，对她居然如此呵护温柔，他为什么要对她这么好？不是恨她，不是昨天还亲口对她说，已经变了心，从此两清吗？

而对于羽蓝，此时此刻满心的感动和酸楚让她的眼里溢满泪水，她不敢哭，怕刚刚就要触及的温暖顷刻消飞，她将手抚到他黑浓而柔软的头发上，笑到双眸盈盈：“凉城，你呀。”

她仿佛懂他，一直自负地以为，只有自己才懂他，凉城的倔犟伪装和柔软善良，她在这一刻，好像都明白了。

可是为什么回不到最初了？

凉城的手缓缓收了回来，她悲悯而穿透的目光坍塌了他的坚强，他又怎能不明白，羽蓝爱他，也许比这世上任何人都爱他。

她不仅是他青梅竹马的一段回忆，更是他的另一半灵魂，是他的至爱亲人。

可是最先放手最先转身的人，是她呀，凉城耿耿于怀，为什么她明明足够爱，还是舍得放手不要他！

刚才在山上听到她对着山谷喊自己的名字，凉城的心就已经化开了，悲喜交加，真的是这种说不出的酸楚。他带着几个项目经理趁天好出来勘察万山的地势，准备发展建设山庄的计划，没想到她也会来这里，没想到她还记得那座庙。

半山腰的女神庙，他每年都要来上香，每年许一个愿望，每个愿望，都与她有关。

自从她回来，自从她开始牛皮糖一样黏着他追着他，他就开始陷入这种悲喜不定的情绪怪圈，有时候真恨自己，为什么不痛痛快快，要么将她一脚踢开，要么大度地敞开怀抱迎她归来。

他承认，他不够完美，他不是圣人，他还有怨，有恨，有绵绵不绝的爱，放任了七年没有人来关怀。

凉城坐直了身子，她的双手便从他的鬓角滑落到他的胸口，他的心怎么跳得这么快？羽蓝手指动了一下，感到那里的温度也异常的高，凉城你发烧了吗？

她扬起雏菊一样的脸，在狭小的空间里，彼此的呼吸已经近在咫尺。

凉城又一次觉得热，心脏里万马奔腾，羽蓝的声音在此刻也显得那样柔腻，她低低地喊：“凉城，凉城。”

双手从他胸口扫过，指尖轻柔拂过他的腰背，衬衣的布料有涩涩的质感，她连呼吸的节奏都小心控制，凉城却突然将她拂开：

"天黑了，走吧。"

车开到市区里，天已经彻底黑了，羽蓝的肚子发出不争气的叫声，凉城扫了她一眼，把车停到路边，开了车门来扶她。

"你要是忙，把我放这里好了，我打车回去。"

他没吱声。

她乖乖地下了车，他原本是握着她手臂的，脚踝一痛身子歪了一下，他的手便顺势与她握在了一起。

时隔七年，光阴凉去，在这个星光满天的夜晚，她和他又一次双手紧握。

一直到进了饭店，她的十指始终缠着他不肯松开。

而他其实在内心深处也有多眷恋，只是不得已，他们像两个彼此试探的孩子，谨慎敏感却又故作淡漠。

"你想吃什么？"他拿起菜单翻着。

"我不饿。"羽蓝还在为他松了她的手而懊恼，托着脸花痴一样看着他。

凉城点了几个菜，扫了她一眼恰好又听到某人肚子的召唤，他清俊的眉梢逸过一抹笑。

他今天对她笑了几次？羽蓝顿时不饿了，有凉城在，她还用吃什么饭，饿死也甘心！

"明天……我订婚。"他垂眸说这一句，像是提醒她，又想提醒自己。

为什么要再重复呢？请柬已送到她手上，明天就是周日，她……必然来吧。凉城突然觉得无比颓然，突然觉得自己给自己织了张网，以为网住了别人，其实囚住的是自己。

何苦，何必？

他抬头看着对面的女子，小巧的脸，剪水双眸，羽蓝穿婚纱会是什么样子？他突然管不住自己的思绪，心猿意马。

饭菜上来了，刚才还说不饿的羽蓝已经先自开动，他看着她吃，自己却半点胃口没有。

羽蓝吃了一口鱼片，辣椒放多了，她被辣出眼泪，端起茶大口气喝着，对面的凉城，眼神多么深沉，他提醒自己明天他订婚，羽蓝借着辣椒狠狠流着泪，她不用他一而再再而三地划清界限！

她自虐一般专拣红红的辣椒吃，胃和肠子火辣辣的快爆炸了，她的鼻涕眼泪全部出来了。她拽了张纸巾一边擦一边吃，在他面前，毫无形象。

凉城看着，心是从未有过的痛。

他觉得她像个疯子，可是他多么羡慕多么深爱这个疯子，至少她可以那么本真地为爱疯一次。

说不准是在哪一秒，他的大脑像被谁遥控指挥了，他从椅子里站起来，越过桌子，一把拉过她的手，起身就跑。

我要带你走，你可以疯，我又为何不可以！

羽蓝的手里还拿着筷子，他忘记了她的脚痛，拉着她刚跑了几步，她就跌在地上。

饭店服务员追上来："先生，你们的账单还没结。"

凉城像一只被扎了洞的气球，一瞬间蔫掉了。他拿出钱夹付了账，看到羽蓝坐在地上不停地掉眼泪，他蹲下去："对不起。"

羽蓝使劲地摇头，泪被甩散到夜空里。

他把一只手伸给她，自嘲地苦笑："原本也想学你发一次疯，原来不能。"

你看时光过了，年华薄了，我们不再能想做什么就做什么了。他的心，比这夜色冰凉。

羽蓝握住他的手，紧紧抓牢，从地上站起来，她朝他咧开一个无比难看的笑：

"我知道了，不是你不愿，而是你不能。谢谢你送我回来。"

她转了身，一跛一跛地走在夏天的街道上，她的背影冷清而孤寂，像是死了心，像是看破了，她居然不再黏他，熄了狂热。

凉城望着她的背影叹息，其实如果真的愿，这世上有什么不能呢？

第25章　她要看着他，做最美的新郎

不是做不到，而是还没有放下骄傲。

凉城站在路边，看着她瘦小的身影渐渐消失在视线里，灵魂没了，他的心被她带跑了。他呆呆地站了好久，直到一辆黑色的日本丰田在他身边停下，一个四十多岁的男人下车走过来。

“少爷，总算找到你了，董事长下午六点就下了飞机，这会儿正在家里等你。”

凉城恍然回神，看到爷爷身边的张秘书，点了下头，回到车里。

他想，刚才的一切都是幻觉吧，他看着她在自己面前大口吃东西，看着她流眼泪，甚至他还一度拉起她的手试图逃走，他摇了摇头，觉得真可笑。

董事长爷爷、邱小清，明天的订婚礼，这才是他接下来应该面对的所有真实。

他，真的要娶除她之外的另一个女人吗？凉城茫然地盯着前面的路，这夜色里的路呀，总是望也望不到尽头，熙熙扰攘，走走停停，他好像又回到了七年前，那样迷茫和无助，谁能告诉他，应该怎么做？

可以说，T市房地产业的翘楚沐旭集团是台商楚林远为亲孙子专门投资的产业，他中年丧子，楚氏血脉孱弱，老爷子如今唯一的心愿便是宝贝孙子能早日成家，找个体体面面的媳妇，再生个大胖重孙。

天伦圆满，楚林远打拼一生，如今的追求也就是这个。

凉城回到那幢缠满爬山虎的复古式别墅，大厅里灯火齐明，楚林远把

市里有头有脸的人物都请来了，客厅里济济一堂，像是上流人物的小型聚会。

楚林远六十有四，精神矍铄，声音洪亮，看到宝贝孙子郁郁寡欢的模样便大叫起来：

“谁惹我家凉城不高兴了？一见面就给爷爷张冷脸看，究竟是怎么个意思？”

凉城勉强笑了笑：“没有的事。可能今天爬万山太累了。爷爷您最近身体可好？”

楚林远爽朗地拍着他的肩膀，对着众宾客一脸的骄傲：“好得很。万山别墅的事我听陈助理汇报过了，想法不错，不过工程设计上要多下功夫，如今到处都有休闲山庄，只有别出心裁才能制胜。”

“明天就是凉城的好日子，你们爷孙俩不能先把工作上的事先放一放？”微嗔带娇，三十多岁的女人柔美风情，正是楚林远的第三任妻子海伦。

海伦玉指一抬将身后的一位年轻人扯过来，笑对楚林远和凉城说：“不过说起设计，方设计师一定有独特的见解，等订婚礼结束之后，你们再好好谈。”

一袭银灰笔挺西装的方起嵘微笑着向楚林远伸手：“楚董你好，我就是公司新聘的设计师，方起嵘。”

楚林远同方起嵘握了手，又笑着将凉城拉了过来：“万山别墅的事，就交由你们两位年轻人负责，我老了，也懒得操这份闲心。凉城，要多向方设计师学习，听说他是东京大学建筑院的高材生。”

他拍拍他俩的肩膀，笑着同旁人聊天去了，凉城盯着眼前的男人，心里一股一股的火气止不住地往上冒。

这个男人的眼神，总是让他感觉危险。明明看起来，他是一副谦逊温润的模样，但凉城每迎上他浅笑深邃的目光，心里就不舒服。

想起下午在万山，他坐在车里，亲眼看到他拉着羽蓝的手走下山，凉城从心里发出一声冷哼。

“楚总原来也去了万山。”方起嵘的唇角挂着莫测的笑，从身旁的侍者手里端了一杯香槟，凉城冷着脸瞟了他一眼，没有表示出任何想同他交流的意思，擦着他的肩膀走开。

“莫不是楚总对我有什么意见？”开玩笑似的跟上来，凉城回了头，清俊的眉头锁得紧紧，他的手藏在身后，拳头已经不由地拢紧，他想，这个男人，他凭什么敢这么跟自己叫板？

他以为羽蓝会喜欢他吗？凉城这么想着，心里有了小小的甜蜜和得胜般的快感，这会儿的他突然有了久违的孩子气，他想气气眼前这个男人，他想让这个叫方起嵘的男人知道，羽蓝喜欢的人，不是他。

他舒开了眉头，霎时云朗风清：“能跟年轻有为的方大设计一起负责万山的项目，我荣幸之至，便是有意见，也是以后的事。如果在工作上有什么分歧，我一定会毫不客气地提意见，方设计到时可不要见怪。”

方起嵘转着酒杯笑了笑。

凉城注视着他故作平静的脸，微微挑衅地扬起了眉：“你今天去万山，怎么没跟羽蓝一起？”

这话问得方起嵘突然笑了，他晃着手里的香槟，摇了摇头：“楚总，没想到你说这话，竟像个小孩子，羽蓝是跟我一起去的，但后来，不是你将她带走了吗？”

在山脚下不见羽蓝之后，他确实紧张过一阵子，但他又仔细想想，觉得唯一可能带走她的，便是路边的几辆汽车。

他追上了一辆丰田，认出车里的人是沐旭集团的员工，经他们一描述，凉城将羽蓝带上车的事，他自然心中明了，不过却免不了有些微微的酸意。

凉城得逞般地笑了起来，一双眼睛明亮得像天上的星星：“是啊，她那么笨，爬山都能扭伤脚踝，我想帮她上药，药瓶又被她打翻了。”

方起嵘动了动眉毛：“我想应该带她去医院。”他放下酒杯，转身就走。

“方设计师？怎么要走吗？”过于甜柔的女声传来，凉城看到邱小清穿一件青花旗袍扭着细腰走来，臀有点大，显得并不好看。他错过目光，低头端了杯酒。

方起嵘礼貌地笑道："是啊，待会可能去趟医院。"

"怎么，你不舒服么？"邱小清走过来，顺势挽住了想要走开的凉城的臂弯，甜甜蜜蜜地笑着，做足了一个准新娘的小鸟依人姿态。

"朋友受了点小伤，楚总，邱经理，我先走了。"方起嵘朝他们点点头，转身就走。

凉城看他匆匆而去的身影，刚才的一丝胜利突然变得颓唐不已，他有些不耐烦地甩开胳膊，追着方起嵘跑了出去。

"你说什么？她被撞了？在中心医院？好，我这就过去！"刚刚还淡定无比的方起嵘接完一个电话，迅速将车倒出了停车位。

凉城在后面恰好听到这一句，心里顿时一紧，她被撞了？

"喂，方起嵘！"

他叫着他的名字追上去，但方起嵘的银色奔驰像一支箭，迅速飞出视线，凉城跟着跑了好远，握着拳懊恼地想骂人。

他越来越不淡定了，因为羽蓝，因为这个平白无故出现在他们之间的方起嵘！

他迅速拿起手机给程立德打电话，他很少求他，这一次他是那么不愿意在羽蓝受伤需要照顾的时候，出现她身边的人，是方起嵘。

"爸爸，羽蓝在医院是吗？请帮她转一间特护病房，谁来也不许去打扰她，我马上就赶过去。"

邱小清跑出来，把住凉城的车门尖叫起来："你去哪儿？这么晚了！爷爷安排我们要和一些贵宾们见面！明天订婚仪式上的礼服你还没有试好……"

凉城扭动方向盘，油门一下加大，他看也未看他的新娘，往前一冲，邱小清不得已撒开了手，车子如脱弦飞箭驰骋而出，踩着七厘米高跟凉鞋的女子跺着脚朝着空气大叫大喊：

"我也要去！楚凉城——我讨厌你！"

她呜呜地哭了，这么美的夜色，星辰稀朗，微风清凉，邱小清觉得自己，真是一个失败的新娘。

凉城飞快地奔到医院里，一路上他不停地责怪自己，明明她的脚还肿着，他怎能放任不管地让她一个人走！到了出事的时候他才明白，原来羽蓝就是他心头那粒朱砂痣，哪怕青春岁月里的温暖月光早已被时间模糊，但每每触及她的名字，他的心就会无比疼痛。

怎么能不爱她呢？凉城觉得无比的沮丧，他为什么还这么爱她？为什么要不能自控地紧张她？

急匆匆地赶到医院，却是在门口碰到两个熟悉的女孩身影，那手挽手浅浅笑着的，不是羽蓝和她的好朋友苏浅微，又是谁？

难道是他搞错了？

苏浅微先看到凉城，欣喜地拽了拽羽蓝的胳膊，羽蓝朝他投来一眼，淡淡的，表情有几分落寞。

凉城站在车前有几分犹豫，不知自己是否该走过去，心在与她目光交汇的瞬间，乱了方寸。

苏浅微想拖羽蓝过来，但她站在那里不动，她只好先朝凉城走过来。

“哎，凉城你怎么也在这儿？”苏浅微带着一丝促狭的笑意歪着头打量他，“难不成是来看蓝蓝？”

脸，顿时有些热，他被说中心事，却还口是心非，目光像零散的云悠悠飘着：“呵，我来找爸爸有点事儿，恰好碰到你而已。”

故作不经意地朝羽蓝扬了扬下巴，他垂眸向苏浅微轻笑矜持：“看起来好好的，来医院做什么？”

“蓝蓝回去的路上被一个小孩撞了，摔了一跤。”苏浅微无奈地摇摇头，“一点不让人省心，下午是跟那个方起嵘一起爬的万山，脚踝肿成那样，那小子竟让她一个人回来，刚我打电话把他臭骂了一顿！这蓝蓝都认识的什么朋友啊。”

正抱怨着，只见一辆奔驰在羽蓝的面前停下，方起嵘急匆匆地下了车走到羽蓝跟前，额头上是被急出的密密细汗。

“对不起，路上堵车了，你没事吧？伤到哪里没有？”他一脸的关切，羽蓝笑得温柔，摇摇头说：“没事的，是微微大惊小怪，路上不小心摔了一跤，又耽误你正事儿了吧。”

看他一袭正式的装扮，羽蓝抿唇微笑，目光不由自主地从方起嵘温润俊美的脸上飘向不远处的凉城。

他，怎么会出现，也是来看我的吗？

羽蓝的心里又凄怆又温暖，她看得出他的纠结，可是他的选择，她没有资格，也没有力气去左右干涉。

那么凉城，只要你幸福，我愿意一直就站在离你不远的地方，看着你，看着你永远如今夜这般，玉树临风，帅气美好，哪怕你是别人的新郎，你也是这世上我唯一的最爱，我一生的难忘。

凉城抿着唇，眼睛紧紧盯着他们的一举一动，方起嵘每一个关切的眼神亲密的动作都像一根根锐刺，慢慢地刮扎着他的心，而羽蓝，她竟然对着他笑！

他不能忍受她对别人笑得那样柔和温婉，她是张扬明亮的，像一朵葵花，肆意艳丽，至少在七年前她是这样的。

可现在的她，在那个男人面前，多么地眉眼婉转，连唇角的笑都浅淡的动人，她是对他也动了心吗？

"凉城，你真的要和邱小清结婚吗？你们并不适合。"苏浅微见他发了愣，正色地问。

凉城收回目光，忍着心中的隐怒，反而笑了："谁说不合适？我觉得很合适。微微，明天记得和少白一起来参加宴会。我走了。"

他转身进了车，苏浅微慌忙叫住他："你顺道把我和蓝蓝捎回去吧，我的车坏了。"

凉城绷紧脸看了一眼扶住羽蓝胳膊的方起嵘，冷冷哼道："我还有事。"

他启动车子，像一条仓皇逃走的鱼，受了伤，消失在茫茫夜海之中。

羽蓝的心，慢慢地冷下来，她看着他离开，已经无力再去挽回，走吧，走吧，凉城，事到如今，或许我真的该认命了。

方起嵘载着她们两人回去，一路上羽蓝闭着眼，像睡着了一样，一句话都不肯说。

微微，我累了，想歇一歇。

没有邀请方起嵘上楼，也没有对下午的无端失踪向他做任何解释，羽蓝牵着苏浅微的手上了楼，站在走廊的窗口，夜风轻扬，她看到方起嵘的车静静停在楼下，迟迟不肯离开。

对不起，我什么也不能给你。她看了一眼他的身影，回了家，将自己扔到床上，想睡到昏天暗地。

人在什么情况下才能失忆呢？如果她能忘记一切，如果一切她都可以不在意，如果不再爱他，就不会再痛彻心底，可是要怎么样她才学得会，她才做得到？

天，亮了。心，却是暗的。

为了照顾她，苏浅微这晚没有回家，清晨起床，羽蓝还窝在被子里装睡，她想蒙着头就这么睡到天黑算了，什么订婚典礼，什么新郎新娘，她不要看，也不要知道，就当自己还在东京好了。

“不如，我们今天就不要去了。”苏浅微早起来了，收拾妥当之后又躺回床上，在她耳畔轻轻地说。

“唔。”

她没动，感觉到身旁的女伴发出一声低低的叹息，苏浅微隔着被子安慰似的拍了拍她：“或许还有办法挽回。蓝蓝，你肯努力吗？只要你下定决心，我帮你想办法……我们把凉城抢回来！”

羽蓝哧溜一声从被子里探出头，小脸被捂得潮红一片，像朵芍药开在秋风里。

她的瞳仁异常地明亮，慢慢的，她发出一阵笑声，像哭泣，像绝望之后夜莺的歌唱，她捂着脸笑起来，头发凌乱地散了一脸，苏浅微被吓到了，忙去抓她的手，触到她的肌肤才觉得竟是烫得吓人。

“蓝蓝，你在发烧啊！我们去医院。”苏浅微拉着她就要下床。

羽蓝停下了略显神经质的笑声，从碎发中抬起脸，大眼睛里的寂寞和空洞像一口枯井，这双目光里的年华青葱樱花缤纷，如今都老了，碎了，唯有死灰般的冰凉：

“我没事，微微，帮我选件衣服，我要去参加凉城的订婚礼，我要看着他，做这世界上最帅的新郎。”

第26章　坚固的柔情

不是个好天气，绵绵的雨，悠长的风，云朵一团一团压的很低，羽蓝下了楼，风掀起裙角，她仰起脸，长长地舒了一口气。

湿凉的雨，顺着脸庞一滴一滴的滑下来，她闭上眼，胸口闷闷的，并不想哭，只是觉得恍惚，这，就是她的人生吗？

苏浅微先回了趟家，把车从车库里开出来对着羽蓝使劲摁喇叭：“走吧，别站那儿淋雨了。”

“微微，你先走吧，我待会还想去个地方。”羽蓝突然改了主意，苍白的脸上挂着淡淡的微笑，她看到黎少白风度翩翩地从路的另一端走过来，白衣白裤，干净帅气到逼人眼目。

“蓝蓝姐！”黎少白朝她俏皮地眨了下眼，算是表示谢意，接着就开始缠磨苏浅微。

“微微！我要坐你的车！”二十岁的大男孩走到苏浅微的宝莱车前，把住车门一脸的无赖。

苏浅微看到是他，皱着眉摇下车窗：“叫姐姐，就载你！”

“不叫！就不叫！微微，微微！”黎少白挑着眉毛故意跟她作对，顺手拉开车门，毫不客气地在她旁边坐下。

“哎，你这小子怎么回事啊，这是蓝蓝的位置，你坐后面去！”苏浅微没好气地推了他一把，撵他道，“放着宝马车不开，倒看上我的小宝莱，你脑子没毛病吧。”

说罢还在他脑袋上敲了个爆栗，黎少白不高兴了，一把拨过她的手趁机抓在手里，佯怒道："废什么话，快走！蓝蓝姐自然有人来接嘛！"

羽蓝隔着车窗向苏浅微挥手："我真的忽然想起点事，微微，你和少白先去吧，待会见。"

"蓝蓝，你确定真不要我帮忙吗？你真的要去？"不放心地追问着，直到羽蓝使劲地笑着点了点头，苏浅微才又嘱咐道，"你要觉得不舒服就给我打电话，别委屈自己，别让自己难受，知道吗？"

"我知道了。"

羽蓝站在不大的雨里微笑，一袭乳白的连衣裙，线条简洁，袖口有小小的蕾丝，这样的她多么婉约和美好，可是再美，又美得过他的新娘吗？

她站在风里，看着他们幸福地离去，突然难过得想哭。

不为自己的苦，却是为别人的幸福。

幸福，多么珍贵的东西，我能幸福吗？凉城，你会幸福吗？

脚踝的疼痛似乎已经不那么严重，她踽踽走在雨里，风多么凉，云多么密，也许下一刻就是雷雨交加了，可是有什么呢，无所谓了，一切都无所谓了。她要彻底地，失去凉城了。

穿越人群街道，走过绿树红花，她停下的时候，眼前是一片狼藉的废墟。

这是曾经遗落了他们整整十年时光的地方，当年巍峨的家属大楼已经被拆了，破破烂烂，断壁残垣。她还记得，凉城住在几单元几层，她还记得自己常常调皮地朝他房间的窗户扔石子，小小的石头子不会砸坏玻璃，因为凉城的窗，常常是开着的，他就坐在里面，或弹钢琴，或画画，支着耳朵随时等着她在外面发出信号。

青梅竹马，真是两小无猜的好时光，可是光阴凉了，青春远了，一切都变得那么轻那么薄，没有分量没有意义的回忆就像眼前的废墟，千疮百孔。

羽蓝走进摇摇欲坠的大楼，楼梯的扶手已经断了，水泥阶梯踩上去发出空洞而危险的声音，她慢慢地走上去，在呛人的尘埃和发霉的潮气中，找到了他的家。

曾有多少次，她和他肩并肩地坐在客厅的地上，看书，看电视，打游戏机，那时的凉城对她那么好，她什么都和他抢，他什么都肯给她。

回忆像一条线将自己紧紧束缚，羽蓝蹲在凉城家的门口，终于再也忍不住，嚎啕地大哭起来。

她用力拍着那扇破烂腐朽的门："凉城，你出来！你出来！"

你到哪里去了，我们的时光，到哪里去了？

把我的凉城还给我……

她哭哑了嗓子，也拍坏了那扇过去的门，她站起来走进那套已经四处掉落粉皮的房子，巨大的潮霉气息混着岁月的味道呛得她眼泪更旺。羽蓝走进左边那间稍小点的屋子，那么熟悉，就好像昨天她还在这里，凉城就在桌前认真地写着字，那时他的窗前总是放着一盆茉莉，小小的白花，绿绿的叶子，凉城说过，羽蓝如果我哪天不在家，你要记得帮我给茉莉浇水。

可是那盆茉莉到底还是死在了羽蓝手里，有次暑假，凉城一家去外省探亲，把茉莉托给羽蓝照看，可是粗心的她玩了整整一个假期，等想起来的时候，那盆花早已枯死了。

这件事让她自责了很久，当时年少不惜福，她对他有多少亏欠，可是现在，连还的机会，也没有了。

她在空荡荡的旧房子里不知待了多久，裂了缝的天花板开始漏雨，淋漓的水渍蜿蜒地流下来，渐渐地脚底下竟都湿透了。

她觉得自己真傻，明知道他不可能再回来，还固执地想要回来看一看，这座城，已荒，已空，已坍塌。

她走了，下到院里，看到夏天的大柳树愈发苍翠了，雨水将枝条洗刷得发亮，啾啾的鸟儿穿梭来去，她踩着雨水，慢慢离开了这个地方。

一早化的淡妆也花了，她想，今天是凉城的好日子，她在他面前，一定不要太丑。

路过一家美容店，她肿着眼睛走进去，说："我要化个妆。"

化妆师的手，灵巧神奇得令人惊叹，羽蓝从泪痕斑驳的憔悴形象进店，到光彩照人地立在镜前，她有种目眩的感觉。

"小姐，你真美。"化妆师这么说。

羽蓝用手摸着脸颊，指尖十分轻，仿佛怕一用力就划破那层嫩滑如绸的肌肤，她吃吃地笑了起来，涂了睫毛膏的眼眶里溢出了泪花。

“谢谢你。”

第一次为了美丽，羽蓝几乎要花干钱包所有的现金，出来的时候，雨已经停了，她顶着一张陌生的脸走在大街上，心里是深秋一般的寂静。

她到的时候，已经快中午了，期间苏浅微给她打过电话，方起嵘打过电话，还有程天蔚，居然也给她拨过一通电话。

手机放在包里，她居然一直没有听见。

金碧辉煌的高级宴厅，她进门的时候，侍者礼貌地问：“小姐，有请柬吗？”

她在包里翻了一会儿，没有找到，只好歉意地说：“对不起，我忘记带了。”

侍者表示为难：“我们今天举办的是一场高级宴会，请您理解……”委婉地拒绝她进门，羽蓝打扮得风华漂亮地立在入口，可是被挡在外面，她进不去，里面的笙歌欢舞、觥筹交错，是他的世界，是他和邱小清的世界。

突然觉得刚才所做的一切都是徒劳，她即便美得像个公主，又给谁看？也许苏浅微说的对，她或许不该来，要么勇敢一点疯狂一点把凉城抢走，要么就彻底甘心地放弃，这样半死不活地熬着自己，一点意义也没有。

顺着入口，她只看到满目繁华，没有凉城的影子，她于是转了身：“算了，谢谢。”

她向侍者浅淡一笑，正欲走掉，一双手搭在了她的肩上：“跟我一起，还用请柬吗？”

声音散淡中带着冷傲，她扭头看到程天蔚的脸，前段时间他被派到外地交流，刚赶回来参加凉城的订婚宴。

程天蔚穿得也很正式，银灰衬衫，深蓝领带，黑色西裤，一米八几的个头颇有几分玉树临风的姿态。但羽蓝丝毫没被他的皮相所惑，蓦地睁大眼睛，往后退开。

“进去吧，不想看看凉城给别人戴上戒指的情形吗？”

他从来都是不吝言辞地刺激她，明知道她心里的伤口又多又深，却偏要重重洒上一把盐。

羽蓝推开他的手，不想跟他冲突，想走，却被他紧紧拽住：“改主意了？恐怕不行，我今晚正好缺个女伴。”

不由分说地将她挟入怀里，程天蔚薄笑在她耳畔低语：“今天很漂亮，这里的女人，都不如你。”

他的话，又赤裸又肉麻，羽蓝打了个冷战，立刻去推他：“当着这么多人，程天蔚，我不想甩你耳光。”

他哧地笑了，深棕的眼眸里透出邪邪的光：“你以为我怕吗？应该怕的人，是你。”他钳住她的手腕，突然将她往某个方向拉。

“你想干什么……”

酒店的长廊尽头向左拐是洗手间，程天蔚紧紧箍着她的双手将她拖进了男洗手间。

砰！门被重重关上，安静的空气里被带入一股劲风，羽蓝慌了，尖叫着与他推搡：“你滚开，不许碰我……”

话没说完，程天蔚将她按到墙壁上，狠狠吻了上去。

他在她的唇舌间辗转汲取，仿佛她是一座宝藏，而他就是贪得无厌的掘矿人，因为发现过黄金，所以念念不忘，所以欲望越深，他想要她想得到她，他觉得自己想她想得快发疯，可是羽蓝对他，永远是一种抗拒和痛恨的姿态。

他这一生最大的失败在于，爱上一个永远恨自己的女人。

羽蓝呜咽着，屈辱的眼泪被逼了出来，她的手被反剪着摁死在墙上，双脚便死命地踢着他。程天蔚索性将整个身体贴上去，灼热的身子与她接触，心中的欲望立刻被点燃，一股热血涌到脑顶，他竟不管不顾地开始撕扯她的衣服。

羽蓝狠狠地咬了他的舌头，就在这时洗手间的门被人推开，方起嵘看到眼前的一幕，失声叫起来：“你在干什么！”

下一刻，他的拳头已经挥到了程天蔚的脸上。

血，从挺直的鼻梁下流出来，羽蓝呜地一声掩住脸从他们身旁逃走，方起嵘顾不得继续教训那个欺负羽蓝的混蛋，叫着她的名字追了出去。

在宴厅外的一个走廊转角，羽蓝脚踝痛，摔坐在地上，他追上去弯腰将她抱在了怀里。

宴会早已开始了，进出来往的人络绎不绝，一个漂亮的女孩被一个英俊男子抱在怀里哭的情景被很多人看在了眼里。

凉城端着酒杯正与帝瑞公司的老总轻谈，那人认得方起嵘，便与他笑着议论道：

“你们的方设计师，也是个风流才子嘛，你瞧瞧这怜香惜玉的模样，你我真要多学一学。”

凉城的目光顺着看出去，恰好他们所在的角落从他们这个角度看得极其清楚，脑袋里轰的一声，像有什么炸了一样，他们居然抱在一起！

羽蓝低着头，他就半跪着，从身后完全地将她的身子拥住，而她竟就那样坦然接受！

他仰头喝尽一整杯香槟，砰地撂下酒杯，一言不发径朝门外走去。

程天蔚洗了脸，鼻子还在流血，他拿了手绢捂着，与满腹怒气的凉城打了个照面。

他们一前一后地站着，方起嵘和羽蓝在地上一个半跪，一个跌坐，在四道热辣辣的目光中，倒像一对男女被当场捉了奸，正在接受审判。

羽蓝泪痕满面地抬起头，迎上凉城那一双黑漆漆的双眸，那双眼里似有无限柔情，却又隔着万古冰川，那么近在咫尺，那么天涯永望。她想，就这样默默看着好了，只有在与你对视的片刻里，我的心才会感觉到爱情的存在，才会感觉到生命的存在。

原来你，已是我生命的意义。

羽蓝想，多么可悲啊，我丢了凉城，竟连自己也找不到了。

四个人目光交织，各有爱恨，方起嵘站了起来，又把羽蓝也扶起来，走到程天蔚的跟前，怒目而视：“最好别让我再看见你对羽蓝有什么举动！否则我轻饶不了你！”

“呵，你是哪位？我认识你吗？”程天蔚取下手绢，血终于止住了，只是被她咬破的舌头还是很疼，“蓝蓝是跟我一起长大的，我能对她做什么？倒是你，你想对她干什么？”

他挑衅地看了方起嵘一眼，转向凉城：“蓝蓝忘记带请柬被拦在门口，我想带她进来，却被这个人莫名其妙地揍了一拳，呵呵，凉城，这也是你的客人？”

他故作苦笑地立在中间，凉城的眉，始终紧锁着，清秀而匀净的眉毛一根根透着不悦和隐忍，他朝方起嵘扫了一眼，声音涩涩的：“方起嵘，公司新聘的设计师。”

“方？”程天蔚眼眸转了一转，盯着方起嵘上下打量了一番，“清远集团的方总跟你……什么关系？”

“没关系，我不知道什么清远。”方起嵘火大地拉着羽蓝，转头对她放柔了口气，“你觉得不舒服的话，我送你回去。”

羽蓝深深地埋着头，清瘦的肩胛骨如两片透明的薄翅，因为压抑而微微颤抖。

他想牵着她走开，留在这里，只会让她倍受伤害。

“等等。”

就在羽蓝认命地任方起嵘牵着她的手在凉城的无动于衷面前离开的时候，他开了口。

他的声音依然淡漠：“我请来的客人，谁有资格带她走呢？”

谁有资格带她走呢……那么凉城，愿意牵我手的人，会是你吗？

羽蓝还没来得及回头，他已经走了过来，很快地从方起嵘手里将她扯过来，他的手，竟凉得没有一点温度。

掌心相扣，他弧度完美的唇角浮起一丝淡淡的笑意，像是戏谑，又似怜惜，他侧首看着她的眼睛，声音轻得像一片羽毛：“羽蓝，你跟我来。”

在程天蔚面前，在方起嵘面前，在满堂宾客面前，我们耀眼夺目英俊潇洒的宴席主角楚凉城，牵着一个不是自己新娘的女孩的手，大步流星地离开了现场。

而羽蓝，像掉进了一个梦境，那里有一个巨大的旋涡，他的手柔软冰凉，牵着她不停地往下坠，不停地往前走。

懵懵懂懂，跌跌撞撞，每一步，因为脚痛而走得辛苦，每一步，因为有他而无比幸福。

他带她进了电梯，短短的五秒钟，他盯着不停跳动的数字，心跳仿佛一瞬停滞，手心沁出了汗，湿湿的，但羽蓝仿佛没察觉到，她安静得像一只小猫，流浪得太久，终于被他捡回了家。

出了电梯，风很大，羽蓝的头发被扬起来遮住了脸，他不由地伸手将乱发撩开，像贪恋上那抹温度，手指突然停在了她的耳边。

“凉城。”羽蓝握住他流连于耳畔的手，抬眼望着他，懵懂地像个小孩子，“我们……去哪里？”

凉城看她的目光忽悲忽喜，过了一会儿，他垂下鸦黑的长睫，呼吸亦变得格外清浅：“蓝蓝，其实，我不想这样。”

胸口像被什么堵着，这么久以来，这句真话终于讲给她听，其实，我不想这样，其实我爱你，其实这一切的痛苦，是我咎由自取……

如果我肯回头，其实幸福，触手可及，对不对？

他像打定了主意，突然地拉起她走，又想起她跑不快，于是干脆将她抱起来，那么瘦那么轻的羽蓝，凉城一个打横就将她抱在怀里了，他飞快地跑到停车场，把她塞进那辆迈巴赫里，气喘吁吁地：“快点走，停车场里有监控录像！”

为什么像逃亡，像私奔？

是他又心血来潮吗？羽蓝被他一系列的动作弄得迷惑不解，眼眶里还有泪在打转，她怯生生地抿了抿唇：“凉城，你今天订婚……”

该死，她为什么要提这个！

凉城蹙着眉，紧紧扳住方向盘将汽车从拥挤的停车场中倒出来，银色的迈巴赫咆哮着冲了出去。经过酒店门口时，一拨衣着鲜亮的男男女女正从酒店的旋转门里冲出来，他们呼叫着凉城的名字，两边还跟着几个保安。凉城冷冷地笑了，仿佛很乐意看到这些人们仓皇狼狈的模样，他再也不要委屈自己了，他受不了，再也不要披着面具过这种委曲求全的日子！

他载着她一路狂奔，在车流熙攘的街道上，他居然可以将汽车开到时速一百四十码，一路闯了红灯，超了速，被拍了照。他不管，他只要立刻带着她消失，如果有一支火箭，他想他愿意跟她一起离开地球，飞入外太空。

只要他想逃，谁能追得上呢？

一路七绕八绕，那些想追他们的人早已经被甩到没影儿，车开到一湾湖边的时候，他们终于缓了下来。

湖的对岸能看到遥遥的城墙剪影，凉城将车速放得很慢，摇下车窗，午后的风里挟着湖水的清凉扑面而来。

羽蓝稳下心神，几乎热泪盈眶："凉城，我可以跟你在这儿……待多久？"

他的目光还在窗外的湖面上，声音却是出奇的温柔："你愿意待多久呢？"

半晌没有听到回答，凉城收回恍惚的思绪和目光，转过脸，竟看到她正捂着嘴巴哭。

他将手抚上她的头发，轻轻揉了两下："这里风太大了，我们换个地方。"

其实他也漫无目的，车慢悠悠地在马路上开着，羽蓝擦干了泪，不再问，去哪儿都好，只要跟他在一起，这就是全世界唯一的美好。

他将车开出了市区，郊外是大片的田地，盛夏时节满目缤纷葱绿，耳畔偶尔听到拖拉机的突突声和公鸡的打鸣声儿。

好久没有说话的羽蓝突然欣喜地叫起来："这是我老家！你怎么知道我老家在这里？"

茫然中他竟将车开到了羽蓝七岁前所住的那个郊村，路过一条小水沟的时候，车便走不过去了，凉城把车停在路边，闭着眼坐了一会儿，突然对她说："蓝蓝，如果说你的一切一切，我都还记得，你信吗？"

这句话，她等得有多辛苦？羽蓝的眼眶一下痛了，眼泪冲出来，灼热而酸，她使劲地点头："我信！我一直都信！若不是因为我一直相信你还爱我，你在等我，我不会坚持着熬到今天……"

他面有羞涩地笑了，长长的睫毛掩住墨玉般的眸子，颊边有浅窝轻现，这一瞬他还是记忆中温柔纯真的凉城，羽蓝伸手，将指尖搭在他扶在方向盘的手背上。

凉城的脸扭了过来，深沉而清澈的眸子完完全全地注视着她，七年的思念和爱恨积攒蕴储成无比巨大的力量，他再也放不开她，这个让他爱让他恨的女子，他对她，实在无能为力。

他反手将她拉进怀里，毫无前兆地用吻封住她的唇。

唇那么凉，舌那么软，凉城拥着她小小的身子，感觉心都在颤抖，舌尖一下一下扫过她的口腔牙齿，温柔又缠绵地与她的唇舌纠缠，他感觉自己要化了，她像一抹暖光倾进了他的心底，从此城不再凉，从此，心不再空。

你回来了，幸好。

他们紧紧地拥抱在一起，不知这场中断了七年的缠绵持续了多久，直到两人的眼角都滑出了泪水，直到那些又爱又恨的迟到的眼泪融在一起，化进了嘴里，绕在他们彼此的唇舌间。

凉城的吻最后扫过她的后颈，他抱着她，将脸埋在她的颈窝，无声哭了起来。

羽蓝也哭了，脸上却挂着微笑，她说："凉城，我知道你委屈，这七年，是我负了你。"

他什么也说不出来，只是抱着她，像抱着失而复得的宝贝，终于狠狠地哭了一场。

那是个无比静谧的乡村午后，田园安宁，野风轻柔，薄薄的白雾漫延山间，空气中偶尔传来几声狗吠和牛羊叫声。

路边的车里，他们拥抱，流泪，亲吻，手和手缠在一起，身体和身体缠在一起，多么爱，像是分离了太久的两半灵魂，终于合二为一。

他们说的话很少，整个下午的大部分时间，他们都用来接吻。

七年了，她吻着他的眉毛、鼻尖、嘴唇、耳朵，那每一处都是她梦里曾经刻骨想念的地方。

暮色渐上，小村被笼罩在一片苍茫的温柔之中，羽蓝将头靠在他的肩上，他又抱了她很久，终于微微松开，握住方向盘，开车。

“要回去吗？”羽蓝一下紧张地坐起来，眼泪也汪汪地溢出来。

他伸过脸，朝她额角亲了一下：“这里天黑了没地方住，我们回市里。”

羽蓝的目光里，失望像退潮的水，她是如此担心幸福和温存只有那么昙花一瞬。

凉城揉揉她的头发，眼神里是揪也揪不断的爱怜和宠溺，他叹息般地说：“别怕，我不会走了。”

这句话，让羽蓝感动得满眼是泪，却又不敢哭，她紧紧揪着他的衬衣下摆，他开车开了多久，她就傻乎乎地笑着看了他多久。

回到市里已是华灯初上，他们各自关掉了手机，羽蓝说：“明天会怎么样？我们今天在宴席上逃走，估计他们要把天闹得翻一个个儿了。”

凉城轻轻地笑了，眉梢有一抹俏皮的喜悦：“不管，哪怕宇宙爆炸世界终结，只要我们还在一起。”

多好啊，我们还在一起。

他把车开到T市新区的一片别墅区，下了车，告诉羽蓝说，他在这里新买了一套房子。

“这地方，除了我哥，谁也不知道。”

第27章　其实幸福，触手可及

凉城把她从车里抱出来，不让她受伤的脚沾到地上半分，羽蓝手臂环在他的脖子上，原本是满心甜蜜的，听到他提起程天蔚，心里便沉了一沉。

而凉城的情绪，也好似低落了下来，他抱着她边上楼边说："今年是第七年，我还记得你说，春天的时候，或许我们还能见面。所以，我去东京找你，我带着戒指……去找你。我当时最害怕的……是你已经结婚了……"

尽量做出云淡风轻的模样，他还是忍不住喉间的哽咽，羽蓝听得心疼，抽着鼻子不敢动。

"后来，飞机失事了，当时我就想，也许是老天仁慈，不愿看到我见到你时崩溃绝望的样子，也许你在那里过得很好……"

她伸手捂住他的嘴："别说了，凉城。"泪如雨下，她的脸埋在他怀里，湿透了他胸前的白色衬衣。

房子空间很大，装修别致，空旷安静，凉城抱着她进了卧室，轻轻将她放到床上。

他在对面拉了张椅子坐下，目光像一汪深澈的湖水，重重将她包围。

羽蓝侧身躺在柔软的大床上，脸红透了，她含着泪笑起来："我觉得一切就像做梦。"

"这个梦，真美好。"她喃喃地说。

凉城欠身过来，握住她的手缓缓摩挲着，眼睛里全是宠溺的疼爱：

“饿不饿，我给你弄点吃的吧。”

她一整天没有吃东西，却不觉得饥饿，手臂缠在他的肩膀上，像一条鱼，而凉城就是她赖以生存的大海。

凉城吻吻她的眉角，展开一条薄毯盖在她身上：“你先乖乖躺一会儿。”

这房子他平时很少来，翻了好久，凉城也没找到什么能吃的东西，冰箱里有酒有饮料，还有一大瓶牛奶，他看了看并没有过期，于是开心地将牛奶拿到厨房，他想帮她冲杯热牛奶。

看着煮沸的牛奶在锅里冒着泡泡，凉城笑了，为这偷来的时光，这来之不易的幸福，这一刻小小的甜蜜和温存。

空气里飘开醇浓的奶香气，他把牛奶倒进一只玻璃杯里，准备端给羽蓝喝，可是没想到杯子那么烫，刚触到杯底他的手就被烫了一下，牛奶杯子应声碎溅，清脆的声音引来了卧室里的羽蓝。

她赤脚便跑了过来，凉城大叫道：“站那儿别动！小心扎到脚。”

跨过满地牛奶和碎渣，他懊恼地立在羽蓝跟前：“算了，我们出去吃。”

羽蓝扶着门看到他一脸悲愤的样子，扑哧笑了。

“我就想在这里吃饭。这附近有没有超市？”

凉城还是闷闷的：“有。就在楼下隔壁。”

“你去买点面条、鸡蛋，哦，还有番茄和青菜。”她弯腰开始收拾地上的碎片，“我给你做碗面。”

凉城将她拉起来：“别麻烦了，我打电话叫餐。”

羽蓝嘟了嘟嘴，没再执拗，被他拥着肩回了卧室。

不一会儿，晚饭送来了，很丰盛。他们面对面地坐着，你一口我一口，相互喂着吃得香甜，羽蓝咯咯地笑着，发自内心的。

这是七年来，她觉得最幸福最美味的一顿饭。

饭毕，凉城抢着收好了碗筷，笨手笨脚的样子格外可爱，羽蓝坐在一边看着，眼里心里满是甜蜜。

“怎么样，我还是很优秀的吧。”凉城得意地冲他眨眼，黑眸里碎光熠熠。

羽蓝只望着他笑，凉城走过来将她搂进怀里，下巴在她头顶轻轻磨蹭。

“为什么会突然带我走？”她小声地问。

凉城笑起来，呼吸轻柔地撩动她的发丝：“因为你傻，我想和一个傻子在一起。现在不把她带走，以后就没机会了。”

羽蓝低着头，甜甜笑起来。

空气里的温度渐渐上升，羽蓝仿佛感觉到他呼吸韵律的变化，咬了咬唇，问：“今晚，我们怎么办？”

凉城的嘴角浮起一抹坏笑，灵活的手指抚在她的后背，摸到了她的内衣带子，声音也在无形中变得魅惑。

“你说呢？”

羽蓝的头跌得更低，手指转着他衬衫上的纽扣，小声嗫喏：“不如……你送我回家吧。”

凉城顿时拉下了脸，把她通红柿子般的脸从怀里拽出来，怒眉瞪着她。

羽蓝尴尬地避开他的目光，缓缓地从他怀里挣出来。

夜色已深，灯火阑珊，整座城市都已沉睡。

羽蓝拽了拽身上的裙子，喃喃说：“那要不，我去睡外面，你早点休息。”

他一定生气了，清冽的双眉蹙起，漂亮的黑眸泛了一层波澜。

逃也似的转身出去，羽蓝坐在沙发里双手捂着心口，发了半天的呆，才想起拿遥控打开电视。

为什么突然要同他保持距离，羽蓝心里最明白，情深至此，谁也说不准下一刻会发生什么，可是她不能，她怕。

七年前的那场噩梦让她对男女之事充满了恐惧，即便面对的人是凉城，她还是不由地想退缩。

凉城从卧室走出来，手里拿了一套男式睡衣，他扬眉唤她：“要不要一起洗澡？”

她的脸唰地红了，眼睛盯着屏幕，装作没听到。

他哧笑一声，哼着歌儿进了浴室，到门口时又转过脸大声说：“这外面到处都是大灰狼，你可不要乱跑！你等一会儿，我马上出来。”

夜，总是神秘而暧昧，电视里在演言情片，男女主角哭哭笑笑要死要活百转千回了一阵子，终于演到了春宵一刻值千金，女主半遮半掩地坐在床头，男主说：“夜深了，我们睡吧。”

女主羞羞答答：“只有一张床，怎么睡啊。”

男主吞吞吐吐：“就那么睡呗。”

然后是灯灭了，帐子落下来，一阵窸窸窣窣气喘吁吁……羽蓝看得只想吐血，眼睛却直愣愣地盯着屏幕，连什么时候凉城站到她旁边都没察觉。

“你特别喜欢这种情节吧。”清爽的头发，干净漂亮的脸庞，凉城裹着浴巾笑眯眯地盯着她。

羽蓝觉得丢脸极了，丢下遥控想起身，一不当心却直直撞上他的胸膛，滚烫的脸触到他赤裸的皮肤，两人都是猛然一缩，她想逃，他却将她抓进了怀里。

吻如疾雨密密而落，羽蓝顷刻便被融化得全身酥软，躺在沙发里，他细心而温柔地吻着她的发丝唇眼，她几乎不能呼吸，不知过了多久，她被他抱回卧室，在那张铺着洁白床单的大床上，凉城的手解开她的内衣，床头的灯朦胧迷离，他目光深情地望着她：“看，你有多美，多迷人。”

第28章　你的眼泪，配不上他的纯净

羽蓝不安地扭动身体，伸手掩住某些部位，凉城的目光像一把火焰从亘古的黑暗中蔓延烧来，清澈明远，热烈缠绵。

“蓝。”他把手轻轻放在她的唇上摩挲着，呵气如兰，“可以吗？”

那么暧昧缠绵的意味和眼神，羽蓝红了脸，他也羞涩了，唇角的酒涡浅浅，他的吻落下来印在她的胸口，羽蓝的身体立刻颤栗起来。

这是爱吧，她的身体已经完完全全接收到了他爱的全信号，她点点头，垂下睫毛，却关了床头的灯。

凉城的呼吸粗重起来，他开始沿着她的身体一路吻下，蝴蝶一般的触觉让她几乎失控，她低低呻吟起来，脚勾着他的身子，无比急迫地等待他的到来。

可凉城似乎过于紧张，动作生拙青涩到令她不耐，羽蓝想起关于他的传闻，又想到即将与他结婚的邱小清，脑中的狂热有了一瞬冷静，但凉城却努力地在她身上探索着，似懵懂的孩童，因为找不到出口而凌乱仓皇。

“蓝蓝……蓝蓝……”他的声音沙哑又极诱惑，汗水一滴滴滚到她的唇畔，羽蓝伸出舌尖，涩涩的，他的目光羞涩中带着颓然，他十分努力，却好似总不得法，羽蓝的身体如花瓣张合迎展，辗转的热情让凉城更加狂乱。正当他预备横冲直撞时，羽蓝的手像一双翅膀，又如风般将他温柔地引到云端，他的身体在触及她的秘园时剧烈一颤，接着在两人的低促紧呼中，如并肩的蝴蝶霎时飞入天堂。

那是短短的一瞬眩晕，像从谷底攀至峰巅婉转低回，凉城气喘吁吁地

抱着她，声音悲喜交加："蓝蓝，蓝蓝，你快乐吗？"

羽蓝的泪溢出眼角，她在他怀里颤抖，这一切是梦吗？怎么可以这般动情而完美？凉城扭亮了床头的灯，摸着她桃花似的脸："我想好好看看你。"

"等了十几年，我终于完整地拥有了你。"

羽蓝坐起来，长长的头发海藻一样遮住身体，眼泪突然慌乱而汹涌，凉城满脸柔情地笑问她："傻瓜，你怎么了？"

羽蓝摇摇头，只顾着哭，他小心翼翼地问："是不是刚才把你……弄疼了，对不起，我听人家说女孩子第一次都会很疼……"

他的目光在触及羽蓝身下床单的时候突然定住，嘴巴因惊愕而稍稍张大，羽蓝抱着身子蜷成一团，脸完全淹没在一片阴影中。

不会的，凉城用力摇了摇头，故作轻松地玩笑道："别哭啦，大不了我为你负责啊。"伸手去扳她的肩头，羽蓝却突然转过脸，眼底有大片雾气弥漫，她的眼泪像钻石般剔透，被一个牵强的微笑呛得从唇角滚落。

她说："凉城，我不疼。因为我不是……第一次。"

凉城的身子剧烈地晃了一晃，他扶住她的胳膊，笑得干涩："蓝，别开玩笑。"

她说等了他七年，爱了他七年，又怎么可能把身体随便交给别人？凉城不信，但心却像被针猝然扎到，扑哧冒出血丝，羽蓝转过脸，美丽的身体像随风而落的桃花，妖娆中亦是悲伤的姿态，她笑道："真的凉城，我真的不是。你看，床单上也没有落红。"

空气开始变得死寂，凉城很久不说话，羽蓝亦别开脸，最不堪的记忆如电影重放，她痛苦地闭上眼，过了一会儿听到幽幽带几许委屈的声音：

"可是蓝蓝，我是，我是第一次。"

谁能想到，一个二十五岁的身心正常的成年男人，一个背着风流花心之名的多金才俊，为了等一个女孩，守一句承诺，过尽千帆取次花丛终懒回顾，在她之前，从不曾与任何一个女子上床……

这一句话炸碎了空气中的沉默，羽蓝捂着嘴痛苦地弯下腰，心口这么疼，她的凉城，要怎么做，才能弥补对你的所有亏欠？

羽蓝，你配不上他。

这是她心底叫嚣最甚的声音，羽蓝默默穿上衣服，看着凉城的表情破碎而哀伤，她的心已经龟裂成片，她想，不必再哭了，纵使眼泪成海，你也配不上，他的纯净。

那些激情，曾经来过吗？

那些幸福，只是指尖残梦吧！

凉城呆呆地看着她消失于门口的背影，突然反应过来，凄然一声大叫：

“蓝蓝！”

羽蓝站住，柔弱的背影几乎被夜吞噬，凉城凄怆怆地唤她：“蓝蓝，可是我爱你，所以……我不在乎。”

“不在乎你当初为何要走，不在乎这七年你都做了什么，甚至不在乎你现在爱我的心，究竟有几分，我只知道，要和你在一起。”

“我只要你。”

羽蓝转过身，看到年轻的凉城站在那里，如远古世纪皎洁的美少年，眉眼温柔，波光纯净，浑身散发出一种如月般皎洁的柔和光芒，他伸开手臂，冲她微笑：“蓝蓝，来这里。以后，我来保护你。”

这句话，再次要了她的泪。多么幸运，上苍的恩厚在于它给了她一个凉城，一个这世间任何人任何事都无法取代的男子。她像小鸟一样扑过去，在他宽阔而炽热的怀里，泪，无尽交融。

幸福有时，只在一念之间。

第29章　不是丢了你，只是难以释怀那过去

“铃铃——”

“铃铃——”

一大早，房子的门铃便被人摁得巨响，凉城疲然睁眼，手臂却圈了个空，蓝蓝呢？

他腾地坐起来，顾不得穿鞋就在房子里找了一遍，她怎么不在？

她怎么会走了？

凉城懊恼地骂了句该死，匆匆回去穿衣，又被门铃催得紧，憋着火去拉开了门。

“几点了才起床？我猜你就躲在这儿。”果然是，程天蔚。

他语气平常地盯着尚未洗漱的凉城，径自进门，从鞋架上取了拖鞋，弯腰换上，然后抽抽鼻子，笑道：

“昨晚她在这儿过的夜？”

凉城脸有些红，支吾道：“没……哪有。”

程天蔚毫不客气地坐进沙发，凉城递给他一瓶水，他拧开咕咚喝了几口，把手里的晨报撂到桌边，笑道：“从小到大，你什么心思瞒得过我。羽蓝呢？还没起？”

凉城索性也不瞒他，浅浅酒涡露了一露，轻笑道：“可能出去买早点了，我打电话问问。”

他回卧室给羽蓝拨电话，刚拨通，她的手机便在床头响起，这粗心的丫头，出门竟忘了带它。

床头柜上压着一张便笺纸，羽蓝的字依然龙飞凤舞：

亲爱的，如果你醒来可以吃到我亲手做的爱心早餐，应该是件不错的事。

我去超市大采购，你乖乖等着哦。

爱你的蓝

凉城甜蜜地笑起来，挑了件浅蓝的条纹衬衫，咖色长裤衬得挺拔的男子愈发风神如玉，他走到客厅，看到程天蔚一脸悠闲地坐在沙发看报纸。

“哥这么早过来，有什么事吗？”

程天蔚的表情有些奇怪，眼神却仍是亘古不变的冷淡漠然：“邱小清昨天跳楼了。”

凉城的脑袋轰地一下，不可置信地惊道：“情况怎样？”程天蔚摇摇头，把手里的报纸扔给他，棕褐的眼波像一汪古井，看得人心慌。

“沐旭集团总经理订婚宴上携旧爱私逃，新娘悲愤欲绝跳楼未遂。”

“现在的新闻记者果然不可小窥，一夜之间，你和沐旭举国闻名。这是今天的报纸，报道经过远比小说电视精彩，你有兴趣可以自己看看。”

程天蔚翘着腿悠闲倚在沙发上，唇角微衔一抹嘲讽。

凉城匆匆扫了一眼，巨幅照片配醒目标题，身着礼服的邱小清站在酒店阳台上，一脸悲愤。

“她到底怎么样了？”

没想到事情会这么严重，凉城丢下报纸面色紧绷。

程天蔚拍拍他的肩：“放心，她没事。警局出动了一半警力，加上楚董的极力劝慰，她终于从十九楼安全退下来。”

凉城松了一口气，颓然地坐进沙发，手边的报纸也无心细看。

“爷爷……他反应如何？”

试探地问，其实不用想也可以猜到他的暴跳雷霆，凉城扶额，感觉有些头痛，这个羽蓝怎么去这么久？

“老爷子倒是临危不乱，不仅劝住了邱小清，这批报纸……”他捣捣桌角的晨报，看了下腕表，“九点以后尚未流通的，估计不会再面市了。今天起将有大篇幅的连续报道为沐旭集团作宣传专题。为了避免清远借机造事，老爷子这次给媒体的投资可是发了狠力。”

凉城滞了一滞：“关清远集团什么事？”

程天蔚扯着嘴角笑：“凉城啊，你说你还是不是沐旭集团的总经理，连清远这么个强势的竞争对手怎么也不关注呢？方清远那个老家伙跟盯猎物似的盯着沐旭的一举一动呢，稍有不慎就会被他抓住把柄大做文章，现在地产行业竞争激烈，客户看的不光是商家的实力，更看重行业名声和信誉。”

“喜欢谁跟谁订婚是我个人的事，跟沐旭没关系，老爷子要是觉得我不配总经理这个位置，大可换人，我拱手相让，乐得清闲。”凉城不以为然地拿了瓶水，喝了几口，笑道，“我看你这个医生倒是更适合从商，不如你来沐旭主持大局，我找个深山老林，跟蓝蓝隐居去。”

程天蔚的眼皮突然跳了跳，他显然没料到凉城会这样说，顿了一下，有些微尴地笑道：“胡说什么，你才是爷爷的亲孙子，我又不姓楚。”

“爷爷一直没把你当外人，我也是。”凉城舒展眉头，殷肯道，“我跟蓝蓝在这儿的事，你没跟别人说吧？千万别让邱小清和爷爷知道了。当初特意在这留了套房，就是想心烦时候找个清净。”

“我当然明白。不过……”程天蔚顿了一会儿，叹气道，“凉城，作为大哥我想劝你几句，你和羽蓝，还是算了吧，你们不合适。”

凉城瞪大眼睛，一瓶水重重砸到桌面上，冷笑道：“原来你是做说客的。哥，真没想到连你也这么说。”

“别激动。”他按住他的手背，表情恬淡，“你和羽蓝从小到大，你们感情深我都看在眼里，可是……七年了，你们都长大了，且不说当初是她抛你而去，单看如今，她在日本生活七年，她经历过什么，变了多少，现在的羽蓝是怎样一个人，你根本不了解。你爱的只是记忆里的羽蓝，从七岁到十七岁的羽蓝……”

“哥。”凉城打断他，“她没有变，不管她经历什么我只知道我爱她，这就足够了。”

程天蔚点了一支烟，猛吸了两口：“你还是这么犟，会吃亏的。”

凉城摇摇头：“她能骗我什么呢？自她从日本回来，我已经让她受了那么多折磨，够了。哥，我也不想再折磨自己了。我跟蓝蓝和好，难道你不觉得欣慰吗？”

烟，突然呛到喉咙，程天蔚使劲地咳了几声。

讪讪地干笑，他又拧起眉：“可是凉城，你忘了妈是怎么死的？”

程天蔚的表情顷刻变得伤感：“婉荷阿姨虽然不是我生母，但在我心里，只有她才是我的母亲，她给了我温暖和呵护，所以谁害死了她，我绝对不会原谅!”

目光濯濯地望着凉城，程天蔚把一只手搭到他肩膀上，说：“凉城，你是她的亲生儿子，也是她唯一的挚爱牵挂，你怎么可以……忘记妈的耻辱和仇恨呢？孟碧云当初……”

“哥，不要再说了。”凉城的脸色已经变得灰败，他垂下鸦黑的睫毛，喃喃说，“妈的死，跟羽蓝无干，那是……上一代的恩怨。”

程天蔚霍地站起来，在烟缸里狠狠摁灭烟头，冷笑道：“好，你宽怀大度，你能释怀忘记相泯恩仇，但我不能！我会永远记得，是谁害得我们家破人亡！凉城，你等着好了，等着做害死你母亲的仇人的乖乖新女婿好了！”

他愤然离开，留下凉城怔怔坐在沙发里。

又过了一个多钟头，羽蓝依然没回来。

凉城心里乱糟糟的，过了一会便带上钥匙、手机下了楼，到附近唯一的超市里，前后找了半个多小时也不见她的人影。问了问商场保安，说是一早顾客并不多，却从没见过他说的年轻女孩。

额头一下沁出汗来，难道她被坏人绑架了？还是临时出事走了？

他怕她已经回房子，忙又赶回去一趟，却终究失望了。

一大清早，他竟莫名其妙地将她丢了。

凉城握着那枚小纸条，她的字迹依然是七年前的潦草飘逸，他前前后后想了许多，心里突然涌生出不安的预感，她会不会出了什么事？

他将她的手机装进兜里，然后出门去找苏浅微，她是羽蓝最好的朋友，如果她回家的话，或许她能知道点消息，当他把车开到苏浅微楼下然后给她打电话的时候，偏巧遇见黎少白从楼梯口下来。

"凉城？"黎少白迎过来惊讶地笑起来，"我们以为你和蓝蓝这么一跑，一定远走高飞了，怎么又回来了？"

黎少白朝他竖了大拇指："真男人，真性情，凉城，你是我榜样。指不定哪天我也学你，牵着自己喜欢的女孩私奔一把……"说着目光抬起望向苏浅微楼上的窗台。

凉城顾不得与他谈这些，急急说："蓝蓝不见了。一大早她去买早点，到现在也联系不上。你们有谁见过她么？"

苏浅微也恰好从楼上下来了，听到他的话，忙插言道："蓝蓝倒是没见，不过昨夜里蓝蓝妈妈犯了病被送医院了，会不会她一早听说然后去医院了？"

几人一路赶到医院的时候才知道，孟碧云已经出院回家了，昨天夜里她突然血压升高浑身抽搐，因为羽蓝关机，所以孟碧云的继子杨林就给苏浅微打了电话。苏浅微帮着忙活一夜之后刚回到家，本以为孟碧云会留在医院住院，没想到竟然被人接出院了。

"病人病情稳定了么？怎么可以不住院？"

苏浅微嚷着追问昨夜里给孟碧云接诊的医生，五十多岁的医生扶了扶镜框，叹息道："度过了危险期，当然能住院治疗最好，但是病人家属坚决要求回家治疗。"

"为什么？"

"想必是嫌住院费太贵吧，病人儿子一听我说要住院观察，问了问费用，一大早就把病人接回去了。"医生无奈地说。

"这个杨林，真不是东西！"苏浅微愤愤骂道。

"住院费需要多少？"凉城问。

"首次需要两三万吧。"

三人走出医院，黎少白揉着眉头，忽然打了个响指，说："蓝蓝一定在杨家，不如这样，微微和我去一趟杨家，找找羽蓝，顺便把孟阿姨接到医院来住，姓杨的咱们甭理他。"

凉城摇头道："还是我去找吧。"

"你还是先去处理你家的一摊事吧。"苏浅微叹息道，"昨天邱小清站在十九楼气壮山河可歌可泣的一幕你是没有看见，还有你家老爷子，年岁大了，别再被你气出什么事来。赌气是赌气，你还是先回去看看。蓝蓝这边，我们帮你找。”

凉城蹙紧了眉头，思量多方只好点了头。

“好，那就麻烦你们了。”

他回了车里，临走时苏浅微唤住他：“凉城，既然决定和她在一起，就请坚持，不管别人说什么。请一定，相信她。”

相信她。

是啊，羽蓝，无论你在这七年里，有过怎样的经历，我都会选择，相信。

相信我们的爱，相信你。

第30章　城，为她而待

凉城回到家，乳白色的别墅在阴霾的天空下沉郁寂寥，铁栅栏里的玫瑰大片大片地盛开，他穿过湿雾弥漫的花园，保姆阿丁迎上来说："爷爷去了风园，他说他在那里等你。"

风园，是楚林远为纪念因车祸身亡的儿子楚风而修建的一处别宅，肃穆沉静，种了许多香樟树，每次楚林远从台北过来，都要在风园住上几天。

凉城疑惑的是，为什么爷爷就那么有把握他还会回来？

他在风园的中厅里看到闭目养神的楚林远，身穿真丝对襟大褂，黑布裤，微微灰白的双鬓，眼角处皱纹堆积成岁月的形状。

"你回来了？"

他没睁眼，却已辨出凉城的脚步声。

"爷爷，我错了。"

他乖巧地主动认错，楚林远睁开眼，眼底明显有意外，继而是舒心的笑容："罢了，准备了一肚子话，被你一句全部打了回去。凉城，我的好孩子，爷爷从来不想委屈你。"

凉城的眼神憔悴而淡漠，他心里焦急却又必须维持表面上的平静："爷爷，你能不能告诉我，羽蓝现在在哪里？"

楚林远坐在藤椅中，手里刚刚捧起一只宜兴紫砂杯，茶到唇边却停住了。

夹杂几根寿眉的浓黑一凛，他朝凉城射来犀利的目光，数秒之后，他哈哈大笑："爷爷老了，你的话我竟听不懂了。不过，容爷爷问你几个问题可好？"

凉城双手插兜，立在一株香樟树下，头顶是阴凉的风呼啸而过，他抿唇低头，看着皮鞋的脚尖。

"您问吧。"

楚林远搁下凉透的茶，面目冷肃："你跟那个羽蓝一起长大，你曾经很喜欢她对不对？"

"对。"凉城答得毫不犹豫。

"后来她为了个人前程抛弃了你，独自去了日本，对不对？"六十几岁的楚林远声音宏厚，震得凉城的心头发颤。

"羽蓝她……大概是有苦衷，也许她并非为了前途……"当初他恨她薄情寡义一走了之，如今却要为她找百般借口，即便是自欺欺人，他仍情愿认为她七年前的离开是委屈无奈，是迫不得已。

冷笑一声，楚林远的目光亮针一般："大概……也许……这些词，不该出现在楚氏儿孙的口中，我楚林远的血脉，定是说一不二，是就是，不是就不是，像你这样优柔寡断、出尔反尔，如何接撑楚氏家业？"啪地一声闷响，他的掌拍在木几上，紫砂杯被震倒，一骨碌跌倒地上，碎掉了。

凉城的眉心神经被震得突突跳了几下，头有些痛，他向前几步，屈膝伏到楚林远腿边，十分肯挚地唤了声："爷爷。"

眼底泪花闪闪，他说："您选择在风园见我，我很开心。因为你常常想念爸爸，当年他为了和心爱的女子在一起，连命都丢掉了，爷爷，我相信您不会让我和羽蓝重蹈爸妈当年的覆辙，对吗？"

楚林远蓦然被触到心头的痛，眉头猛动，险些跳起来给他一巴掌，猛喘了几口气，老人重重地叹了口气："凉城啊凉城，我们楚家素来以诚立事，你和邱家的联姻，整个地产商界都已传开了，如今你突然反悔，让爷爷这张老脸往哪儿搁？"

"联姻？"凉城有些奇怪，一向严谨的爷爷为何会用这个词，他和邱小清的婚事是几个月前由楚林远提出的，当时他对羽蓝已经由怨化成了深深的恨，他想自己应该彻底忘掉她，然后跟无数女孩交往，他楚凉城不稀罕一个无情无义又疯又丑的坏丫头羽蓝……

半年前楚林远从台湾回来看他，突然提出要为她介绍女朋友，凉城以为他介绍的，不是豪门千金便是官家名媛，没想到见了面才发现是同院长大的邱小清。当时他就笑了，多少年过去了，以为能手牵手走一辈子的人，像落花，远在天涯，而曾经不屑一顾的女子，如今却被命运这双手牵扯到自己面前。

他不要世间任何一个女子明亮耀眼过他的羽蓝，而幸好，邱小清是普通的，没有煊赫家世，没有夺目面容，他跟她在一起会感觉安全，安全到他可以牢牢地固守着那片岛。那座城，那城里，自始至终，住的只有一个人。

他用质问的目光惊讶望着楚林远，老人长叹一声，拍拍他的肩膀："邱东石，这个名字你不陌生吧？"

邱东石，房地产业大亨，且莫说在小小的T市，便是放在全中国，他的名字也是响当当。凉城皱了皱好看的眉头："据说他祖籍在这里。"

"对。邱小清就是他的亲侄女。"

凉城的脑袋轰的一炸，他愤然站起身，双手握成拳，脸因为生气而微微泛红："爷爷！你为什么不早说!"

原来他竟像场笑话，原来他在不知不觉中充当着任人摆布的商业筹码的角色，他感觉到无比愤怒和耻辱，但楚林远仿佛毫不在意，他缓缓从藤椅中站起来踱了两步，嘴角噙着一抹深意的笑："你要想羽蓝没事，就乖乖做沐旭的总经理。小清去外地散心了，等她回来，你们好好聊聊。"

"我跟她没什么可聊的。"凉城别过头，语气硬邦邦。

楚林远轻哼一声，打开竹帘子就往卧室走，凉城又慌了，追上去，声音焦灼："我知道蓝蓝在您手上，爷爷，千万不要伤害她！

心高高地揪起，短短数年商战，凉城深知楚林远的狠绝手腕，羽蓝落到他的手里，究竟会怎么样？

他揪住楚林远的衣袖，孩子般无助："爷爷，我真的很爱她，你把羽蓝还给我好不好？"

"想见她的话，等小清回来，带她来风园找我。"

楚林远甩下一句话，扭头进了卧室，一幕竹帘将他隔绝，凉城站在门外发了一会愣，拔脚就跑。

边跑边给邱小清打电话，可是该死，她的手机为什么一直无法接通？

凉城懊恼地把手机扔进座椅里，开着车一路往公司狂驰。

沐旭大厦的顶层办公室，凉城与那些衣着鲜亮的职场男女们纷纷擦肩，员工们来不及问声楚总好，就见他风一般穿过人群，直直往市场部办公区奔。

"邱经理呢？"他推开门，气喘吁吁，汗顺着漂亮的鬓角滑下，目光濯亮深涌。

"邱小清呢？"声音提高了些，众人仍是愣愣的，因为从不曾见他们的楚总有如此不淡定的时候。

"休……休假了。"市场部副经理好半天才站起身，磕磕巴巴地说。

"该死。"低低咒骂一句，凉城摔门即走，把异样的眼光和议论纷纷关在了身后。

爷爷说，要想见到羽蓝，必须带邱小清去见他，这个该死的女人，原来竟是早有预谋。

出了电梯，凉城的脸阴的好像暴雨来临前的天空，刚走了几步就听到迎面过来的人在叫他：

"楚总？"

抬头，看到一张并不喜欢的脸，方起嵘温文尔雅地笑站在他面前，身后跟着设计部的几个员工，手里面拿着一沓图纸。

"真是惊喜，没想到楚总这么快就来上班了。"他言有所指，凉城如何不明白？冷冷对视一眼，碍于有员工在面前，凉城不愿多说，"嗯"了一声就往前走。

"楚总。万山别墅的设计已经初步完工，你需要看一下吗？"

"改天吧。"

"可是动工时间不能拖延，董事长说过此事由你我负责。"方起嵘锲而不舍地跟上来，凉城淡淡道："我相信方设计师的才能。"

"谢谢楚总谬赞。不过，工程设计不是小事，一旦出现问题的话，这责任我只怕承担不起。”方起嵘似笑非笑地扬扬手里的图纸。

凉城的忍耐已到极限，他冷冷盯着他：“怕担责任就最好闭嘴，做好你分内的事就行。”

方起嵘眼神愈发深重，大笑道：“楚总今天心情不好，看来我是撞到枪口上了。工作的事咱改天再谈……”转眸看了眼等在电梯口的两个下属，“你们先上去，我和楚总有话要谈。”

凉城沉着脸走出大楼，方起嵘一直跟上来，在身后悠悠道：“听说你把羽蓝丢了。”

停下下台阶的脚，凉城的怒火又要被他撺掇起：“关你什么事！”

“我是以羽蓝朋友的身份在和你说话，她是我喜欢的女孩，我当然要关心她的安危。”他站在比凉城高一级的台阶上，目光挑衅，“如果你保护不了她，楚凉城，请趁早放手，能对她好的男人，天底下不是只有你一个。”

话音刚落，凉城一拳扬起落到了他的脸上，冷冷收回手，凉城说：“早说过让你闭嘴的。”

方起嵘站在晚风里，看着凉城的车像鱼儿游进了大海，转眼消失不见，犹自流血的唇角浮起一抹阴郁的笑容。

整个晚上，凉城都在寻找，寻找邱小清，更为了寻找羽蓝。

从没想过，七年后他还会有这样的焦灼，就像她当初留下寥寥数语就出了国，他疯子一般跑遍T市的大街小巷，跑遍他们曾经留下过足迹的每一个角落，明知她已不再，却固执地一遍遍寻找。

幸好今天，她回来了。相望天涯之后，终于十指交握，终于能够将彼此的泪水融在一起。

可他却将她丢了。

找到邱小清的家，邱家人压根儿不晓得邱小清休假的事，反而为他昨天在婚宴上带着羽蓝离开的事责怨了一大堆，邱妈妈一把鼻涕一把泪地诉说怎样在亲朋好友前丢尽了颜面，凉城费了好大的劲儿才脱身出来，而这时已是万家灯火。

城市的天空，星辰稀寥。他将车开到一处人迹稀少的高架桥边，从车里出来时，风很大。他扶着桥栏，抽了一支烟。

平时很少抽烟，他被呛得咳嗽了几声，旷野的风像他的心情，凌乱而迷茫。

烟抽到一半的时候，他接到一个电话，瞥见屏幕上闪烁的名字，他一个激灵：是邱小清！

“邱小清，你在哪里？我要见你！”

“亲爱的，你想我啦？”邱小清细细笑着，婉转的嗓音像慵懒的歌唱，“坐了几个小时的飞机，好累哦。凉城，我想你了，真想让你替我捏捏肩……”

“你到底在哪儿？”没半分耐心听她撒娇，凉城被风吹得咳嗽了几声，“明天太阳升起之前，你最好出现在我面前，否则你永远别再想回沐旭，也永远别想再见到我！”

说完他戛然收线，指尖残留的烟味让他胃里很不舒服，一天没吃东西了，他被冷风一吹心口痛得他弯下了腰，偏这时手机又响了，他看到一个陌生的号码，犹豫了片刻，接起。

“凉城——”

两个字让他立刻精神起来：“蓝蓝，你在哪里！”

听筒里变成了嘟嘟的忙音，通话中断了，他慌忙回拨过去，可再也没有人接。

第31章　星光下的香樟树

羽蓝就在风园。

初初接通电话，便被打断了。海伦婷婷袅袅地推门进来，妆容精致的脸上挂着轻笑：

“羽小姐，今晚夜色不错，有人邀你一起看星星。”

美目扫过她仓皇转身掩住的座机电话，海伦轻手挽过羽蓝胳臂走至门口：“闷在房里一天了，出去呼吸一下新鲜空气。后院第九棵香樟树下，有人在等你。”

谁，谁来看她？

羽蓝怔怔地被她推出门，身形顿时跌入风园清凉如水的夜色中，树影婆娑，星光微弱，她踟蹰地挪着脚，心中如深雾弥漫，一片暗沌不清。

不久前的一瞬，凉城的声音听起来，还那么远。

她走在并不熟悉的风园中，香樟叶被风吹得微响，良辰美景，恰似年轻女子于月下赶赴一场约会。

没有数究竟是不是第九棵香樟树，总之当羽蓝满怀奢望地以为那个等他的是凉城的时候，一个男人出现了。

他从某棵树下走来，披了一身薄薄星光。

“羽蓝。你还好吗？”

她的脚凝固在原地，不是他，真的不是他。

羽蓝突然无比无比地思念凉城，她茫然地望着眼前微笑温雅的男人：“我没想到是你。”

羽蓝很失望，直直盯着他，双眸里却似没有焦点。

方起嵘握住她的手，蹙起眉尖用很心疼的语气轻声说：“羽蓝，我喜欢你。”

云朵移来，寥寥星辰隐去，在世界仅余的暗弱光线中，只望得见男子湛亮的目光，带着灼人的温度。

羽蓝往后退了一步，在黑暗中苦笑起来：“所以昨天你一直跟踪我们，所以我今早一下楼，就被你派人绑到这里，关起来……方起嵘，相识六年，我才明白，你对人的喜欢，原来是这样表达的。”

“你错了。”他紧了紧握她的手，在香樟树下，有一片叶子顺肩扑簌而下。

方起嵘目光沉定，嘴角含着看不透的笑：“关你的人，是楚林远。凉城的爷爷不会允许你们在一起。”

往前走了几步，他放开她手，从兜里摸出一支香烟点上，说：“这座风园，是楚林远为死去的儿子楚风所建，当年，楚风为了跟婉荷继续一段不被接受的恋情，终究丧了命。如今，我想你不会愿意看到楚老爷子再为他的孙子，修一座‘凉城’吧？”

极其平淡的声音随着一口薄烟的袅袅吐出，羽蓝被竦得身子一颤，刹那间竟似隐约看见方起嵘唇边浮起的阴郁和残忍。

“你和他们……是一伙的。”

羽蓝吐出这句话，觉得十分委屈，她一直视为好友的人，怎么变成这样了？

冷漠、自私，残忍。

她扭头就走，踩着几片落叶，突然听到前面传来激烈的争吵声。

海伦强韧又无奈地一个劲儿地重复：“别闹别闹，哪有这个人？今晚老爷子吩咐我在这儿守园子……”

“我的感觉不会错，她一定在。你告诉爷爷，我找到邱小清了……明天一早我跟她一起去见他，你让我进去，我只进去看一眼……”

清澈的声线迫切地钻进羽蓝的耳中，她呆住，继而醒过来，拔脚就往声音的来源跑。

原来相爱的人，是真有心电感应的，不停地想着念着一个人，而他无论相距多远，终究会跨越千山，跋涉万水，与你重会。

影子找到了身体，躯壳找到了灵魂，羽蓝飞快地在暗夜里奔跑，穿越那些高大的香樟树，听到脚步匆匆的声音。

他们撞在一起，她抱住了他，紧紧地，热烈地。

不会是做梦吧，不会梦醒了，一切再次失去吧，从他在订婚礼上牵着她逃走那刻起，所有的甜蜜悸动悲伤和别离，都好像一场凌乱的梦。

她不愿醒，在他被风吹冷的怀里泪水肆意："我在这里。"

"蓝蓝，蓝蓝，真的是你。"凉城紧紧抱着她，又怕太过用力，揉碎了失而复得的宝贝。

海伦宝蓝色的身影出现在眼前，栗色卷发掩映下秀脸懊恼："你们这两个孩子，老爷子特意交代过他不在时决不能让你们先见面的，凉城你……哎。"

凉城抿唇，守护怀中女子的姿势愈发警惕。

"啪啪"，空气中传来两声清脆的击掌，方起嵘气定神闲地走上来，抱臂打量着相拥的男女。

"果然情深不渝，两位果然都是情圣级别的人物，可是羽蓝，先找到你的人，不是我才对么？我只牵了你的手，可你却给了他拥抱，我感觉很不公平呢。"

"你想要公平？"凉城的目光顿时冒出火，他牵羽蓝的手还这么嚣张，看来傍晚那一拳给他的记忆还不够深刻。

他松开羽蓝将她轻轻推到一边，朝方起嵘轻笑："不如今晚就给你个公平如何？"凉城挽起衬衣的袖管，淡淡的月光下，面容俊美如中世纪的希腊雕塑。

方起嵘挑眉而笑，毫无惧色："怎么，想比划几下？"说着松松领带，似是随口道，"许久不练，筋骨几乎生锈了。"

凉城怒意更盛，冷冷一笑，一勾拳伸过去，未料及方起嵘身形灵活，迅速偏身竟躲了过去。

羽蓝心知方起嵘是跆拳道黑带九段，生性好静的凉城只怕不是他对手，果然一通乱打下来，凉城的脸上已挂了彩。海伦一边嚷着这两傻孩子，一边瞪大双眼看得起劲，分明一副看拳击现场赛时的兴奋表情。

“方起嵘！”羽蓝大叫起来，不得不插进两人之间，伸臂将凉城护住。

她愤然地盯着他：“方起嵘，请你听清楚，我只拿你当好朋友，请你不要再这么做了。我爱的人，从小到大，从生到死，只有一个……”她缓慢转头，眼神脉脉如水，唤到他的姓名，心头便漫开一层温泉似的甜柔，“他的名字叫，楚凉城。”

风园寂静，有夜里不眠的小虫蠢蠢而动，叶尖沙响，良久之后，方起嵘发出一声哧笑。

既短促，又苍凉。

他的身影，终于消失于夜色中的香樟林。

眼睁睁看着凉城和羽蓝跟浑然一体似的黏着，海伦叹了口气，说：“呐，我不管了。你们这样，我只好当什么也没看见。明天老爷子审问，我也只说什么也没见。到时出什么事，你们担着。”

夜深了，海伦打了个呵欠摆摆手道：“我要睡了，凉城，你要走现在就走，不走的话就在这待到明早，总之这丫头你得给我留在园里。”

“我留下。”

“随你便吧。阿庆，锁大门。”

海伦回去了，清凉的石子小道上，凉城带着一身的伤郁郁不平地问羽蓝：“那家伙来风园干吗？”

“邀我看星星。”羽蓝轻快地答，含笑仰起脸，夜幕云开雾散，星子如银洒开，凉城的眼角乌青，唇边发紫，俊脸被那一架打得斑驳不堪，眼底满是心疼，嘴上却嘲笑道，“没本事还打架，快被人打成猪头了。”

“你敢说我？”

凉城掐住她的腋下，使劲一挠，羽蓝咯咯笑起来，他趁机将她抓回怀里，月光下深深吻上她的唇。

“蓝蓝，我们离开这里吧。”

“去哪儿？”羽蓝将脸埋在凉城的胸口，他枕着自己的一只手臂，另一只手搭在羽蓝柔软的腰上。

“去哪儿都行，只要离开T市。去一个谁也找不到的地方，只有我们俩。”

“好。只有我们俩。”羽蓝觉得，凉城描述的简直就是她的理想蓝图。离开这个曾带给自己无比伤害的城市，离开那些不愿想起的人，跟心爱的男子寻一个世外桃源……其实也未必非是桃源地，哪怕凄风苦雨，只要跟着他，一切都无足轻重。

凉城在她发间轻轻亲了一下，语调温柔：“天一亮，我们就要想办法离开风园。等爷爷来就晚了。”

房间的窗帘是银蓝色的，在微风轻摇树影的窗台，宽阔的银蓝涟漪荡起来，似波光柔软的大海，羽蓝有些紧张地握住了他的手，凉城想了几秒，又说：

“不行，还是现在走。我怕再晚我们会走不掉。”

“你不是说爷爷答应等你把邱小清带到他面前，他就让我们见面么，邱小清你不是也找到了吗？”

羽蓝紧张地望着他。

凉城坐起身，替羽蓝拾起散落在床头的内衣和裙子，脸上有一点微红：“先穿上吧，这个地方不好。到处是爷爷的人。”

羽蓝的脸也红了，忙低头接过内衣转脸去穿，凉城也迅速穿好了衬衫和裤子，因为怕被人发现，所以房间的灯一直没开。羽蓝穿文胸的时候，背上的搭扣一直扣不上，急得她鼻尖直冒汗，突然一只手温柔地覆在了她的手背上，凉城的呼吸暖暖地喷在她的颈窝，他替她轻轻地扣好了内衣，指尖克制又流连地拂过她的肩头，长吁一口气：“走吧，蓝蓝。以后……日子很长。”

他们溜出房间，星光在深夜的云层里渐渐隐去，唯有香樟树发出轻微的沙沙声。羽蓝从来不知道，原来半夜里，路竟是白的，风园的小径很长，却像海面上一条舒直的月光。她在凉城的牵引下，脚下几乎没有任何牵绊，所谓浓稠的黑，此刻全被他的呼吸稀释，这一刻的世界，只有光明，无限光明。

她将用余生所有的时间，来记得这一夜的香樟和白路。

风园的大门已锁，凉城领着她悄悄转过海伦晚上住的主厅，绕到后门去，正欣喜于无人守门，可以踩着花圃翻墙，就听到一声低吠，接着一个高大的白影窜出，猛地扑到羽蓝腿边，她吓得差点叫出声，凉城捂住她的嘴，忙将她拉到怀里，弯腰叫道："雪儿！回去！"

微光下，一只通体洁白的高大雪獒抵着凉城的裤腿磨蹭，他拍拍雪獒的头，它便听话地往旁边的一间小房去了。

羽蓝拍拍胸口，低叫道："吓死我了。"

"没事，雪儿很乖的。它一直在风园守门。"后门依然挂着大锁，凉城打量了一下接近两米的围墙，想了想，走到墙边弯下腰，指了指自己的肩膀。

"上来，你踩着我的肩膀先上到墙头，等我翻过墙后，你再踩着我下去。"

羽蓝愣住："这……怎么行？"

"别啰嗦了，小时候你不是挺在行吗，每次体育课翻操场的围墙，不都是踩着我的肩膀出去的么，快点！"凉城歪头一笑，黑暗里眼睛似濯石般明亮。

"呜呜——"低低的声音伴着毛茸茸的触觉让羽蓝又险些跳起来，仔细一看竟是那只雪獒，它围着她蹭着，嘴里叼着一串明晃晃的东西。

"钥匙，后门的钥匙！"凉城惊喜地走过来，从雪儿口中拿过钥匙，开心地揉了揉雪獒漂亮的脑袋。

"准是它趁阿庆睡着时偷出来的。蓝蓝，走！"

天亮的时候，羽蓝在凉城的肩头醒来。

这是一家咖啡馆，有很足的暖气，清早的太阳从东方升起，橘红的霞光透过玻璃窗上的薄雾映照到脸上。

凉城还没醒，羽蓝隐约想起昨夜从风园逃出后，因为不敢回家，住酒店又需要身份证，他们在街上晃荡到快天明才进了家通宵营业的咖啡馆。

她不敢动，想让他多睡一会儿，可一阵铃音敲碎了凉城的梦境，他醒来活动了下肩膀，从身上取出手机，才发现是羽蓝的在响。

凉城把手机递给她，羽蓝接住的瞬间看到来电的名字，手，僵住了。

过了很久才麻木地接起来，羽蓝惴惴不安地喂了一声，程天蔚的声音很是淡漠：

“我知道你不想听到我的声音，现在的你，正在和凉城私奔的路上吧？”

羽蓝没有作声，悄悄看了凉城一眼，他也从口袋里拿出了自己的手机，正在摆弄。

程天蔚又说：“怎么，你不敢说话？怕凉城知道我们的事？”

他有些得意地笑起来：“羽蓝，我需要马上见到你。不来的话，你也许会后悔哦。”

羽蓝啪地挂了电话。

凉城刚打开手机便收到邱小清的短信：不是要见我么，你人在哪儿？我已到风园。

既然已找到羽蓝，他便不想再理会，去他的地产大亨侄女，去他的经济联姻，哪怕现在让他娶总统的女儿，他不会多看一眼。

另一条短信紧跟着过来：来吧，先别忙着私奔，带羽蓝一起过来，我带了件宝贝给她，她见了保准欢喜。

凉城有些懊恼地关了手机，羽蓝也握着电话呆呆坐着，他招手叫来侍者，要了点心和咖啡，把她有些冰凉的手指捂在掌心，问：“谁的电话？怎么了？”

“一个……同事的。让我去医院上班，真是神经病。”羽蓝扑扇着睫毛撒谎道。

凉城淡淡笑笑，喝过了咖啡，他思索片刻，拉她起身：“我们去银行，既然要离开这儿，得在爷爷冻结我的账户前，转一笔资金到你的卡里。”

“不，不用。”羽蓝一听他要为自己的卡里打钱，忙摆手制止，凉城笑着捏她的脸：“也是为我们以后打算啊，离开T市和沐旭，我们要有重新开始生活的资本。我也不想你跟我受苦。”

早上的空气有些冷，羽蓝被凉雾侵得有些咳嗽，好容易等到银行上班，她趁凉城在里面办理业务的时候，站在门外给程天蔚拨了电话。

他的语气里，全是十拿九稳："我去接你，还是你自己过来？"

羽蓝气得直哆嗦："程天蔚，你为什么一直阴魂不散！你究竟想怎样？"

程天蔚冷冷笑道："我就喜欢对你阴魂不散，我就喜欢缠你。羽蓝，我想的事很简单，那就是你……离开凉城！你配不上我的弟弟。"

"你休想。"羽蓝也冷冷地坚定地回应他。

"啧。非逼我把七年前你我的事告诉凉城，你才肯罢休么？只怕到时你后悔都来不及。"

"卑鄙！程天蔚你个混蛋怎么不去死！"羽蓝牙关发抖，恨不得冲过去掐死他。

"祸害活千年。"程天蔚阴阴地笑起来，"何况我是起死回生的大夫。羽蓝，你要真不来见我，这辈子你只怕就见不到孟碧云了。"

第32章　他们，都有个可笑的奢想

凉城从营业大厅出来，脸色有些发白。

羽蓝没留意到他的神情，只立在一棵树下发呆，他微笑着拍了下她的肩膀，竟将羽蓝吓了一跳。

“有点麻烦呢。”凉城笑着皱了皱鼻子，好看的脸廓更显憔悴。

羽蓝将头顺势靠到他胸口：“没关系，没关系。我们快走吧，这里我一天也待不下去了。”

她失神的呢喃令凉城有些担忧，他低头吻了她的眉头：“我有个大学好友在苏州，你不是一直喜欢江南吗？我们去那里看小桥流水。”

羽蓝瑟缩着身子，手指在他温暖的掌心中慢慢恢复了温度。

“凉城，我想……我想临走前去趟医院。我妈妈病了……”她矛盾地望着他，凉城轻“呀”了一声，懊悔道：“对不起，我忘记告诉你了，现在少白估计已经把你妈妈送到医院了。是该看看她……但……”

他锁住了清秀的眉，两人都在犹豫，一旦回去，很可能再次被楚林远发现。

羽蓝将嘴唇快咬出血来，凉城看着，温柔地叹了口气，握紧她的手：“我陪你回去。我相信，只要我牵住你，没有人能分开。”

他们一起回到医院，在大门口恰好碰上慌慌张张的黎少白，他拿着一叠单据，正满脸火大地卷着衬衣的袖子。

“少白。”凉城喊他。

黎少白抬头看到他俩，一拳头砸到凉城肩上，又生气又欣慰地道：

"你们俩怎么回事，集体关机！我手机都打没电了，也联系不上你们，快快，蓝蓝姐，快去签字，阿姨急着动手术！"

他扯过羽蓝急急就跑，嘴里还嘟囔道："你那继父的儿子杨林，可真不是东西。我几乎是把你妈妈从杨家抢出来送到医院的，她脑颅淤血那么严重快压迫到视觉神经了，杨家竟不让阿姨手术，不出钱不说，还拒绝家属签字，太过分了！"

一路飞奔到手术室外，羽蓝签了字，然后看着手术室的灯变亮，她坐在走廊的长椅上，心底一片茫然。

大片大片的空白弥漫，她的思绪在这一刻是空洞的，凉城什么时候坐到她旁边，她不知道，只是下意识地把手放到他的手心里，紧紧攥住他的指头。

中途凉城让黎少白带他去了一趟医生室，问了些孟碧云的病情，交了医疗费，又将黎少白之前垫付的钱还给他。

黎少白笑着捶他的肩膀："别来这一套。你留着，跟蓝蓝姐以后用处大着呢。"

凉城把那沓不薄的钞票轻轻塞进他的衬衣兜里，笑道："别看你市长公子人前风光，你爸是清官，经不起你这么挥霍。我跟蓝蓝不必你操心。"

"得了吧你，要是我猜得没错，你的所有帐户还有沐旭的资金都被你爷爷冻结了吧？"黎少白弹了一下领尖的微灰，在楼道里同他道，"你必是还没看新闻，T市财经报如今不报道经济，净盯着你们家的八卦事。楚老爷子公开宣布，他要将沐旭集团的全部股份撤回台北，理由是要带孙子楚凉城和地产大亨的侄女邱小清回台湾完婚。"

他说完，意味深长地望着他。

凉城呆住，半晌没作声。

羽蓝跟着一辆铺着雪白床单的担架床顺着楼道跑过来，车上躺着双眼紧闭的孟碧云，凉城看到羽蓝惊慌失措的脸色，忙迎过去，被举着氧气瓶的小护士匆匆撵开。

车子被推进重症监护室，羽蓝被关在门外，双膝一软，眼泪顺着脸颊大颗大颗地滚下来。

“怎么办，她要有什么事儿，我怎么办……”她以为对孟碧云早已没什么感情，但真到了生死关头，才体会到什么是揪心。

“妈……妈……”她缩在椅子上，哽噎着嗓子低低地喊，凉城不知怎么才能安慰她，只好紧紧、紧紧地抱住她。

“哦，一定是他。”像突然想到什么，羽蓝霍然起身，丢开凉城的手，往某个方向跑去。

要去的地方，是程天蔚的办公室。

他是这方面的专家，可孟碧云的手术，他偏称自己忙，推掉了。

羽蓝门也没敲就冲进去，里面有几个人正在会诊，程天蔚穿件白大褂，手里拿了张CT片子正在看，看到她有些意外。

医院的人差不多都认得羽蓝，她突然出现令正坐围着办公桌开会的几名医生面面相觑了。

程天蔚放下手里的片子：“先这样，大家回去忙吧。”

众人散去，扫过羽蓝的目光里，有莫名的意味。

“你故意不给我妈妈手术？程天蔚，凭什么？”羽蓝不等人们散尽，便满脸愤恨地盯着他。

他抱臂靠在办公桌的桌沿上，深幽的目光里笑意蔚然：“就凭你妈妈的病，在T市，除了我，谁也没辙。”

气息逼近她的脸：“就凭……只要你离开凉城……我就为你妈妈做手术。”他抬手握住了羽蓝的下巴，眸底波光变得迷离，“这个交易，好不好？”

羽蓝狠狠甩开头，从他手里挣脱：“你死了这条心！大不了，我带她离开T市，我还不信离了你，我妈就没人治得了。”

程天蔚挑眉笑道：“好啊，那你试一试。我无能为力了。”

羽蓝气得转身就走，手腕却被猛地一攥，他迅速过来锁上门，一把将她抱起举到办公桌上，脸，已然欺到她的脸上。

怎么可能就此放她走？程天蔚在看不到羽蓝的这些时日里，几乎快疯了。他想不通自己为什么会如此强烈地揪挂她，他想方设法，不惜在卑鄙阴暗的道路上越走越远，只想要她。

不是她配不上凉城，只是他有奢想，有个可笑的奢想。放弃了凉城的羽蓝，或许有一天会属于他，会喜欢他。

有生之年，也许羽蓝爱上的男人，变成了另一个名字，他叫程天蔚。

门嘭嘭地被急促敲响，羽蓝趁程天蔚失神的刹那，猛然咬在他的手腕上，程天蔚吃疼，慌忙丢开手，门外的响声愈发急促了。

羽蓝瞪着惊恐的大眼退到门边，慌张地扭开把手，一头撞入了来人的怀里。

“你果然在这儿。大哥——”凉城拉住羽蓝，朝程天蔚走过去，“孟阿姨的病，你……”

“赵毅医生是她的主治医师，找他去吧。我，无能为力。”程天蔚敛起脸上的不悦，神情漠然地收拾着桌上的文件。

“大哥，我理解你的心情，但能不能……”凉城无力地叹息，他以为程天蔚必定是还记恨孟碧云间接害死婉荷的事。

羽蓝不让他说下去，用力拽着凉城出了办公室。

“我不求他！我带妈妈出T市看病！我们去苏州，不，去上海，去北京！我不信治不好她的病……”

说着她却哭了，凉城将她的头按到肩上，指尖拂过她的脸，满是湿凉的泪水。

一切，都变得纷乱。

她坐在走廊的长椅里，后来，苏浅微来了，看到他们有点惊讶，叹气道：“私奔就私奔吧，折腾到现在也走不了……这人啊，什么时候才能想干什么就干什么。”

叹完气，几个人默默站在楼道里，重症监护室里，孟碧云病情不详。

高跟鞋踩击地面的清脆声响令人不由回头，黎少白张望了一眼，立刻去扯凉城：“你未婚妻！”

羽蓝蓦然抬起头，视线恰恰撞上邱小清含着神秘笑意的目光。

“那小鬼是谁？”

第33章　他究竟是谁的孩子

邱小清出现在医院里，果不其然就找到了多日不见的羽蓝和凉城。

她穿着件宝蓝色的荷叶边裙，秀尖的脸上挂着笑，正娉婷地朝他们走来。

令人费解的是，她的右手，牵着一个雪白肌肤大眼睛穿着小洋装的四五岁的小男孩。

凉城已经冷着脸站了起来，右手不忘紧紧握住羽蓝。

“既然你来了，今天就把话说清。”凉城望着立在眼前的邱小清，口气冷淡。

“凉城，我知道你想对我说什么，但对不起，我不想听。”邱小清瞥了他一眼，弯下腰去，逗弄着手里的小孩。

“沛儿，你说，这位阿姨好看吗？”

小男孩原来叫沛儿，羽蓝猛不防邱小清将孩子抱到了自己面前，一时不知所措，裙角被小孩子胖胖的小手揪住，她不由自主就笑了，眼神很温柔，而名叫沛儿的小孩儿也正对着她笑，圆嘟嘟的脸上，一双大眼睛像灵动的黑葡萄，可爱极了。

难道是邱小清的私生子？

难道是跟……凉城的！

羽蓝猛地停住要触向小孩的手，抬头盯向凉城，而他好像也是一脸迷茫。包括旁观的苏浅微和黎少白，都用不解的目光看着邱小清，猜测着下一刻即将发生的事情。

只有天真无邪的沛儿对着羽蓝一个劲儿地笑，好像他真的很喜欢她，摆着小手要让她抱，嘴里喊着："妈妈，妈妈——"

羽蓝顿时头皮发麻，她扬手推开了沛儿，失声道："我不是你妈妈！"

沛儿被她失手一推，扑通摔到地上，扁着嘴巴，哇地哭了。

邱小清一边将小孩扶起来，一边冷笑道："刚才大家可是都亲眼见了，孩子叫她妈妈！羽蓝，你连亲生儿子都不认吗？可够狠心的。"

羽蓝打了个冷颤，邱小清就像个巨大的阴谋，她手里有一张网，正一步步引她往里面跳。

"我不是他妈妈！邱小清，你简直是胡说八道，我都没有结婚，哪来的儿子？"

她说完，惶惶看了凉城一眼。

邱小清也撇撇嘴："私生子呗。可怜的沛儿，要不是我亲自去日本将他带回来，现在这孩子还在爹不亲娘不疼的日本家庭里受苦呢。"

她摸着小孩的脑袋，让他的哭声渐渐弱下去。

凉城皱着眉，满脸不悦："邱小清你发什么疯，不想听我说分手就快回去，这里是医院，不是你胡闹的地方。"

"我发疯？我胡闹？哈，凉城你拍着胸口想想，我邱小清哪一点做得不好，这个羽蓝，她把你的心伤得稀巴烂，你还要把她当宝贝。七年了，我就不信她能跟你似的那么傻，还为一段死去的爱情守贞。这下好了，你守住了，她呢？"

"啧啧。"邱小清笑得阴森，"没想到，我就那么随便一查，还真发现了个惊天秘密。羽蓝给你弄出一儿子来，多好，不费力气就捡了个现成的爸爸当。"

"你少跟我胡说！"凉城怒了，白皙的脸霎时涨红，"不可能是蓝蓝的孩子！"

"邱小清你别整这种低劣戏码，从哪剧组骗来的小孩儿，快给人送回去，小心人家爸妈告你拐卖儿童。"苏浅微忍不住在一旁插嘴道。

邱小清不满地哼了一声，细眉微挑，轻轻拍拍小孩儿的脸蛋儿，指着羽蓝和苏浅微问："谁是妈妈？嗯，这里有好几个阿姨，沛儿你说，哪个是你妈妈？"

沛儿泪痕未干，长长的睫毛上晶莹闪烁，黑亮眼珠骨碌碌朝包括邱小清在内的几个女子身上打了几个来回，望着羽蓝，甜甜地笑了。

她天生有小孩缘吗？还是她的相貌跟沛儿的母亲真的很像？羽蓝脑袋里一片混乱，一颗心揪得老高，生怕小孩儿指到自己。

最担心的事，还是发生了，沛儿不计前嫌地朝她笑完后，突然张开稚嫩的双臂，向羽蓝扑过来，天真地嗔叫道："妈妈，抱抱。妈妈，抱抱沛儿……"

羽蓝彻底傻了，双手僵硬地搂着小孩儿，在众人诧异震惊的目光里，她有种想死的绝望。

邱小清慨叹地拍手站起来："真感动。母子大团圆的结局。"转首看着雕塑般傻掉的凉城，抑不住得意地挑眉：

"怎么，是留下当孩子的爸爸，还是跟我回去？凉城，爷爷不会生你气的，只要你现在回去，他会改变想法，沐旭会继续留在T市……"

"我不可能回去。"

风一般凉的声音，凉城突然拉起羽蓝直往大门外走。而此刻羽蓝的手里，还牵着沛儿。

懵懂的小孩死死揪住她的手，见羽蓝就要被人拽走，急得大哭："妈妈不要丢下我，沛儿乖。沛儿要妈妈……"

哭声颤人心肝，走廊上不少人纷纷回头观看这一幕，凉城感觉心都碎掉了，怎么可能，羽蓝怎么可能在日本还有个四五岁的孩子？

转念想想，仿佛也没什么不可能，她讲过她早有过男人，生孩子……也许……他想不下去了，温暖了数日的心卡嚓嚓如冰山相撞，一块块淹入深海里。

羽蓝惊慌地甩着手，可是小孩那么天真，哭得那么痛，那么无辜，她实在撂不开手将他再一次推倒在地。

凉城目光疼痛地望着她，握住她手的指尖一寸寸冷下去，他僵了声音，一字一顿地说："羽蓝，放开他，跟我走。"

“妈妈，妈妈，不要丢下我……”

沛儿还在哭，泪珠儿从黑长的睫毛下断线似的滚下来，小鼻头哭得红通通的，那么可怜。而邱小清抱着胳膊站在一边，一边笑，一边冷眼旁观。

笑！这是个阴谋，而羽蓝毫无还击之力，只能眼睁睁看着深渊往下跳。

凉城就站在崖边伸手拉她，她想跟他走，却奈何浑身像被铁链缚住，走不动，也张不开嘴，最不愿想起的一段往事像深海底下的礁石，无论时光之船行了多远，终究撞上了，一不留神，人船俱亡。

凉城的心，愈发地绝望，手却固执地伸在半空中。

“谁家的孩子，别闹了，阿姨给你买糖吃。”苏浅微看场面僵持不下，忙跑过来拉走小男孩。

邱小清冲上去一把将她推开：“干你什么事，一边待着去！”

黎少白不高兴了，拉过苏浅微护到身后，恼火道：“你还没完了啊？趁我没扁人赶紧回去！小孩儿哪弄来的哪儿送回去，瞎胡闹什么呀。”

邱小清哼了一声，低头在爱马仕的包包里翻了一通，抽出几张照片摔到他俩跟前：

“不相信的话自己看看！孩子我送回来了，自己养还是扔马路边，我再管不着。”

转身走到凉城面前，绷着脸道：“我真替你感到悲哀，自欺欺人的楚凉城。”

邱小清扭着腰离开医院，留了个所谓的“私生子”给羽蓝。

黎少白和苏浅微还没捡起地上的照片，羽蓝就已经面色煞白，扶住墙像得了急病一样捂住嘴却发不出声。

捡起照片的手，是凉城的。

照片上的人，如果不仔细看，根本辨认不出那是羽蓝。她顶着短而蓬乱的头发，穿着肥大的蓝色短袖衫，如今纤细玲珑的腰肢在拍照时足有两尺好几。

但凡不是瞎子，都看得出照片上的女子，是个孕妇。

还有几张，羽蓝穿着同一件衣裳，有的是在校园石凳上，有的是在餐厅饭桌前，都是不经意捕捉的瞬间，都应是在羽蓝不知情的情况下被偷拍的。

一直以来苦苦支撑的世界彻底坍塌了，凉城握着那几张照片，胸口闷得不知怎样才能发泄，他想吼想叫，想质问这一切究竟是怎么回事，可是最终他什么都做不了，他只是任一张张薄薄的照片自指缝滑落，目光死死地锁在沛儿稚嫩的脸上。

许是他的目光太过骇亮，小孩被看得哇一声哭出来，羽蓝的脸对着墙壁一句话也不肯说，一个动作也不愿做。凉城苍凉地笑了一声，弯腰捡起散落的照片，走过去对羽蓝说：

“羽蓝，你儿子哭了。快哄哄吧！”

他把照片狠狠地甩在她的身上，走了。

直到凉城的身影彻底消失，苏浅微和黎少白才从恍惚中醒悟过来，他们面面相觑，又不知该如何帮忙，只能叹息着捡起照片，比照着沛儿左看右看。

“蓝蓝肚子里的，究竟是不是你呢？”苏浅微皱眉道。

黎少白没好气地瞪了她一眼，去拉瘫软在地上的羽蓝：

“蓝蓝姐，先回去休息吧。”

孩子紧紧揪着她，羽蓝走到哪儿他就跟到哪儿，连苏浅微都开始认为，这个沛儿真是当初羽蓝在日本生的孩子。

只是孩子的爸爸是谁？

闹剧收场，苏浅微连哄带吓地终于让沛儿松开了羽蓝的裙角，然后让黎少白带他去吃肯德基。

剩下她俩在医院，而这时，病房里传来消息，孟碧云的病情稳定，家属可以进去探望了。

“蓝蓝。妈妈对不起你。”孟碧云还插着氧气管，看到羽蓝进来，眼泪纵横中只说了这么一句话。

羽蓝的精神世界已经接近崩溃，就像七年前，突如其来的打击令她无法承受。

这一次，她的母亲慈爱地接纳了她，羽蓝伏在孟碧云的床边嚎啕大哭，心中的委屈、酸楚在母亲的面前一瞬间得到通通释放。

孟碧云一直用枯槌的手抚摸着她的头顶，亦是眼泪满眶："蓝蓝不哭。妈妈知道你心里的苦。妈妈知道……"

不知过了多久，羽蓝终于哭够了，她擦干眼泪，说："妈，等你出院了，我把你接过去住。咱们不在杨家了，好吗？"

孟碧云闭着眼，泪水顺着眼角滑下，欣慰地点了点头。

苏浅微扶着羽蓝走出病房，两人准备去外面吃饭，顺便给孟碧云买些生活用品。路上，苏浅微迟疑地问羽蓝：

"蓝蓝，能不能告诉我，照片上的你，究竟怎么回事？"

……

又一个星光璀璨的夜，程天蔚刚与一家生产医疗器械的公司谈好合同，医院承诺进他们的货，处在中间的程天蔚便可抽到一笔可观的提成。

他心情很好，刚刚将车停住，在医院的停车场里就听到两个女子低低谈话的声音。

他熄灭了车火，摇下车窗玻璃，静静坐听。

那是羽蓝的声音，所以他很有耐心，哪怕她就在那儿讲到天亮。

他慢慢地听懂了，羽蓝在向苏浅微讲述七年前发生的事情。

听到羽蓝讲她在那个雨夜被人欺辱的时候，程天蔚的心提到了嗓子眼，手心开始冒冷汗，整个人像被吊在半空中接受鞭打一般，他闭上眼，几乎不敢听。

但羽蓝始终没提他的名字，她只是讲那个"混蛋"。

程天蔚擦了一把冷汗，他脱掉外套，在车里扇了自己一个耳光，是，你真是个混蛋！

如果当初没有那样伤害她，而是自始至终都以一种温暖而关怀的姿态来守护她，即便羽蓝爱的是凉城，至少也会将他当做大哥。

可现在，他是她的仇人。

程天蔚听到羽蓝讲她怀孕的事，汗毛立刻根根竖起，身子也不由地坐直了，真没想到，当初羽蓝离开T市时，已经怀了身孕！

苏浅微急急地说：“那这么说，沛儿该是你和那个‘混蛋’的儿子？”

沛儿？

沛儿！

他有个儿子？程天蔚懵了，大脑轰隆隆一片空白，以至于后面她俩压低了的谈话，他没有再听见。

程天蔚感慨而又激动，他一边对当年的所为有了悔意，另一方面又欣喜于羽蓝为自己生了个儿子，他程天蔚有儿子了，谢天谢地，羽蓝竟然没有打掉他！

黎少白牵着沛儿从外面吃饭回来，手里还提着一大包鸡翅和薯条。

“妈妈！”

沛儿看到羽蓝便张开手跑过来，在路灯淡淡的灯光下，程天蔚坐在车里，几乎屏住呼吸。

这个就是他儿子吗？

他看到羽蓝把一个五六岁的小孩抱在怀里，便再也坐不住了。

程天蔚下车朝羽蓝走去，弯下腰对她身旁的沛儿笑眯眯道：“小朋友，你叫什么名字？”

“沛儿。”沛儿睁着一双黑葡萄似的眼睛，怯生生又警觉地看他。

程天蔚仔细地打量着沛儿的五官，觉得并不像自己。至少眼睛不像，他们程家大多是遗传的棕褐色眼珠。

但这没有影响他陡然而生的父爱和柔情，他想起兜里刚好有几颗巧克力，便拿出来讨好似地递给沛儿：“沛儿真乖，叔叔给你吃巧克力。”

指着羽蓝，他微笑道：“这是你妈妈么？”

沛儿迟疑地盯着巧克力，没接，但点点头，呼唤羽蓝：“妈妈，这个叔叔的眼睛好吓人。”

羽蓝拉起沛儿就走。

“羽蓝，等等。”程天蔚拉住她，语气罕见地急促道：“我们有必要谈谈。”

“我跟你无话可谈。”羽蓝不愿理他，拉着沛儿走得飞快。

“关于沛儿！”他提高了声，顿了一顿，见羽蓝停住了脚，继续道，“关于沛儿的生父是谁，我想我应该搞清楚。”

羽蓝转过脸，目光仇恨地盯着他。

当着苏浅微和黎少白的面，很多话，羽蓝着实讲不出口，但是如果他继续欺人太甚，她不敢保证自己会不会将他当年的罪行昭告于众。

程天蔚放低了姿态，和气地走到她跟前，说：“我跟赵毅医生研究了一下，你妈妈的病有了新的治疗方案。羽蓝，待会去我办公室，咱们好好谈谈。”

鉴于上次的经历，苏浅微对他是大大的不放心，甚至对羽蓝口中的那个“混蛋”的身份，她也早有了几分猜测。

只是顾虑太多，不好说破。

“蓝蓝。我跟你一块去。”

“苏作家，你帮蓝蓝照顾孩子吧。我保证对她什么也不做。请放心。”

程天蔚的表情无比诚恳。

羽蓝冷冷盯着他，说：“我已经决定给她转院。”

“你错了，羽蓝。现在转院非但不能治好你妈妈的病，反而十分不利于她的病情恢复。T市医院的名气和实力，你自然明白，治疗孟阿姨这种病基本不在话下。”

“嗬。”羽蓝已经懒得计较程天蔚的一话二说了。她在夜风里把沛儿交给苏浅微，疲倦地说：

“微微，少白，我今晚要在医院陪妈妈，孩子就拜托你们了。”

苏浅微故技重施，连哄带骗地把小孩弄到了黎少白的车上。临走时担忧地看了一眼羽蓝，给她使了个有事打电话的眼色。

羽蓝见他们的车去了，这才对程天蔚淡淡道：“这件事跟你，毫无关系。”

“是吗？”程天蔚不由把手搭在她的肩头，语声慨叹，“没想到我还有个儿子。羽蓝，这几年，辛苦你了。”

他这几句话，说得倒真心，羽蓝却尖锐地叫起来：“都说了跟你没关系！沛儿不是你儿子！”

“那是谁的？”程天蔚的手一下重了，有些用力地捏疼了她的肩膀，紧张道，“你到日本时已经怀孕了，孩子不是我的，会是谁的？”

羽蓝一耳光扇在他脸上：“你还有脸说，你把我害得人不人鬼不鬼，我在学校整整一年多都抬不起头。我被人嘲笑、被人偷拍，被人恶作剧地羞辱……”

说着她的身体都在发颤，程天蔚默默挨了一记耳光，不作辩驳。

“七个月了，他们的医院不允许私自堕胎，我只好每天想方设法地折磨自己，我想让他死，我恨他，他是你给我的噩梦和阴影，他是个孽种！”

羽蓝咬着牙，恶狠狠地说，苍白的脸因为激动而通红。

“那一天刚刚开春，东京还在下雪。我一个人跑到湖边，跳到深到胸口的湖水里。路人以为我是轻生的女子，他们错了，我会游泳，我淹不死，我只想淹死肚子里的孩子。程天蔚，我终于成功了，我被人救上来之后，孩子就没了。我亲手杀死了你的孩子！呵呵……”

羽蓝的笑声，在暗夜里狰狞而空洞，程天蔚接受不了这个事实，他一把将她揪起，目光痛苦而质疑：

“羽蓝，你在骗我。”

“信不信随你。”羽蓝转头甩掉眼泪，声音漠然。

“这个孩子我根本不认得，是邱小清不知从哪儿找来陷害我的。程天蔚，别自作多情了。”

她使劲掰开他铁钳一般的手，从痛苦的回忆中抽身出来。

她想努力地忘掉那段如在黑夜深海中漫漫泅渡的日子，她想让岁月的手渐渐抚平过去的伤痕，她想让对未来和对爱情的渴望，能点亮她继续活着继续追寻幸福的路程。

每个人都有资格幸福，哪怕是伤痕累累的羽蓝。

从程天蔚那里离开，羽蓝回到母亲的病房里，孟碧云睡着了，她支着脑袋坐在床头，思考着如何才能让凉城解除误会。

沛儿真的不是她儿子，凉城啊凉城，你真是太傻了。

不知何时睡着的，第二天醒来时，身上多了一件毛毯。羽蓝看了看母亲，她正躺在枕头上，眼神慈祥地望着她。

这样的母亲，让羽蓝的心变得格外柔软。

“妈，饿吗？我去给你买早餐。”

羽蓝揉揉眼睛，取下不知谁为她盖的毛毯，搭在了母亲身上的被子上。

“不用了，蓝蓝。床头有热粥，我已经吃过了，你自己喝几口。”

孟碧云微笑地望着她，羽蓝一愣，转眼看到床头的两份外卖早餐粥，精致的包装上印着羽蓝熟悉的标志，那是本市最有名的一家御粥店。

“微微过来了？”粥拿到手里还是温热的，羽蓝笑着拿起来，揭开盖子深嗅一口，“嗯，好香。妈吃过了？”

孟碧云点点头，并没说是谁送过来的。

“蓝蓝，我听护士和其他病人们在议论，说什么小孩的事，到底怎么回事？”

羽蓝一勺粥刚盛起来，便停住了，喉间又干又涩，还得微笑着安慰她：“一场闹剧。咱不提这个。妈，程天蔚……哦，程医生说和赵毅医生给你研究出了新的治疗方案，所以你就好好养着，等做完手术就能出院了。”

“我担心的是你，蓝蓝，这么多年，妈妈亏欠你的太多。”

孟碧云说着几乎眼泪闪闪，羽蓝放下汤匙，嗔道：“妈。”她不愿意听到这些话，也不愿她知道自己心里的苦。

羽蓝咧开嘴努力地笑着，说：“我去给你领药，你再歇会儿。”

在走廊上，羽蓝站着发了好久的呆，仿佛她不知道自己该做什么。

她拿出手机，想给凉城打电话，却又没那个勇气。

纵然沛儿不是她的儿子，可那些照片却铁证如山，他们像两条努力靠近的河流，刚刚有了瞬间的交汇，却不得已要被巨石分开。而谁知这么一分，又会何时才能重聚？

“羽蓝。”正发呆的当儿，她的肩膀被人一拍。

羽蓝转过头，看到提着一堆营养保健品的方起嵘捧着一簇百合花微笑而来。

“哦，是你。”羽蓝淡淡的。自那晚在风园他和凉城打了一架后，羽蓝对他莫名有了戒意，总觉得现在的方起嵘跟从前比起来，差了很远。

“听说阿姨病了，我来看看她。你没事吧，看你脸色很差。”

他似乎毫不介意那晚的事，依然对她亲切热情，羽蓝推开他放在自己肩膀上的手，一边走一边说：“谢谢。可能没休息好吧。”

她去药房取了药，方起嵘就尾随身后，路过的护士医生甚至一些病人都拿奇怪的眼光打量羽蓝，顺便也把探寻的目光停留在方起嵘身上。

“这男的是谁？”有人小声的议论。

“听说是羽蓝在日本的同学吧。”

“在日本？啊，会不会就是小孩子的爸爸？”

医院里的人大多是认得羽蓝的，两个小护士看着羽蓝跟方起嵘前后走过去，忍不住嘁嘁喳喳地开始议论。

方起嵘还不知道昨天的事，他从万山别墅的工程现场一回来就听说羽蓝的母亲住院了，她在医院陪护。他把东西拿进病房，客气而有礼貌地向孟碧云问了好，做了自我介绍。

“我是蓝蓝的好朋友，阿姨，以后您有什么事，尽管找我。”方起嵘给她了一张自己的名片。

“希望您能把我当自己人一样待，就像我妈妈对蓝蓝一样。”

方起嵘说完，意味深长地看了一眼羽蓝。望见桌上的外卖早餐粥便笑道：“以后你和阿姨别吃这个了，外面卖的哪有家里煲的好。羽蓝，我妈等着你去我家喝汤呢。”

羽蓝勉强笑笑：“有时间再说吧。”

方起嵘的温雅礼貌让孟碧云十分满意，于是朝羽蓝道：“不用老守着我，这里有护士照看，你该干什么就去。别耽误你。”

“妈妈——”

话音刚落，脆生生的一声稚嫩叫喊像粒粒钢豆落进众人耳中。

羽蓝满脸尴尬地转过头，沛儿换了件白色小衬衣，脚蹬一双白短靴，帅气喜人地蹦跶进来。

直到他扑进羽蓝的怀里，满头大汗的黎少白才追着进来。

“好小子，你怎么跑到这儿来了？”

原来苏浅微拉着黎少白和沛儿在附近逛商场，刚给沛儿买完新衣换上，就碰见了熟人，不过站着说几句话的功夫，没想到沛儿跑得比兔子还快，黎少白发现后一路追来，他已经跑到了医院，并且还在门口护士的指引下，找到了羽蓝所在的病房。

“蓝蓝，你儿子的智商估计一百三以上！”黎少白只顾着抹汗，有些口不择言。

可说完就后悔了，在场人的脸色，尤其是孟碧云，已经煞白如纸。

“蓝蓝，这是你的孩子？”她坐起来，指着沛儿声音发颤。

羽蓝连连摆手：“不是，妈，他们搞错了，这小孩我根本不认得。”

黎少白自知失言，忙解释道：“阿姨，我开玩笑的。这是朋友的孩子，我带着过来玩的。”

孟碧云这才松了口气，拍拍胸口复又躺下。

一直未曾说话的方起嵘，盯着沛儿若有所思。

“爸爸——”沛儿突然冲盯着自己看的方起嵘笑着叫了起来，一时间在场人皆惊愕地张大了嘴巴。

尴尬至死的羽蓝忙扯住沛儿的小手就往病房外走，讪讪责备道：“这孩子又胡喊什么呢？”转头向方起嵘歉意道：“对不起啊，这孩子见谁都喊爸爸妈妈。”

机灵的黎少白连忙附和：“是啊，刚还叫我爸爸呢。乖沛儿来爸爸这儿，我带你去找微微妈妈——”

羽蓝同黎少白把沛儿拉出病房，在走廊里，羽蓝软软地靠在墙壁上，整个人仿佛被抽出了筋骨。

怎么办，凉城，我快要支撑不下去了，谁来救救我？

第34章　放手而去

“孩子必须还给邱小清。”黎少白拧着眉头说，羽蓝闭着眼，泪水一串串落下来，沛儿探着小手把她的泪接在胖乎乎的掌心，怯怯说：“妈妈，我想爸爸。”

他指着走出门的方起嵘。

“乖，叔叔带你玩去。”黎少白把孩子扯走，却被人拦住，方起嵘快步走过来弯下腰对沛儿看了一阵，表情变得无比古怪，过了一会儿他摸摸小孩的头顶，微笑道：

“需要的话……蓝蓝，我不介意做这个孩子的爸爸。”

他的声音极是温柔，羽蓝抬起头，受惊般地摆着手：“不，不！这不是我的孩子！我也不需要你……”

“你需要！”他一把拉住她，紧紧攥住羽蓝的手腕，一贯和淡的脸上隐约几丝激动的红晕。

方起嵘按住羽蓝的肩膀，动情地盯着她的双眸：“不管他是不是你的孩子，你都需要一个人，一个能守在你身边不离不弃的男人，蓝蓝……”

当着睽睽众人，他仿佛丝毫不觉羞涩，轻柔地托起羽蓝深深低下的头，放柔了声音，“跟我在一起吧。哪怕你……不爱我。”

羽蓝抬起头，脸上已布满泪痕：“起嵘，你何苦这样，你知道我这么多年来，心里只有凉城一个。”

眼圈再度红了，想起凉城，羽蓝满腹心酸。方起嵘抬手拭掉她眼角的泪，低声道：“傻瓜，我说过不在乎的，只要我爱你，就足够了。只要你肯给我这个机会，让我对你好，让我保护你，爱你……”

“爸爸——”

嫩生生的怯怯呼喊让方起嵘低下头微笑起来，他放开羽蓝弯腰抱起沛儿，捏捏他的脸，道：“爸爸带你跟妈妈回家，好不好？”

“好。”沛儿拍完小巴掌，转过头来抱住羽蓝的脖子，天真地说：“妈妈回家，妈妈和爸爸带沛儿回家。”

这在医院走廊上上演的一幕被路过的医生护士尽收眼底，没过多久，事情便被添油加醋地风传为羽蓝在日本与学长方起嵘同居多年，已养有一子，至于回到T市与凉城的纠葛，在那些无八卦不欢的人们口里，自然也少不了其他版本的描述。

半个月后，孟碧云的手术顺利结束。

羽蓝拖着疲重的身子从病房里走出来，天色已近黄昏，在模糊的光线里，她抬头时一眼看到伫立于住院部门外，如一尊石雕似的楚凉城。

眼眶一热，羽蓝险些掉下泪来。

以为他走了，以为他将从此消失在自己的世界，以为曾经与他的短暂温存只是南柯一梦，梦醒时分各自离散。

在向晚的暮色里，凉城穿着朴素的白衬衣，领口的纽扣解开着，天蓝色的牛仔裤淹没在一片阴影中。

夏风吹过，他的衣摆轻轻飞扬，恍惚间，羽蓝以为又回到了十七岁时，那个蝉鸣荫浓的夏天。

他没有走过来，她的脚也仿佛黏在了原地，想走过去，却那么难。

像是过了一个世纪那么漫长，羽蓝只听到自己的耳膜里有一场海啸般的轰响，她在混沌与黑暗的感官世界中只看到了一条泛着温柔白光的道路，路的尽头站着她的凉城。

“羽蓝。”他朝她遥遥地微笑，羽蓝也翘起唇角，一笑，眼泪却滚了下来。

凉城的手揣在牛仔裤的裤兜里，她来时，他朝她的发顶轻轻拍了一下，微笑的眼角弯成一弧月亮。

“我问过爸爸，做完手术，阿姨的病就没什么问题了。你以后，不要哭了。”他轻笑，这笑容挂在凉城清秀而不乏英气的脸上，看得羽蓝的心里既温暖又酸楚。

“好，不哭了。以后我……再也不哭了。”

羽蓝用手背胡乱地抹了一把眼泪，透过朦胧的泪眼怯怯道：“是不是，是不是……”

是不是你终于想通了，是不是你回心转意了？你明白我的，相信我的，是吗？

羽蓝惴惴而充满希冀地望着他，凉城的眼底越来越黯淡，星光一样的明眸随着天色沉下去，他那么仔细地盯着羽蓝的脸看，好大一阵之后，他断然将头扭向了别处。

“蓝蓝，我要走了。”

爱过知情重，醉过知酒浓。一梦醒后才知这世界早已不是杨花春柳的一场欢盛，泪落了，人散了，叶萎了，霜临了，原是爱情的季节草草收场，即便再努力地走，你和我，终究是走完同一条街，回到两个世界。

他从没想过自己会有这么一天，能有勇气站在羽蓝面前，微笑着说再见。

他的声音是最温柔时的轻缓，像是怕惊醒了熟睡的爱人，又似絮烦地叮咛：“蓝蓝，我走后，你要懂得照顾自己，工作别太拼命，别累着自己。你打小胃就不好，凉的辣的不要多吃……”

“凉城。”她惶恐不安地望着他，仰起脸抓住了他的手。

温暖而修长的骨骼，羽蓝紧紧握着他的手，像抓住了海面上最后一根稻草。

他转过脸，好看的轮廓在最后一抹晚霞的照耀下镀上一层淡淡的金影，密而齐的睫毛下似有光芒莹莹而闪。

他笑：“我记得你以前每个月来大姨妈肚子都会痛，也不知在东京的几年，老毛病有没有治好……我让爸爸……”

声音突然变得沙哑，他狠狠别过头，眼泪仓皇地逸出时，没有被她看见。

清了清嗓子，凉城继续笑着说：“我让爸爸介绍了一个老中医，下个月如果你还痛经的话，就去找他……你要爱惜自己……”

“凉城！”羽蓝将手指咬在嘴里，狠狠哭出来，她摇着头，“不要，我谁也不要，我不要爱惜自己，我只想要你……”

她站在门口哭起来，低着头，泪水像夏末的花朵一瓣瓣砸碎在脚下，碎裂在凉城的心口。

他望着她，眼眶慢慢湿透了，羽蓝，羽蓝，对不起。

他只能在心里对她说，对不起。

伸开双臂，他慢慢地抱住了她，多么温暖的一个拥抱。在风起时，空气里传来远远的骊歌，谁家的钢琴唱起《夏日的最后一朵玫瑰》，凉城在她的耳畔轻轻动了动唇，吐出三个字。

然后，放手而去。

第35章　连时光都不肯原谅

等他的身影完全被夜色淹没，直至了无踪迹的时候，怀中空空的羽蓝才意识到刚发生的一切。

时隔半月之后，凉城终于出现了，而他只是来向她告一场别。

她像被遗忘在路边的布娃娃，孤单而委屈，一双大眼睛空洞而心碎地望着远方。

哪里才是她可停栖的方向呢？生命原是一场孤单的漂逐，有时他是风筝，有时他是白云，有时还可执线而追，而常常一松神间他已化作云、雨、风、空气，在辽阔孤单的无垠大地中消散了他的模样。

握不住他，你悲伤、不甘，又有何办法……

回到家里，羽蓝像往常一样拿钥匙开了门，开了灯，然后坐进沙发里，呆呆地，像一只木偶。

从医院到家里的路程不近，她走了将近一个小时。脱鞋的时候发现脚后跟磨破了，她一用力，袜子连着一块肉皮被撕了下来。

竟然也感觉不到痛。

手机放在包里，梁静茹的《问》一遍又一遍地响起：只是女人，爱是她的灵魂，她可以奉献一生，为她所爱的人……

泪水忽然满面而下。

羽蓝扑进沙发里，哭声嚎啕，她开始后悔没有拉住凉城的手，没有问他究竟要去哪儿，这一去还会不会再回来……

如果此刻这一切的痛，都是为了当年她弃他而去的惩罚，凉城，我愿意把一切真相告诉你。

当初我的离开，只是为了逃避伤害，可是你不懂，我也不懂。我不懂，对你而言抛你而去的伤害远比被人毁了清白，要深刻的多。

年轻时犯的那些错，怎么连时光都不肯原谅?

门被急促地笃笃敲响，羽蓝翻身站起来，飞快地冲过去开了门，不是凉城。

两个穿着警服的男子站在门外，“你是羽蓝吗？”一个警察问。

“我是，请问你们有什么事？”她擦了擦眼泪。

两名警察出示了一下证件，说：“我们是公安局经侦科的，请问楚凉城有没有在这儿？或者他今天有没有同你联系？”

羽蓝不明所以，问：“他怎么了？”

两人对视一眼，说：“可以进去看看吧。”

羽蓝让到一边，两名警察在屋子里寻了一遍果然不见凉城的身影，于是出了门，嘱咐道：“如果他跟你联系，请务必告知我们。这也是为了楚凉城好。”

说完，两人便走了。羽蓝愣愣站在原地，也忘记了原本的伤心，只是非常迷茫，好大一会儿才想起给凉城打电话。

她的手在发抖，电话并没有拨通，一遍遍提示着“你所拨打的用户已关机”，羽蓝正着急的时候，苏浅微打来了电话。

“微微，出事了。”

沛儿丢了。

羽蓝慌慌张张跑下楼没过多久，苏浅微驾着那辆白色小宝莱就驶到了身边。

“报警了没有？”

羽蓝跨进副驾驶坐下问。

“还没有，我考虑到他可能丢不了多远，24小时内我们应该找得到。”苏浅微握着方向盘说。

“T市这么大，沛儿才四岁，要是被坏人拐走了，到哪儿去找！”

羽蓝哑着嗓子，第一次冲好友发火，拿起手机就拨了110。

苏浅微说，晚上她带着沛儿到市里最大的西餐厅吃饭，那里有个专供儿童玩耍的游乐场，吃完饭她让沛儿在里面跟几个小朋友玩滑梯，而自己刚好有个稿约，于是打开笔记本电脑在餐桌上写作起来。

故事写到一半，苏浅微起身上洗手间，这才突然想起被羽蓝暂时寄养在她身边的沛儿。

而游乐场里，她找遍了，也不见沛儿的影子。

她问游乐场的管理员，管理员说一个三十岁左右挽着发髻的女人几分钟前带走了里面最漂亮的一个小孩，她听见小男孩叫那女的“妈妈”。

羽蓝揪着头发只觉得脑仁儿发疼，报警之后，她们能做的，只有耐心等待。

苏浅微见羽蓝颓废憔悴的模样，忍不住心疼道：“或许真是沛儿的生母，他又不是你的孩子。羽蓝，要我说，也许他被人带走，也是老天对你的恩惠，他看你太苦了。”

羽蓝摇着头：“孩子是无辜的，不管他是谁的儿子。我不能让他有事。”

“可是你留着这个孩子，又怎么可能跟凉城在一起？他真有可能接受沛儿吗？”

两人坐在楼下的花园里，花木扶疏之间绑着一架秋千，夜里的蔓草长着不知名的小花儿蜿蜒着爬到手边来。

羽蓝坐在秋千上，看着皱眉的苏浅微，心里的愁一下一下地被慢慢荡起。

“蓝蓝姐！蓝蓝姐！”熟悉的声音，一听就是黎少白，苏浅微从石凳上跳起来，叫道：“跑哪去了，打一晚上电话也找不到你！快发动你的一切狐朋狗友们，帮忙找找沛儿！”

黎少白抹了一把头上的汗：“凉城的爷爷突发了心脏病，万山别墅被人举报施工设计有严重缺陷，就在两天前，工地上发生了塌方事故，五名工人被埋，造成一死四伤……据说拖到今天才曝出来……”

他说的零乱，羽蓝却很快就明白了，她恍悟过来傍晚时凉城为什么会来向她说再见，又为什么会有警察接着上门打听凉城的消息。

他负责的工程出事故了，所以他只能离开，逃得远远的。

羽蓝是这么想的，哪怕显得怯懦和没有担当，但只要她的凉城，能够平安无恙。

“我们要不要去医院看看？”黎少白问。

“去医院干什么？看那个不通情理的老头子？”苏浅微不悦地回道，“他当初没把蓝蓝给为难死，现在轮他遭报应了吧。活该。”

“这么毒舌，没一点同情心。”黎少白讪讪地嘟囔完，又拧眉问道，“你刚才说什么，沛儿怎么了？”

苏浅微噼里啪啦将事情的经过又向他讲了一遍，黎少白挠挠头，懊恼地一拍车门：“怎么什么倒霉事都凑一块去了？那现在怎么办？”

“你问我，我问谁？”苏浅微郁闷地趴在方向盘上，羽蓝沉默着，只觉得四道目光全落在自己的身上。

过了一会儿，她给方起嵘拨了一通电话：

“沛儿丢了，你帮忙找找吧。”

曾誓言灼灼地说要将羽蓝和沛儿照顾好的男人，曾表示很乐意做沛儿爸爸的男人，羽蓝说，方起嵘，我信你这一次。请帮我找回孩子。

第36章　你跟我走，走到白头

一直到第二天，还是没有沛儿的半分消息。

几乎一夜不眠的羽蓝只觉得身体轻飘飘的，连给母亲盛饭都心不在焉，一不留神便被热汤烫到了手。

“啊。”她跳起来，瓷碗清脆地碎在病房的地板上。

“烫着没？”急切的声音在背后响起，穿着白大褂的年轻医生迅速拉住了羽蓝的手。

“没事。”羽蓝急急甩开，往后退了两步。

几秒之后，程天蔚恢复了冷静的脸色，悄然敛去尴尬，他轻咳一声，双手揣进白大褂的衣兜里，对孟碧云道：

“一周之后就能出院了，至于后期康复……那个，羽蓝，你到我办公室来一下。”

他转身先走，羽蓝犹豫了很久才在母亲的催促下慢腾腾地尾随出去。

噩梦一样的背影，她让自己尽力不要去看不要去回想，在程天蔚的办公室，他拉开抽屉取出一管药膏扔给了羽蓝：

“速效烫伤膏。自己抹点，否则要留疤。”

他在转椅中坐下，望她的目光沉郁中带着研判。

羽蓝接住烫伤膏，突然想起从万山下来那次，她扭伤脚，凉城为她搽药的情景。

“程天蔚，你知道凉城在哪儿吗？”

也许是程天蔚身上与生俱来的冷硬和自信吧，羽蓝总莫名地觉得关于凉城的一切困惑，仿佛他都应该知道。在不知不觉中，他在她和凉城之间，不仅扮演着一个阴谋、破坏者，更多时候，他噙着冷冷的笑，嘲讽地看着他们的悲欢、聚散。

也许在另一种意义上，程天蔚，也是羽蓝和凉城爱情的一部分。只是，他是那只多出的毒瘤。

正在点烟的程天蔚自嘲地笑了："当然。如果不出意外，他大概已经到了台北。"他丢掉燃尽的火柴，朝羽蓝看了一眼，语气平静，"楚老爷子就凉城这么一个宝贝命根子，他负责的工程出了这么大事故，不把他送走，搞不好是要坐牢的。"

见羽蓝依旧不可置信地盯着他，程天蔚深深抽了口烟，皱起眉心道："你放心吧，至少在台北他暂时很安全。万山别墅的事，只要清远不再从中阻挠，摆平应该也没问题。"

"楚老爷子犯了病，如果没人出头承担这件事，哪怕凉城逃到了台北，还是会被抓回来的，对吗？"羽蓝双手撑着桌子，疲倦而布满血丝的眼睛灼灼地盯着程天蔚毫无表情的脸。

"你什么意思？"他弹弹烟灰，深邃的目光睨了她一眼。

羽蓝在他面前拉了一张椅子坐下，深吸一口气放平语调，缓缓地说："程天蔚，你一定有办法救沐旭的。"

在这个时机，救沐旭就等于救凉城，如果这件事沐旭能不被追究的话，凉城一定就没有事。

这样的可能性，羽蓝明知很小。

程天蔚嘴角轻轻动了动，眉梢逸过一丝不易察觉的黯然："呵，你这算是在求我吗？"

羽蓝咬咬唇，一双大眼睛里已经写满了委屈和愤意。程天蔚却站起来，熄灭烟头转身背对着她，声音轻而短促：

"你回去吧，放心……"

他面对窗户而立，天气不好，树木湖塘笼罩在一片阴郁的昏暗中，程天蔚觉得自己的心情也好似这天气般，闷而潮。

每每想到羽蓝的腹中曾经孕育过自己的孩子，程天蔚的心中就会涌动起别样的悸动，是愧，是悔，更是痛。

待羽蓝离开后，他才转过身，望她离去的目光，是从未有过的温柔和惆怅。

打着“森林家园，舒适安居”之广告语的万山别墅在面临竣工前突发死伤事故，对于T市房地产业领军企业沐旭集团无疑是个沉重的打击，或许以它雄厚的财力而言，这并不算致命，但T市老牌房地产商清远集团的借机打压、上位，向政府举报、投诉，拉拢客户，使得沐旭集团一夜之间声誉大损，股市暴跌，同时引发了部分已在万山别墅订购的客户的恐慌。

据T市财报报道，一些客户认为自己在万山别墅的投资是受了开发商的欺骗，万山别墅的设计施工存在严重安全隐患。他们集聚了一部分人在沐旭大厦的楼下抗议，要求退还预付款和赔偿损失费。

没多久，顶不住外界压力的沐旭集团也出现了人事异动，集团总经理楚凉城不肯露面，首席设计师方起嵘突然离职，连董事长楚林远也以心脏病复发需要出国治疗为由，拒绝与外界的一切联系。

随着股东撤资，客户丧失信心，短短一个月后，清远集团便已代替沐旭一跃成为T市的第一大房地产商。

这一天，终于降了一场雨。

阴沉许久的天空因为一场酣畅雨水的洗礼而显得明净，湛蓝的天底从微微散开的云缝间透出来，羽蓝站在车水马龙的大街上，仰起脸感受到了淡淡的细碎阳光。

风吹着她的裙子，已经长及半肩的黑发舞起来像一朵墨色的莲花。

一辆黑色的车子缓缓驶近，车牌号是三个“7”，车窗玻璃紧闭着，站在公交站牌下等车回家的羽蓝扭过脸，并没看清车里的人。

“羽蓝。”

有人拍了下她的肩，而就在她一转头时，那辆速度慢到几乎要停下来的黑车蹭地一下擦着她的肩，飞快驶开。

“小心点！”方起嵘一把将她扳过来拢在怀里，轻声责备道，“撞到了怎么办？你呀，真不让人省心。”

宠溺的语气让羽蓝微微觉得不舒服，她尴尬地推开他，微笑道：“刚才下雨把衣服淋湿了，别再给你也沾湿了。”

他挽住她，笑道：“不怕。跟我走，先去换衣服，然后带你去吃饭。城西新开了一家餐厅，那里的法国菜做得非常正宗。”

羽蓝拨拨头发，推阻道：“我还要回去给妈妈做饭。改天吧。”

她想走，方起嵘拉住她，二话不说先将她带回了不远处泊着的汽车里。

“我们去接孟阿姨，我想她也一定喜欢吃法国菜。”

羽蓝不再吭声，抿着嘴，大大的眼睛里满是不悦。

静坐了几分钟，方起嵘终究叹息一声，慢慢说：“羽蓝，对不起。我答应你的事没有做到，你心里一定还在怨我，对不起。”

沛儿至今没有消息，羽蓝只觉得良心无比不安，即便他是邱小清不知从哪儿雇来的孩子，但总归是从她这里丢的，如果这个孩子从此生活得不幸福，她会觉得是自己改变了他的一生。

“算了。”她说，“孩子是我弄丢的，你也没什么责任。”羽蓝疲倦地闭上眼睛。

“但我说过要做他的爸爸，羽蓝。沐旭已经垮了，凉城也畏罪潜逃，你如果跟我在一起……”他握住她的手动情地说。

“我不许你这么说凉城！”羽蓝突然睁眼厉声叫起来。

“我不会答应你，凉城也一定会回来！方起嵘你看着吧，我们一定能在一起！”她的脸因激动而绯红，方起嵘愣了一愣，半天没说话。

羽蓝打开车门跑了出去。

那辆牌号为三个“7”的黑色车子在十几米外的小广场边静静停着，车窗开了一半，远远望去，只见车里坐着一名戴墨镜的年轻男子。

羽蓝走到家门口，恰好迎上母亲孟碧云衣饰一新地开门从屋里出来，同时身后还转出一个刚刚见过的身影。

阴魂不散的方起嵘。

同学了六年，羽蓝从没觉得像现在这般厌恶一个人。

她皱了皱眉头，方起嵘不动声色，只是依旧熟络地说：“羽蓝刚好回来了，孟阿姨，我们去吃饭吧。”

“我头疼，不去。”

羽蓝拉着脸，侧着肩膀挤进门。

“怎么头疼了？感冒啦？”病愈之后的孟碧云变得更加罗嗦，对羽蓝的关心也变得无微不至，她转回屋里，羽蓝这才发现母亲身上穿的都是她没见过的新衣服，从纽扣的形状看应是某个价值不菲的国际知名品牌。甚至连她脖子、耳垂上都戴了亮闪闪的饰品。

她在心里无奈地叹息一声，有些女人纵使红颜已老，纵使历经尘世，骨子里总有一些东西是残留不变的。

对于孟碧云，那就是虚荣。

见羽蓝盯着自己看，孟碧云有些不好意思，半天才开口问：“这衣服怎么样，都是起嵘送过来的……”

羽蓝刚在沙发上坐下，听完忽地站起来，想回卧室，想了想又压下了心头的恼火，慢慢舒展了眉头，浅笑道：“穿上挺显年轻的。”

孟碧云一下高兴起来：“真的吗？”说完还跑到穿衣镜前去照，又一路小跑地回了卧室，捧出几只印着品牌LOGO的纸袋，笑着说，“这是你的，我刚才看了看，款式、颜色都很适合你。蓝蓝，快来试试？”

看到立在门口微笑的方起嵘，羽蓝实在觉得忍无可忍，又不想在母亲面前发脾气惹她生气，只好咽下心里的火，说：“改天吧。不是要去吃饭吗？走吧。”

一路上，孟碧云的话无比多。她在后排坐着，前排副驾驶位置的羽蓝只觉得声音从脑后轰隆隆地传来，原本撒谎说的果然应验了，她觉得无比头疼。

孟碧云问得最多的，除了方起嵘的年龄学历，就是他的工作家庭。

对于他从沐旭集团首席设计师辞职的事，孟碧云连连叹息，只言可惜。

方起嵘笑道：“公司出了这样的事，一时群龙无首，我也只能择枝而栖，好在除了沐旭，还有别的房产公司肯要我。下个星期，差不多就能在清远集团上班了。”

“清远？就是那个手段高明，卑劣地把沐旭挤垮的清远集团？”孟碧云惊问道。

“商业竞争。也谈不上什么手段不手段。”方起嵘淡淡笑道。

正闭着眼大脑昏昏沉沉的羽蓝不知怎地，心中突然一凛：方起嵘是沐旭的首席设计，万山别墅的事故为什么半分没有提到他的责任？

她忽地坐直身子，目光直愣愣地盯着正在开车的方起嵘。

这个男人，面容温润，笑容矜雅，眼神里总是透着旁人看不懂的东西，羽蓝忽然觉得，其实这么多年来她根本就不了解这个人，她自以为他是好朋友，但自打从东京回来，自打他做出要与凉城争自己的准备之后，这个男人就彻彻底底地变了。

方起嵘察觉到她的目光，唇角不禁微微勾起：“怎么？我脸上有花吗？”

吃饭的西餐厅到了，方起嵘把车停住，伸手替她拧开了车门。

他靠过来时，近在咫尺的温热气息让羽蓝醒过神来。

她似隐隐明白了什么，却又不敢相信心底的猜测，她并没有把人想得太坏，以至于尽管现在她不再喜欢方起嵘这个朋友，但总归是将他划在了可接受的朋友范围内。

如果真是那样，一切便太恐怖了。

不光是自己，连凉城、整个沐旭都是方起嵘阴谋中的一部分。

“羽蓝，想吃什么？”不知不觉间，一行三人已经进了环境幽雅的餐厅内，在点着蜡烛的餐桌边坐好，方起嵘温和的声音将羽蓝惊醒。

“你随便点吧，我没胃口。”羽蓝淡淡别过脸。

“你这孩子。”孟碧云轻声责备，对方起嵘笑着说，“起嵘，蓝蓝不挑食，你点啥她都喜欢。”

“好。”

方起嵘笑笑，低下头翻菜谱。

羽蓝坐在椅子里，目光漫无目的地在大厅里飘着，音乐轻缓舒畅，一对对红男绿女对酒轻谈，细细笑语不断。

橱窗边背对着他们坐的好像是一对母子，女人有极柔美的背影，光洁的脖子微弯地俯向身旁的小孩儿。

从这里只看得见，母子俩在笑着吃一块天鹅形状的法国蛋糕。

目光匆匆地收回来，羽蓝按捺了又按捺，还是忍不住问道：“方起嵘，万山别墅的设计方案，一直不是你在做吗？难道没人来找你的麻烦？”

方起嵘蓦然抬起头，有些微微地惊讶，继而笑起来：“怎么，你很希望我被丢进监狱里，坐上几年牢？”

孟碧云起身上洗手间去了，羽蓝沉沉瞪着他，说：“那你告诉我，这件事究竟和你有没有关系？”

他的手指无意识地敲击着桌面发出叩叩的声响：“万山别墅是沐旭集团开发的，沐旭集团是他们楚家的，羽蓝，我只是被雇用的员工而已。我当初提交的设计方案没有问题，具体施工是由楚总经理负责的，或许他中间看不上我的设计，自作主张修改了方案也说不定？”

唇角逸出一抹奇怪的笑，方起嵘往椅背后靠了靠，在灯光下原本帅气的脸也变得模糊不清，他继续说：“事故调查时发现，万山别墅的施工方案并没有严格按照我当初的设计，当然出了这样的事，我也有一定的责任。所以，我主动申请公司将我辞退。”

“你明明是逃避责任！”羽蓝有些激动地叫起来。

方起嵘大笑：“羽蓝，你说了并不算。政府调查是讲究证据的，如果真是我的问题，你放心，我方起嵘绝对逃不了责任追究。”

“卑鄙！”羽蓝愤然起身，头也不回地往外走，没成想却撞到了人，脚下有跌倒的声音和小孩儿哭叫的声音。

“妈妈，妈妈——”

羽蓝一定睛，忙弯腰去拉被自己撞倒在地上的小孩，小孩儿却拉住她的手不肯放。

“妈妈？”

脸庞上还挂着泪珠儿的小男孩四五岁，黑亮如葡萄的大眼睛一闪一闪满是惊喜，羽蓝也愣住了，继而激动地将小孩抱住，大叫道：

“沛儿！”

是丢了一个多月的沛儿，羽蓝惊喜地将他抱起来：“好宝贝儿，你到底去哪儿了？这么长时间，你都跟谁在一起？你还好吗沛儿？”

“你好。”十分温柔的声音，羽蓝抬起头，看到一个穿着黑衣服的女人，身段极好，挽着低低的发髻，正是刚才那个与孩子一起吃天鹅蛋糕的女人。

“你是？”羽蓝踟蹰地问。

沛儿看起来很好很健康，脸庞红润，眼睛明亮，他拉住黑衣女人，往她的怀里钻。

“妈妈。”

“我叫米拉，是聪然的母亲。”她的表情淡然而优雅，微微一笑唇边有个浅浅的酒涡。

“对了，聪然是沛儿的大名，孩子叫聪然，方聪然。”她摸摸沛儿的头顶，眼睛微微眯起，望着某个方向，意味深长。

羽蓝顺着她的目光往过看，然后发现这个叫米拉的女人目光最后的聚焦点是与孟碧云坐在同一张餐桌上的方起嵘。

她不解地站在中间。

米拉拍拍沛儿的脸，弯下腰爱怜地说：“儿子，快去，找爸爸去。”

穿着绿色小短袖和牛仔小短裤的沛儿像只小兔子挣出女人的怀抱，蹦蹦跳跳地朝着方起嵘的方向奔去。

羽蓝傻眼了，她看到沛儿扬着纯真的小脸儿跑过去拽住方起嵘的衬衣袖子，撒着娇声音清脆地叫他爸爸。

一阵碗碟碎地的脆响，羽蓝看到那个刚才还骄矜自信的男人瞬间就变得狼狈尴尬，惊慌间他碰翻了汤碗……方起嵘，被一个四岁的小孩打败了。

米拉噙着了然的微笑站在羽蓝旁边，对她轻轻耳语：

“我认得你，羽蓝。但是今天，我要对你说一声道歉。看得出来，你真是个善良的女孩子。”羽蓝不懂她说什么，惘然而吃惊地看着她。

米拉轻轻一笑：“我刚从埃及回来。沛儿是我和方起嵘的儿子。还记得七年前你被人偷拍的事吗？那是我干的。”

她握住了羽蓝的手，眼底像有微微的湿润：“对不起，羽蓝，你能原谅我对你的伤害吗？”

羽蓝抽出手来：“我不明白。”

她按住她的肩膀：“七年前，我也在东京大学。那时，我是起嵘的老师，但很不幸，我爱上了自己的学生。他不肯接受我，可我不肯放弃。后来他认识了你，我就以为是你阻碍了我们的感情……对不起，我四处跟踪你拍你怀孕时的照片然后四处传播，给你造成了很坏的影响，虽然我早就离开了东京大学，但我一直忘不了这件事，是我伤害了你……”

她朝她深深鞠下一躬。

羽蓝瞪着大大的眼睛望着她，却说不出一个字。

“离职以后，我和起嵘在一起同居半年。后来，他走了，他说尽管很努力，他还是没办法全心全意地爱上我。他不知道，当时我已经怀孕了。”米拉的眼神很温柔，却透着淡淡的忧伤。

羽蓝觉得自己像突然掉进了一部电视剧里，她就站在剧中人的身旁，听她絮絮讲着故事。

“我把孩子生了下来，然后一直养到两岁。”米拉垂下眼帘，有些惭愧地说，“但是两岁后，我就把他寄养在一个日本朋友的家里，因为我找到一份热爱的工作，要经常去非洲摄影。直到这次回来，我才知道我的日本朋友出了事，孩子被送进了孤儿院，我像疯了一样，历经艰辛才找知道他被人带回了国，并且也在T市，或许是冥冥之中老天将他送回了他父亲的身边吧。”

米拉说完，眼圈已经完全红了，她拉住羽蓝说：“谢谢你曾经照顾这个孩子。”

羽蓝摇摇头，目光转过去，恰好看见方起嵘将沛儿抱起来朝这边走过来，她快步走过去拉住了自己的母亲：

“妈，我们走吧。”

“羽蓝——羽蓝——”方起嵘顾不得放下沛儿就喊着要追上来，羽蓝拉着孟碧云飞快地跑出西餐厅，然后招了一辆出租车扶着母亲坐了进去。

“怎么回事？蓝蓝这倒是怎么一回事啊？”孟碧云唠唠叨叨地问着，羽蓝把车窗开到最大，风清冽地吹到脸上，她想笑，想放声大笑，可眼眶却莫名其妙地又酸又痛，她在心里大喊：凉城，你回来吧，你回来看看这一幕可好？沛儿真不是我的孩子！

将母亲送到家之后，羽蓝又调头坐车去了沐旭大厦，她要去找邱小清，她要笑着告诉那个女人，你的阴谋终于有了撕破的一天！

她在沐旭寥落的大楼顶层看到了邱小清，她还是穿着整齐的名牌套装，梳着一丝不苟的头发，坐在凉城平时办公的真皮座椅里面，像个瘦小的孩童，脸上满是迷茫。

羽蓝走进来，办公室很空旷，她几乎能听到自己的声音在房子里嗡嗡回响：

“邱小清，你的阴谋终究被戳破了。”

深陷在沙发里的邱小清抬起头，朝她露出惨淡一笑：“但现在已经没有半分意义。羽蓝，我是输了，但你也没有赢。”

因为凉城走了，她们之间的任何一个，他都没有带走。

羽蓝转身离开，抑住怆然而下的眼泪，临走时，听到身后传来邱小清如哭泣般的笑声，空洞而苍凉。

街上，转眼已是夏末光景，深深的浓绿垂掩了半边街道，羽蓝漫无目的地走在人行道上，看着人来人往，觉得别人的生活看起来都是这般平静而美好，为何独独自己，却永远像在黑暗的波涛上行舟一样，每一步都这么难呢？

医院在半月前就已通知她上班，羽蓝无心工作，只是一拖再拖。

一个人走到医院附近时，她碰见了行色匆匆的院长程立德。

“程院长。”她向他客气地微笑问好，孟碧云这次的手术，除了程天蔚，也多亏了程立德的协助。

“噢，蓝蓝啊。来上班吗？”程立德笑着，有些心不在焉。

“这周一就上班。”羽蓝笑答道。如果再不工作，下个月的水电物业费、母亲的药品费，都不知该从哪出了，不能总向朋友伸手借啊。

“哦。我先去处理个事，回头见啊。”

程立德迈着大步匆匆往医院旁边的银行走，羽蓝看到他走到ATM取款机那里，仿佛是急用钱的样子。

她没有再看，信步往医院里走。

楚林远并没有像传闻中所说的出国治疗，而是一直在T市中心医院的特级病房里做调养。

羽蓝想凉城了，虽然不知何时能够再见他，但她知道凉城很尊敬他的爷爷楚林远，所以她打听清了楚老爷子的病房位置，一个人寻了过来。

走廊的灯光淡淡地打在身上，羽蓝穿着软底鞋，所以脚步的声音并不重。她来到门前时，仍有几分紧张，想起当时跟凉城在一起时被楚老爷子阻挠的情景，她还是心有余悸。

没敢进门，只隔着玻璃窗往里看了几眼。

护士并不在，楚老爷子正在睡觉，只是病床前还坐着一个人，羽蓝透过窗户，看到了一个男子瘦削的背影。

明明是那么朦胧的影像，羽蓝却觉得心都顿时揪了起来。她几乎失声地叫出来，一松手，脚尖重重磕在了门上。

门被打开了，羽蓝的睫毛上挂满了泪花，她站在那里，就好像当初他笑着向她说再见时，她心里的迷茫和酸楚。

凉城穿着黑色的衬衣，换了发型，立体的五官瘦得更显棱角分明，不变的，是他清如泓泉似的一汪目光，带着缠绵的温度，带着深情的厚度，他望着她，安静而温暖地笑。

“想了想，还是要回来带你走。”

他扶着门框说。

羽蓝哭着笑出来：“坏蛋，你吓死我了。我以为你再也不会回来了。”

他展开双臂，将她轻轻地拢进坏里，双唇吻在她的耳垂上，低声说：

“对不起，我不再说那样的话了。”

上一次，他说的是，忘了我。

而这一次，他发现“忘记”对于他们任何一个人来说，都是这世间最最不可能的一件事，最最不能容忍的一件事。

跟我走，一直到白头。

凉城身上的温暖依然那样令人迷恋，羽蓝又哭又笑，死死拽着他的衣服，一刻也不愿意分开。

“我愿意跟你走。我愿意和你，一直走到白头。”

第37章　我可以永远选择拥抱光明

跟凉城一起走出医院时，羽蓝不停地左顾右盼，凉城一把拉住她，笑道："怎么跟做贼似的？跟我一起走还嫌丢人？"

羽蓝眨眨眼睛，取下凉城衬衣口袋上别的墨镜，替他戴好。

"你消失了这么久，还是小心点，别惹麻烦才好。上个月你刚走，就有警察来找我问你。"

"放心。"他握住她的手，"事故的原因，我已经大致了解清楚了。上次，如果不是爷爷以死相逼让我离开T市，我不会那么仓促地离开你。"

事发之后，楚林远为保护孙子，责令凉城立刻离开T市，并由专人看着将他送到了台北。

楚林远有心脏病，凉城真怕老爷子一怒之下再真有个三长两短，加上当时羽蓝与方起嵘在日本同居多年且生有一子的传言几乎让他心碎成灰，所以才会在那样的情况下黯然离开。

而回到台北之后，当思念将他日日煎熬时，他才意识到羽蓝在七年前的离开，会不会也如他一般，有着不能言说的无奈。

"沛儿不是我的孩子，凉城，和方起嵘的事也纯属子虚乌有，他在日本的女友回来了，沛儿是邱小清当初从日本的孤儿院领回来的，只没想到那么巧。恰巧孩子就是方起嵘和他女友米拉的。"

刚刚跟凉城坐进那辆黑色的牌照为三个"7"的车子里，羽蓝就迫不及待地告诉他。

凉城转过脸，目光是温柔的，也是欣喜的，他朝她笑起来，伸手将她勾到怀里，动容地说："其实，我都已经想好要做他的爸爸了，哪怕他真是你的孩子……因为，我不舍得再放开你。"

羽蓝反手抱住他："老天还是仁慈的。可是凉城，你怎么办？他们要抓你的话怎么办？你不会真的坐牢吧？"

"傻瓜。"他用下巴蹭了蹭她的脸，短短的胡茬刺得羽蓝的脸痒痒的。她一躲，他微笑着望她的眼睛，道，"要是我真的坐牢了，你等不等我？"

"哎呀烦人，不许这么说，你要是真坐牢了我怎么办？我马上就要二十五岁了，再没人娶的话就成老姑娘了……"羽蓝将头抵在他的胸口撒娇道。

凉城呵呵地笑起来，轻轻抚着她的背，声音清晰而有力："你放心，不会的。二十五岁前，你肯定能把自己嫁掉。"

羽蓝再次感受到了久违的甜蜜。当她心心念念的凉城真实地出现在自己身边，她感觉整个世界都变得斑斓多姿了。无论接下来他们要面对的是什么，但只要牵着手，哪怕是风雨惊雷，她相信都可以一起走到最后。

不敢把凉城带回家，又不愿跟他分开，羽蓝于是打电话给孟碧云，撒谎说晚上要住苏浅微家。

凉城将她带到郊区的房子里，这是曾经见证过他们唯一一次激情和悲伤的地方，羽蓝在落了灰尘的客厅坐下来，声音像这午后的阳光绵长而慵懒。

"凉城，或许，我能为你讲一个故事。不知道你可愿意听？"

他去倒了两杯水，一杯递到她的手里，然后挨着她的身边坐下："好。"

从她强颜欢笑的脸上，凉城已隐约猜到羽蓝想说的是什么，被时光掩埋了七年的秘密，也许在今天，她真的决意要揭开了。

她端起那杯水，清澈的水里泡着两片柠檬，羽蓝将手放在玻璃杯外缓缓地摩挲着，刚要开口，就被手机的铃声打断。

"对不起。"

她看了一眼凉城，他原本绷紧的神色一下就放松了："没关系，你先接电话。"

"羽蓝，你还好吗？"电话里的声音很遥远，信号似乎不太好，电流声嘶嘶啦啦地传进耳膜里。

"是我，程天蔚。"

羽蓝听出来了，心头的鼓一下擂起来，她嗯了一声，冷冷问：

"你有什么事？"

"没。就是……想你了。"他突然这么说，轻轻的笑声从电话里传过来，羽蓝沉默了一下，说：

"没事的话，就挂了。"

"羽蓝，对不起。可是，我曾经对你说的一句话，是真的。"

羽蓝啪地挂了电话，坐在沙发里，她呆呆地想：他说过的，究竟是哪句话？

她捧着头想，恍惚间似乎想起某一次他曾经说过的一句话，是……我爱你吗？

她不敢再想，醒神之后看到凉城，他的脸纯净而迷茫，但他就在身旁坐着，好看的双眼像望着她出神，眼底最深处却又不知荡漾起怎样的波光。

他微微地笑了："故事还没有开讲。"

羽蓝抱住他的胳膊将头靠在他的肩膀上，喃喃道："凉城，你会原谅我吗？你会原谅我吗？"

他握着她的手，只说："小傻瓜。"

可是那个下午，她终究没有讲那个故事，羽蓝或许是太困了，靠在凉城的肩膀上，没过一会儿就睡着了。

凉城把她轻轻地抱回卧室床上，然后替她脱掉鞋，盖好了被子。

他走到阳台上，为自己点了一支烟，手里拿着羽蓝的手机。

最后一次通话记录，来电显示，程天蔚。

暮色渐渐罩下来，香烟的雾气和着晚霞将凉城清瘦颀长的身子笼罩在一片光影之中，他侧着脸，眼睛里明明灭灭竟是看不透的一片阴翳。

羽蓝醒来时，是半夜。

宽大的落地窗帘没有拉紧，她看到外面靛蓝色的天空，以及一两颗晶亮的星光，干净得像凉城的眼睛。

扭亮床灯，她的手机静静地躺在枕边，而凉城却不在。

她揉揉眼睛坐起来，身上还穿着白天的衣服，时间已经指到凌晨三点，他去了哪里？

给凉城打电话，却看到手机一闪一闪地提示收件箱已满，她打开消息，想删掉几条，却顿住。

一连十来条短信，都是程天蔚发来的，然后显示状态却全是已阅读。

她的脑袋顿时嗡地晕了一下，爬起来将那些短信一条条地打开看完，终于无力地瘫倒在床上。

程天蔚这个混蛋，在短信里将七年前的事情一丝不漏地复述了一遍。羽蓝打开发件箱，果然看到从她手机里已发出的短信：

我们当年的事？那你说说看吧，如果你不提，我会全部忘记的。

羽蓝知道，这是凉城用她的手机给程天蔚发的短信。

然后程天蔚就上当了，他在回复的信息里说：即便伤害了你，但我不后悔。那个大雨滂沱的夜晚，是我永生难忘的记忆。

然后他絮絮又说了很多之后的事情，还提到羽蓝因此怀孕，说起那个未曾降生的生命。

羽蓝不敢想象凉城在看到这些短信时的反应，一边是他挚爱十多年的女孩，一边是他自小尊敬的大哥，单纯热烈的凉城又将情何以堪？

她立刻从床上跳起来，一边给他打电话，一边往门外奔。

半夜时分，风是出奇的冷，羽蓝站到楼下才发现这个时候根本打不到车，凉城的手机一直处于关机状态，她浑身都被冻透了，也没有等来一辆出租。

无奈之际，她给苏浅微打了电话，幸好，对于苏浅微这种夜猫子写手来说，凌晨三点并不是她睡觉的点。

“微微，凉城知道了当年的事，他现在不见了，我怕他出事，你快来！”

“大小姐，你在说什么？”苏浅微被她简短又凌乱的话弄得晕晕乎乎，但确定的是她的好姐妹羽蓝，此时此刻正需要她。

按照羽蓝说的地址，苏浅微一个小时以后出现在面前，而羽蓝已经冻得连连喷嚏。

她给程天蔚打过电话，一样是关机。

苏浅微载着她，把车内的暖气打开，好半天才将羽蓝的身体暖过来。

“去哪儿找？”

羽蓝紧紧地握着手机，硬邦邦地说了句：“程天蔚家。”

赶到市医院新建的家属大楼下时，东方已经泛出鱼肚白，天微微亮了。苏浅微打开车门，一股冷气窜进来，她忙又关上了车门。

“蓝蓝，他家住哪栋，你知道吗？”

羽蓝摇摇头，摇开车窗，望着蒙蒙晨光中静默而立的大楼，闷闷说：“我们在这儿等一等。”

在等待天色由暗转亮的时间里，羽蓝将一切告诉了苏浅微。

“那个混蛋，原来就是程天蔚。”

苏浅微的愤怒几乎冲破车顶，她拉住羽蓝的胳膊叫道：“你为什么不早说！我们可以告他！从一开始你就应该告他！这是强……”

她不忍心说出那个词，羽蓝的眼圈慢慢地红了，她低下头，说：“我承认是我怯懦，而我的怯懦也让我受到了惩罚。因为逃避，我失去了生命中最珍贵的一段时光，也失去了我最爱的人。可是微微，凉城对我那么好，我怎么舍得伤害他？”

天终于大亮了，当鲜红的太阳壮丽而盛大地从地平线上升起时，整座城市都沐浴在一种祥和而纯净的光泽中。羽蓝不记得在哪本小说里看过这么一句话：这个世界，黑暗总是与光明共存，我们无法逃避黑暗，但是我们永远可以选择拥抱光明。

她下了车，朝着东方初升的太阳，像小说中的女主一样，做了个拥抱太阳的姿势。

微微，无论如何，我们都要热爱并期待光明。

第38章　注定回不去，却依然热爱的时光

在将近三十年的生命时光里，程天蔚从来没有过这样的感觉，既有狂热的期待，又有安静的悲悯。他坐在公寓的阳台上，看着星光、夜色，俯瞰着这个城市的万家灯火。

他敢发誓，这一晚所发的短信，比他这一生加起来的字数还要多。

他时急时缓地写着那些字，偶尔会删掉重来，更多时候，是等待着那一声短信响起时熟悉的铃声。

他猜到或许凉城就在她身边，但是羽蓝依然给他回了短信，这令他感到一种莫名的胜利感，好像这样就证明羽蓝的心里有了属于他的一点点空间。

坐到星光下沉时，羽蓝的手机传来最后一条短信：

今晚，我去找你。

他握着手机，开始等待。

虽然他不明白为什么羽蓝会选择在夜深人静时来家里找他，但欣喜已经冲昏了头脑，他去洗了澡，换了衣服，坐在阳台上，看着楼下的路灯从明到灭，连月光都暗了，心里却有另一轮明月缓缓地升起来。

可是过了一夜，天亮了，他也没有等到羽蓝的到来。

家里的座机电话急促地响起来，程天蔚跑过去接了，是他的父亲，程立德。

“天蔚，帝瑞公司已经决定不再起诉你，这次的事除了医院和市里个别领导，暂时还没有别人知道。你以后不要再做这些违反规定的事了，倒

卖医疗器械是要受处罚的。”

“我知道了，爸。”他松一口气，“让你操心了，对不起。”

程天蔚被人揭发与某医疗器械公司联手倒卖进口器械，为了摆平这件事，程立德费了不少的金钱和心思。

“还有件事，我必须提醒你。不要再管沐旭的事了，你只不过接管了他家的一个酒店而已。如果不是得罪了方清远，这件事也不会这么快被抖出来。”

程立德叹息地劝着，程天蔚听了没作声，半天才闷闷道：“我知道了。”

他挂掉电话，深深叹了口气。

打开窗户，清新的空气和着跳跃的朝霞流进了房间，他舒展了一下身体，拿出手机时才发现不知何时已经没电自动关机了。

他自嘲地笑笑，连忙给手机充上电，然后给鼓起勇气给羽蓝拨了一个电话。

而此时的羽蓝刚刚得知一件令人震惊的事实，或者是这个消息让她验证了自己心中原本的猜测。

在车里等待天亮的时间里，他们接到黎少白的一个电话。

“蓝蓝姐，凉城被抓了。”

当她们一路狂驰地赶到公安局时，黎少白已经站在门外面等她们。

“凉城在里面录口供。”他说。

“你爸是市长，你快找人活动活动，怎么能让凉城坐牢呢？”苏浅微迫不及待地说。

黎少白懊恼地说：“市长？就是省长也没用，沐旭的事动静闹得太大了，他是第一负责人，不给个说法怎么可能出来？不过也未必就坐牢，这不正调查着呢嘛。”

羽蓝急得原地打转：“要是出不来了呢？”

黎少白沉默一瞬，说：“你们知道方起嵘的真正身份吗？”这一句话提醒了羽蓝，她立刻道：“跟清远集团是不是有关系？”

黎少白点点头：“据我最近的调查，方起嵘的真正身份是清远集团董事长方清远的小儿子。他母亲是方清远的第二任妻子，两人离婚后，方起嵘跟着母亲在日本长大。直到今年，方清远自觉年老，又没有儿子继承产业，所以才将在东京大学建筑设计系毕业的方起嵘召回来。”

他顿一顿，说：“但方清远是出了名的老狐狸，他想灭掉沐旭，就将从国外回来的儿子安进了沐旭集团，然后伺机搞垮沐旭。”

事情被他一说，真相大白。

但不管究竟是设计方案本身就有缺陷，还是施工中间有人篡改了方案，凉城作为工程的第一负责人，都逃脱不了干系。

羽蓝冲动地要给方起嵘打电话，枉她与他朋友一场，没想到将自己害得最惨的竟然是他。

电话接通了，羽蓝想对他破口大骂一场，但真正开口时，那些愤怒却一点一滴地沉进了心谷的最深处。

方起嵘唤了一声她的名字，声音沉缓而哑涩：

“对不起。我想，你已经知道了一切，我骗了你，但……在东京的几年时光和情感，请相信，那是真的。”

“你在哪儿？我需要你回来，还凉城一个清白。”

他还是只说对不起，羽蓝愤怒地尖叫起来：“不要听你说什么见鬼的对不起，我只要你还给凉城你欠他的！”

“羽蓝，我在曼谷。米拉和沛儿都在，我带着他们已经离开了中国，十年之内我不会再回去了。”

“羽蓝，也许我还会想念你，但是对不起，再见。”

他忽然挂掉了电话，任羽蓝再一次次地往回打，手机便永远处于关机状态。

她并不知道，在遥远的曼谷，方起嵘站在一片热烈的骄阳下，说完那些话就把手机用力地扔进了清蓝清蓝的海水之中。

或许会是十年，亦或许，永远不会再见。

相濡以沫，不如相忘于江湖，方起嵘的脑海里飞快地闪过一个问题：他爱过羽蓝吗？

或许有，也或许没有。

来不及想得更深，身后传来一大一小清脆如铃铛的笑声，小的喊着“爸爸”，大的叫着“老公”，方起嵘转过身，脸上绽开一个大大的笑容。

凉城从审讯室里出来时，看到黎少白、苏浅微以及又一次不争气地将眼睛哭得红肿的羽蓝。

得知真相的他想起昨晚的短信，更想起七年之前这个貌似柔弱而又无比坚强的女子身上所遭遇的一切。

此刻他的心中充满了怜悯，怎么会恨她怨她呢？这个女子已经满身伤痕……而至于真正的震惊和恨，他只会深深地藏在心中，作为男人，他不会原谅，不会原谅那个被他喊了二十年大哥的男人……

他走出来时已过了中午，羽蓝一看到他，就如小鸟般伸开双臂奔了过来，凉城笑容暖暖的，张开怀抱将她迎在了怀里。

“放心吧。不会太麻烦，有楚老爷子罩着我，还有黎市长，也尽力地帮了忙。”

他抚慰地拍拍她的头，轻嗔道：“傻丫头呀，不是答应以后都不要再哭了吗？我看就是你眼角的泪痣惹的祸，一哭起来黄河泛滥。”

开着玩笑，凉城把车钥匙扔给黎少白让他把车子开过来，几个人上了车。

羽蓝缩在凉城怀里坐在后排座中，聆听着他均匀而沉稳的心跳。

气氛有一会儿的沉默，黎少白开着车说：“应该没事的，待会儿我再去找老爸说说去。凉城，万山别墅的工程，具体实施监工的人，不是你吧？我记得当时你光顾得跟蓝蓝姐私奔了。”

半开玩笑半认真，凉城听了抿着唇沉默了半晌，说：“程天蔚。”

准备回凉城别墅的半路上，羽蓝接到了母亲孟碧云的电话，一整天没有见到女儿，孟碧云在电话里说：

“蓝蓝，我一阵一阵地头晕，不知是不是血压又升高了。心口也闷闷的。”

原本打算陪凉城的计划只好作罢，羽蓝为难地看着他，说：“妈妈有点不舒服，我得回家一趟。”

凉城留恋地摸摸她的脸，不顾前面就坐着两位好友，俯首在羽蓝的脸颊上轻轻亲了一下。

“好。你回去吧，等晚上我来接你。”他的眼睛似琉璃般通透明净，说最后一句话时，眼神格外痴柔，“到时，你要跟我走。”

羽蓝像沉醉在他的目光里，只顾得傻傻点头，并不深究他说的“跟我走”是只有这一晚，还是一走到天涯，一走到白头。

“快回去吧。”车在羽蓝的楼下停住，凉城替她打开门，温柔地向她挥挥手。

下了车的羽蓝依然频频回头，眷恋的目光直至目送车子消失在视线尽头。

只要跟他在一起，哪怕颠沛流离呢……

羽蓝的唇角泛起惆怅又甜蜜的笑，转身上楼回了家。

给孟碧云量了血压，照顾她将药吃了，又做好了饭，羽蓝这才有一小会儿的时间休息。

她躲进卧室里给程天蔚打电话。

“喂，程天蔚。”

“我等了你一夜。”他说。

羽蓝皱皱眉头：“万山别墅的工程，是不是你也参与了？”

程天蔚很聪明也很敏感，他立刻反问：“你又想让我怎样做？替凉城背黑锅？”

隐隐的想法被他一句道破，羽蓝沉默了。半晌，听到程天蔚在电话那头有些怆然的笑声。

“没那么严重，凉城坐不了牢的。你放心吧。”

羽蓝清了清干涩的嗓子，慢慢张口说：“凉城知道了当年的事。昨天的短信，是他用我手机发的。”

电话那头的程天蔚一下子愣住，他停顿了好大一阵，才终于自嘲地说：“呵，我知道了。”

“如果凉城找你的话，程天蔚，我希望你能诚恳一点，向他道一声歉。我不想你们兄弟成仇，更不想把这件事情闹大。”

如果想把他送进监狱的话，羽蓝不会在这个时候了还对他说这番话。

“就当过去是一场荒唐的噩梦，如果你肯醒悔，凉城他会原谅的……”

“不用说了。”他冷冷截断羽蓝的话，“我会等着他来找我，羽蓝。我不会向他道歉，因为我爱你，这件事从来都不是错。”

他说完就把电话挂了，羽蓝握着手机呆呆地坐在阳台上，斜阳照在脸上，她消瘦的脸被染上一层银红，像重重桃花落在了身上。

程天蔚狠狠地抽着烟，棕褐色的眼底隐隐闪现着冷戾的神色。摁灭了半截烟头，他起身在房间里走了一圈，然后给凉城打了一个电话。

凉城已经很久不用手机了，他知道他别墅的座机号码，于是拨过去。

响了很久，凉城接了。

“凉城，能过来一趟吗？大哥想你了。”

“好，十分钟以后见。”

凉城没有温度地说完这句话，随手拿起衬衣穿在身上，就出了门。

程天蔚的家，凉城开着车风驰电掣没用十分钟就到了，在楼下，他熄了火，却坐着并没动身。

从车窗里斜着看上去，最顶层那一套房子，就是程天蔚的。阳台里透出淡淡的灯光，这令凉城不由地想起程天蔚十几岁高考前的那段时光，每天他的房间里，灯光总是要亮到很晚，他在熬夜复习，而这时他往往已经躺进了舒适的被窝。

其实在心底，凉城一直是将他视作亲生兄弟的，但他从来没有想过，有一天自己能够品尝到这人世间最痛苦的滋味。

人世间的痛苦有很多，亲人的离世，爱人的抛弃，兄弟的背叛，凉城将这些一一都尝遍了，可他仍然是不曾麻木。他不是可以无动于衷地接受上天给予一切劫难和伤害的木头，他是活生生的人，有血有肉有情感，最重要的是，他有爱，有恨。

爱有多深，恨就有多深。

你尝试过被自己的亲人背叛的滋味吗？

凉城在楼下徘徊了许久，他并不怎么抽烟，但车里总会放上一包。他点了一支叼在唇边，靠着夜色里一棵树干，一根根地划着手里的火柴。

哧啦，一股蓝烟之后，小小的火苗升起。微弱的火光映着凉城俊秀的脸，不知不觉间，一整盒火柴已被他划得只剩下了最后一根。

他将烟头在脚底下踩灭，收起那盒只剩下一根的火柴，蹬蹬蹬地上了楼。

程天蔚家的门大开着，凉城走到门口时脚步顿了一顿，没看到里面有人，他伸手在门上敲了几下。

程天蔚从厨房走出来，扮相令凉城惊怔地险些张大了嘴巴。

快三十岁的大男人系着一条白底碎花的围裙，手里掂着一把明晃晃的……是汤勺。

凉城愣在门口，程天蔚难得地笑容温和："进来啊，愣在门口做什么？"

他讪讪进门，环视一圈，客厅的布置是跟他本人一贯风格相符的简净冷色调。

"你还记得黄米粥吗？"程天蔚浅浅笑着，转身回了厨房，拿汤勺在沸腾的锅里搅拌了几下。

"妈在的时候，最常煮的就是这个粥。我记得你当时都吃厌了，但不知怎么回事，最近我特怀念黄米粥的味道。"

他的声音从厨房里传出来，凉城听得不太真切，但这种感觉让他觉得很恍惚，熟悉的黄米香气，温暖的厨房灯光，令他禁不住产生了错觉，以为那系着花围裙在厨房里忙碌的是母亲婉荷，他和刚放学的哥哥程天蔚在客厅里打着游戏机……

他转过头，目光落在程天蔚放在茶几上的手机上面，脑中突然清醒，他走到厨房门口，冷冷道：

"你出来一下。"

程天蔚刚将米下锅没多久，随口说："等一会儿。"

"你出来。马上！"

凉城的口气变得不耐，程天蔚在灯下的脸色变了一变，继而将火稍微关小，擦着手走了出来。

刚迈出厨房的门，程天蔚还没有在客厅站稳脚跟，凉城一只拳头便挥过来狠狠揍到了他的下巴上。

牙齿将嘴唇咬出了血，程天蔚被打得一个趔趄扶住了墙，站起来抹了一把嘴角，朝凉城笑道：

“好小子，下手还挺狠。”

“蓝蓝的事，是不是真的？”他蹙着眉，双手紧握成拳，目光里透出冰凌似的锋锐。

程天蔚扭过头，挂了彩的脸上浮出奇怪的微笑，目光落在手机上，他说：“你不是都知道了吗？何必再问。”

他解下腰上的围裙扔到一边的沙发上：“我敢做就敢承认，你也可以找我算账。但是凉城，我告诉你，对当年的一切，我不后悔。”话音刚落，凉城又一拳打了过来，这次程天蔚有了提防，一侧脸闪过去，拽住凉城的胳膊给他来了个过肩摔。

凉城被狠狠摔在地上，胳膊蹭掉一大块肉皮，他立刻站起来，怒目瞪着程天蔚。

“如果打一架能够发泄你心中的愤恨，凉城，大哥乐意奉陪。”他活动了一下手腕，眸底闪着碎碎的阴翳的光芒。

“只是，即便你杀了我，羽蓝也不再是当年无忧无虑的少女，那样单纯美好的时光，我们三个，注定谁也回不去了。”

他站在他的对面，一个冷眉深目，一个明眸秀眉，两个男人在客厅里对峙了良久。凉城努着嘴，眼神是满是不甘的倔犟：“你让蓝蓝受了七年的苦，程天蔚，你说是不是你该死！”

“你呢凉城？你小子就是个笨蛋！羽蓝当时离开T市去日本，你为什么不也跟着去？如果你真不顾一切地爱她，能让她这么辛苦吗？七年前是我伤害了她，可你，却无时无刻都在折磨着她！我们三个一起长大，可她凭什么眼里心里只有你一个？”

“那是因为你从不懂得怎样对一个人好！”凉城反驳着，生气地推了他一把。

不知从何时开始，两人从相互指责变成了相互厮打。在这个夏末秋初的夜晚，两个已成年的大男人在客厅里打成一团，手机摔了、茶杯碎了，花瓶也噼里啪啦地被撞翻了一地。

或许男人的骨子里都有好战因素，真正疯狂地打起来时简直到了忘我的境界，两人双目通红地滚打着，不知过了多久，终于到两人谁也打不动了，才终于停手，双双倒在了地板上。

空气中满是黄米粥的浓郁香气，凉城和程天蔚各将自己躺成“大”字，呼哧呼哧地喘着粗气，过了好久，才听到程天蔚幽幽的声音：

“凉城。你知道这么多年来，我一直做的一个梦是什么吗？”

凉城大大地睁着眼睛，盯着天花板上的花纹，脑中一片迷惘。

“漫天漫天的百合花瓣，一个女孩戴着花环穿着一件白裙子，牵着我的手，一直笑一直笑。”

顿了顿，他说，“那个女孩是羽蓝。虽然我一直不肯承认，但……凉城，或许你永远也体会不到那种永远只能躲在角落看别人幸福，永远爱而不得的悲哀和痛苦。”

凉城的睫毛慢慢地动了动，程天蔚干而空的笑声像从胸腔中发出来，他闭上眼，低低说：“没有人知道，我爱她，超过这世间一切……”

“可是你毁了她……”凉城喃喃地说。

他突然翻身爬起来，揪住程天蔚的衬衣领子将他拉至面前，狠狠地咬着牙说，“可你毁了她啊……”

程天蔚的唇角还犹自流着血，他盯着凉城痛苦而纠结的面容说：“是，但凉城，我不能给的幸福，你可以给她的，不是吗？”

望着凉城从愤然到愕然到惘然最终慢慢颓然和释然的双目，程天蔚露出了一抹无力的微笑。

茶几上放着一包烟，程天蔚从凉城手里抽出自己的衣襟，坐起来取了两支烟，一支递给凉城，一支叼在嘴上。

“小子，这几年是不是练跆拳道了，我被你揍得脑袋疼。”程天蔚笑着捶了凉城一把，只觉得后脑勺晕沉沉的，真有些发痛。

凉城却觉得有些胸闷，摩挲着那支香烟，冷冷哼了一声，半天才说：“你今晚只说对了一句话。你不能给蓝蓝的幸福，我可以。”

程天蔚笑起来，双眸深得望不见底，笑声像秋风乍起时，幽长的苍凉。

“如果蓝蓝将来跟着你不幸福的话，你小子可休怪大哥出手抢啊，到时可不是打一架就能拱手相让这么简单。”

“狗屁拱手相让，蓝蓝本来就是我的。”凉城稀里糊涂地竟骂出脏话，程天蔚哈哈大笑，凉城黑着脸看了他一阵，竟也忍不住笑了。

笑容中总是夹裹着若有似无的心酸，凉城把烟叼在唇上，程天蔚在桌上寻了一圈也不见打火机的踪影。

“我们还是兄弟吗？”在凉城从身上摸出那只剩一根的火柴盒时，程天蔚突然无比认真地问道。

凉城正欲划火柴的手在空气中顿了一顿，黄米粥的味道混着不知名的气息像从遥远的童年而来，他感觉时空仿佛正在变幻，程天蔚棕褐色的眼眸像一对漂亮的琥珀，闪烁着少年时明净而不乏深邃的光芒。

他把火柴划燃，向程天蔚唇边的香烟伸过去，轻声说了句：“是。”

程天蔚的眼眶湿润了，凉城说，我们还是，还是兄弟。

“万山别墅的事，我替你顶着。”程天蔚说。

火柴的顶端，小小的蓝色火苗跳跃着，程天蔚的香烟刚刚点着，只见蹭的一下，原本铜钱大小的火苗竟蔓延至拳头那么大，空气中的刺鼻味道变得越来越浓，接着，他嘴上的烟也跟着起了火。

“火！”

他猛地扔掉烟，打掉凉城还握在手里的火柴梗，但已经晚了，一股钻心的疼痛自右手食指传来，那火花似乎在空气里遇到了什么易燃物，不过眨眼功夫，掉落的火星就蔓延到了沙发上，凉城哑着嗓子叫起来：

“煤气泄漏！大哥，你的煤气没关——”

“快走！”

火瞬间已烧起来，凉城想站起身，但头痛得几乎炸开，身子也毫无半分力气，程天蔚支撑着站起来，拖住他的胳膊就往门外拉。

幸而门是大开的，他们在呛人的浓烟和火焰中刚刚跑到门口，厨房就发出了一阵震耳的爆响……

在这个城市，这样的夜晚原本与别日是并无不同的。只是在这一刻，夜空的寂静被一声巨大爆炸打破，市医院家属大楼的顶层发生了爆炸，熊熊火光照亮了深蓝如绸缎的天空……

第39章　如果你也有一个梦想

羽蓝一直等到天都黑透了，左右等不到凉城来。

她担心他会去找程天蔚，又担心他不知会不会一时冲动而做出什么事情来。

自从手术后，孟碧云变得像小孩似的特别依赖人，临睡前也总要拉着羽蓝絮絮叨叨地说上很久才肯睡觉。

等到母亲家长里短地说完话进入梦乡，已经是九点多了。羽蓝帮她盖好被子，拿上钥匙就出了门。

在凉城的别墅里，她曾用固定电话给自己的手机拨过号，所以她记住了他住处的座机号码，可打过去之后，一直没人接。

凉城一定不在家。

虽这么想着，还是不甘心，打了车往郊区的别墅去，出租车停在一片漆黑的大门口，她又拨了一次电话，还是没人接，这才终于确定了凉城并不在家。

心，七上八下地悬着，羽蓝让司机将她往市里载，猜到这时他会去的地方，极有可能是程天蔚的家。

市中心医院的新建家属楼离医院不远，那条羽蓝走过无数次的街道两边栽着她叫不上名字的树木，绿葱葱的叶子被灯光打出些重影来，羽蓝看着飞驰而过的风景，过去的一幕幕像电影般飞快闪过。

失去父亲那年，她七岁。

遇见凉城那年，她也是七岁。

际遇难料，人生中的幸与不幸也总是纷至而来，没有谁会永远幸运，也没有谁会永远不幸。重要的是，谁能永远保持一颗不肯屈服的心，保持一份对未来、对幸福不肯泯灭的希望。

那希望，应该是漫漫长夜里的一团火光，飘到海上就是灯塔，落进河中就是渔火，飞入天空就是星辰。

而你，如果也有一个梦想，有一个可以奉献一生努力一生去深爱的人，那么这爱，也是人生征程上一段辉煌的理想。

羽蓝想，她的理想就是凉城。

你要跟我走。他的声音还在心头敲打，羽蓝回想着临别时凉城温柔而深情的眼睛，禁不住嘴角浮起微笑。

转过这个路口就到了，羽蓝拿出钱包数够了零钱，准备一下车就把打的费给付了。

“呀，那是着火了吧！”司机开着车惊叫道。

羽蓝抬起头，透过出租车的挡风玻璃，看到一排高大茂盛的梧桐树后，医院家属大楼顶层靠东边的那一户阳台上冒出了熊熊火光。

滚滚浓烟从窗口飘出来，穿透夜色中碧绿的树冠缝隙，一团团升入天空变成阴霾的云朵。

她把手里的零钱撂给司机师傅，打开车门便跑了出去。

“701煤气泄漏，爆炸了……是程大夫的家……”

断断续续的议论声传到羽蓝耳朵里，她跑到楼下时，附近已聚集了不少人，消防车和救护车呼啸着相继而来，羽蓝瞅准了一个缝隙就往大楼里冲，被武警迅速拦住了。

大楼其他层的人开始往下撤，火势很快地蔓延着，连楼下也被拉起了警戒线，羽蓝叫起来：

“701有没有人受伤！我想知道有没有人受伤！”

她的叫声刚刚落下，穿着红色消防服的消防官兵就抬着一个人匆匆地冲出了大楼。

“伤者昏迷不醒，赶快送去抢救！”

羽蓝奋力拨开武警的阻拦，不顾一切地冲过去扑到了那个被湿被单裹住的人身旁，用力扒开，终于看清了里面的人是程天蔚。

凉城，凉城你在不在里面？

她叫着，却被人拖开，就在这时又两个消防兵抬着一个人从她身旁经过，羽蓝的心猛地碎裂成片："凉城……"

撕心裂肺喊着，羽蓝跪倒在地下，她看见了，那个被抬进救护车里满身鲜血的人，是凉城……

第40章　尾声

春心莫共花争发，一寸相思一寸灰。

羽蓝坐在春天的阳光里，身畔是姹紫嫣红开遍，在T市这样一座不大也不小的城市里，流年总如绕城而过的那条河水般匆匆。

指尖的时光轻盈宛若光尘回旋，转眼，大半年光景已经过去。在这接近二百天的日子里，羽蓝觉得每一天，都过得安宁、幸福。

故事的残忍是现实的残忍，故事的仁慈是梦想的仁慈。

但羽蓝觉得，命运于她，终究还是仁慈的。

至少她一直不曾丢失和破碎的，是她的理想。

她穿着洁白的医生服，做着自己喜欢的工作；她坐在石凳上，身边的轮椅上，坐着她的爱人。

她爱了整整十八年，并且要将继续爱下去的男子。她和他青梅竹马分分合合，即便曾经离散，还是做了一对羡煞人眼的小情侣。

这就是她的理想。

羽蓝眯起眼睛望着从树冠之间漏下来的细碎阳光，声音柔柔的，像私语又像哄劝：

“光线太强了，我们回病房好不好？”

“大哥他……最近有消息吗？”声音清淡柔和，凉城的手依然光洁如初，修长的手指落在羽蓝的手背上，他的脸白皙中泛着淡淡红晕，看起来竟比未受伤时更为健康。

羽蓝摇摇头：“我听小护士们说，程院长已经办妥了退休手续，下个月就准备移居欧洲。”

凉城握了握她的手，有些感慨，也有些惆怅。

“大哥走了，爸爸也要走了。”

那天的大火中，程天蔚的右手食指被炸断，虽然动了接指手术，但作为一名操手术刀的外科医生来说，这无疑断了他的前途。

伤愈之后，程天蔚离开了生活二十几年的T市，远走欧洲，据说要去攻读神经内科的硕士学位。

羽蓝看他有些黯然，故意装作不高兴似的，嘟起嘴道：“有我一个还不够吗？真贪心啊。”

凉城穿着白色带浅蓝条纹的病号服，额前的黑发碎碎地落到眉梢，树叶的阴影落到他脸上，那张如冰雪洗过的五官便更显剔透干净。

羽蓝伸出小手抚到他紧皱的眉心，叫道：“哎呀，又皱眉，快成小老头了。”

“又占我便宜，欺负我动不了是不是？”凉城抓住她的手拉到面前，趁羽蓝不注意迅速亲了一下。

“流氓。”羽蓝笑着打他，“明天就拆钢板，到时候你就自由了，想去哪儿就去吧，不过以后可就没这么面面俱到的‘贴身’服务了。”

说罢羽蓝站起身，摘了一朵红色的小花丢到凉城的头发上。

“那可不行，没有老婆医生的贴身服务，我这下半生的幸福到哪儿去找？”看看四周没人，凉城使坏地把羽蓝抱到膝盖上。

他的一条腿被大火中倒下的木板砸成了粉碎性骨折，一直修养了这大半年，才终于差不多康复。

“好家伙，医生病人之间这乱搞的是什么东东，要注意影响知道不？”两人的嘴巴刚要凑到一起，就被一道笑声惊得立刻分开。

羽蓝跳到地上，羞得满脸通红：“死微微，乱叫什么。”

跟在身后的帅小伙西装革履，羽蓝看了半天才认出是黎少白，于是打趣道：“黎大少今儿要做新郎官啊？”

黎少白嘿嘿一笑，一个劲儿盯着苏浅微看。

打扮得无比淑女的苏浅微秋波一横，道：“这会子咋不贫嘴了？把你向我求婚时那一套一套的说给这两人听听，也让这享了大半年清福的楚大少爷琢磨下，啥时候把我们蓝蓝娶回家？”

听了半天羽蓝和凉城才明白，和着这两个家伙是要来送喜帖的。

日子定在下月初七，羽蓝激动地雀跃而呼：“我要当伴娘，我要当伴娘！”

凉城一把扯住她：“你25岁生日是不是快到了？”

羽蓝白他一眼：“才知道啊，还算有良心。”

“那你不许当伴娘！”凉城一本正经地说完，又对黎少白道：

“把你原本计划的婚礼规模全部扩大一倍，酒席什么的也扩一倍。”

“我的妈啊，你知道办一场婚礼要花多少钱吗，多出的钱你给啊？”苏浅微叫道。

“我给。”凉城仍是满脸严肃。

凉城受伤后，楚林远为了更好地照顾孙子，将在台湾的所有股份全部调回了T市。万山别墅的安全事故风波也因沐旭集团付出了一大笔赔金而终于平息。刚刚崛起的清远集团在楚家的卷土重来下，很快被盖过了势头。原本濒临绝境的沐旭集团因楚氏资本的全额输入而东山再起。

所以，作为楚氏集团的唯一继承者，楚凉城很自信地说这句话。

羽蓝不依地瞪他道：“为什么不让我做伴娘，我就要做微微的伴娘！”

“是啊，我俩上初中就说好的。”

苏浅微挽住羽蓝的胳膊，也对凉城质问道。

“我说你们亏得还被人称为两大才女，简直笨死了。”黎少白慢悠悠地拉长腔调说。

“不让你当伴娘，就是当新娘呗。”

两个女子面面相觑，两个男人却同时做了个对此相当无语的表情。

“笨。”

一个字刚出口，报应很快就来了，刚才还一脸白痴状发呆的羽蓝与苏浅微相视一笑，一脸奸诈地向他们伸出了魔掌……

“老婆大人饶命！”

“啊，痒——”

“羽蓝你再不住手，我可不娶你了啊，让你二十五岁还嫁不出去，让你长成小老太婆……啊，救命，有人谋杀亲夫……”

春风暖暖，光阴灿烂，这笑声好像一首歌，歌里唱的全是我对你的爱……

(全文完)